로쟈의 세계문학 다시 읽기

KB207618

로쟈의 세계문학 다시 읽기

초판 1쇄 펴낸날	2012년 6월 15일
초판 5쇄 펴낸날	2020년 7월 10일
지은이	이현우
펴낸이	박재영
편집	이정신·임세현
마케팅	김민수
디자인	조하늘
제작	제이오
펴낸곳	도서출판 오월의봄
주소	경기도 파주시 회동길 363-15 201호
등록	제406-2010-000111호
전화	070-7704-5018
팩스	0505-300-0518
이메일	maybook05@naver.com
트위터	@oohbom
블로그	blog.naver.com/maybook05
페이스북	facebook.com/maybook05
인스타그램	instagram.com/maybooks_05
ISBN	978-89-97889-00-6 03800

로쟈의 세계문학 다시 읽기

이현우 지음

세계명작을
고쳐 읽고
다시 쓰는
즐거움

오월의봄

세계명작, 고쳐 읽고 다시 쓰다

내게 세계문학에 대한 첫 기억은 초등학교 때 읽은 계몽사판 '소년소녀 세계문학전집'이다. 이 50권짜리 전집을 여러 번 읽었으니 내게는 '요람'과도 같은 책이다. 거기에 얹어서 15권짜리 '소년소녀 세계위인전집'도 연이어 완독했다. 돌이켜보면 '소년소녀'용 세계문학전집과 세계위인전집이 독서의 바탕이었고 독서력의 근간이었다. 그리고 아마도 중학교 때쯤 이런 시를 읽지 않았을까.

> 어머님, 나는 별 하나에 아름다운 말 한마디씩 불러봅니다. 소학교 때 책
> 상을 같이 했던 아이들의 이름과 패, 경, 옥, 이런 이국 소녀들의 이름과,
> 벌써 아기 어머니 된 계집애들의 이름과, 가난한 이웃 사람들의 이름과,
> 비둘기, 강아지, 토끼, 노새, 노루, '프랑시스 잠', '라이너 마리아 릴케'
> 이런 시인의 이름을 불러봅니다.
> ─윤동주, 〈별 헤는 밤〉에서

'프랑시스 잠'과 '라이너 마리아 릴케' 같은 외국 시인들의 이름이 동창생들과 가난한 이웃들의 이름은 물론 비둘기, 강아지 등과도 같이 호명되는

4

것은 말 그대로 시적인 장면이면서 이례적인 배치다. 이러한 장면이 이전에도 등장하는지는 모르겠지만 윤동주의 시는 '교양으로서의 세계문학'이 어떻게 우리 곁으로 다가오게 됐는지 보여주는 유력한 사례일 듯싶다. 그보다 한 세대만 거슬러 올라가도 상상하기 어려웠을 장면이 아닐까.

그렇게 생각하면 나는 일제 때 영문학을 공부했던 윤동주의 '후예'다. 그와 마찬가지로 세계문학 탐독을 원초적 독서 체험으로 갖고 있다면 우리는 모두 '윤동주들'이다. 각자의 사정이 조금씩은 다르더라도 말이다. 잠이나 릴케의 시는 대학에 들어와서야 '세계시인선'을 통해 접하게 됐지만 대신에 중고등학교 시절 내게는 헤르만 헤세와 알베르 카뮈가 있었다. 스탕달도 있었고 에밀리 브론테도 있었다. 오 헨리와 모파상과 체호프도 있었다. 프랑수아즈 사강이란 이름이 이웃 여학교의 학생 이름인 듯싶었던 시절이었다.

그렇듯 '세계문학'이라고 불리는 외국문학 작가들이 한국 작가들보다 더 친근했으니 '문학'을 공부하겠다고 마음을 굳히고 정한 대학 진로는 자연스레 외국문학 쪽이었다. 최종적으로 러시아문학을 전공으로 선택한 것도 도스토예프스키 같은 작가를 공부하고 싶었기 때문이지 다른 이유는 없었다. 그리고 그 선택이 지금의 나를 만들었다. 하긴 '로쟈'란 이름도 《죄와 벌》의 주인공 라스콜리니코프의 애칭이니 더 말해 무엇하랴.

《로쟈의 세계문학 다시 읽기》는 그런 전력을 갖고 있는 '로쟈'가 세계문학을 주제로 쓴 글들을 모은 것이다. 더 구체적으로 말하면, 책은 세계문학에 대한 생각과 몇몇 세계문학 고전들에 대한 다시 읽기로 구성돼 있다. 먼저 '세계문학 다시 읽기'란 제목을 단 1부에는 13가지 주제의 글과 '겹쳐 읽기'를 배치해놓았다. 주로 '세계명작'에 대한 다시 읽기와 그와 겹쳐서 읽을 만한 작품들에 대한 소개 성격의 짧은 글이다. '세계문학이란 무엇인가'란 제목의 2부는 세계문학을 읽고 생각해보는 데 참고가 될 만한 글들로 엮었다. 세계문학의 배경과 세계문학론에 대한 소개 정도라고 보면 되겠다. 물론 세계문학이라는 주제가 이 정도 분량의 글들로 갈무리될 수 없다는 건 자명하다. 다만 시론적인 주장과 시범적인 읽기를 제시한 것으로 봐주면 좋겠다. '다시 읽기'는 종결이 아니라 이제 시작이다.

내가 세계문학에 매혹됐던 나이의 독자들, 곧 젊은 세대 독자를 일차적으로 염두에 두었기에 국내에 널리 알려진, 그리고 청소년들도 읽을 만한 작가와 작품을 선택하려고 했다. 셰익스피어와 괴테 같은 문호를 앞세우고 《데미안》과 《호밀밭의 파수꾼》 같은 작품을 포함시킨 건 그런 의도에서다. 이들 작품에 대한 읽기를 굳이 '다시 읽기'라고 적은 것은 실제로 대부분의 글이 다시 읽기의 결과물이어서 그렇기도 하지만, 동시에 "모든 고전은 다시 읽기의 대상"이라는 관점을 반영한 때문이기도 하다. 다시 읽기란 단순한 반복적 읽기가 아니라 '고쳐 읽기'이고 '거슬러 읽기'이다. 중요한 것은 그러한 되읽기가 쓰기로 마무리된다는 점이다. 다시 읽으면 쓰지 않을 수 없다. 그렇게 읽기와 쓰기는 서로의 꼬리를 물며 순환한다. 이 책은 그러한 순환의 한 가지 사례라고 할 수 있을까.

오래전에 읽은 작품들을 다시 읽으면서 예전과는 다른 생각과 이해에 도달하게 된 경우가 많았다. 그것이 내겐 '발견'의 즐거움을 누리도록 해주었다. 돌이켜보면 그 즐거움의 많은 부분은 '뭔가 써야 한다'는 강제에 빚진 것이다. 그런 의무가 없었다면 나는 책을 다시 손에 쥐었더라도 소홀하게 읽고 말았을지 모른다. 즉 '쓰기'는 다시 읽기의 중요한 조건이다. 써야 하기 때문에 다시 읽게 되고, 다시 읽으면 또 쓰게 된다. 이 책이 그러한 '쓰기' 를 자극할 수 있다면 좋겠다.

몇 가지 글의 출처를 밝히자면, 1부 '세계문학 다시 읽기'에 포함된 대부 분의 글과 2부 '세계문학이란 무엇인가'에 포함된 첫 네 편의 글은 2008년 하반기와 2009년에 《고교 독서평설》에 '갑론을박'이란 꼭지 이름으로 연재 했던 것이다. 그리고 '세계문학 수용에 관한 몇 가지 단상'은 《창작과비평》 (2007년 겨울호)에 실렸다가 단행본 《세계문학론》(창비, 2010)에 재수록됐 던 글이며, '문학들이란 무엇인가'는 《문예중앙》(2011년 봄호)에 실렸던 글 이다. '무엇이 세계문학인가'와 '세계문학 수용에 관한 몇 가지 단상'은 일부 내용이 중복되지만 독립적인 글이어서 그대로 두었다. 그리고 단행본으로 재구성하면서 내용을 보완하기 위해 칼럼과 블로그 '로쟈의 저공비행'의 글 일부를 더 보탰다. 원래 발표된 글과 크게 달라진 건 없지만 편집상의 필요 때문에 일부 내용과 표기를 수정했다.

처음 이 책의 출간을 권유하고 모든 과정을 진행해준 오월의봄 박재영 대표에게 감사를 전한다.

2012년 6월

이현우

1부

세계문학 다시 읽기

셰익스피어와 제국주의

셰익스피어의 《폭풍우》 다시 읽기

윌리엄 셰익스피어

William Shakespeare, 1564~1616

세계적인 문호의 대명사

　영국을 대표하는 작가 윌리엄 셰익스피어는 흔히 세계적인 문호의 대명사로 꼽힌다. 《햄릿》, 《오셀로》, 《리어 왕》, 《맥베스》의 4대 비극을 비롯해, 그가 남긴 대부분의 작품이 세계 전역에서 읽히고 무대에 오른다. 또 많은 작품이 영화화되어 스크린에서 상영된다. 이렇게 보면, 셰익스피어만큼 전 세계에 널리 알려지고 대중화된 작가도 드물다. 아예 '셰익스피어 산업'이라는 말이 생겨날 정도다. 이러한 현상은 얼핏 그의 문학이 갖는 보편적 호소력에 기인하는 것처럼 보인다. 그리하여 누구나 그의 문학을 공감하며 즐길 수 있고 더불어 그의 작품에서 삶에 대한 보편적 지혜를 발견할 수 있다고 말하기도 한다.

톨스토이, 셰익스피어의 언어는 '가식적'

　'진실로 위대한 작가 셰익스피어!' 이것이 셰익스피어에 대한 우리의 통념이다. 그러한 통념을 뒷받침하기 위해서 자주 인용되는 말이 있다. "나는 셰익스피어를 인도와도 바꾸지 않겠다!"라는 19세기 영국의 비평가 토머스 칼라일의 말이다. 대단한 자부심의 표현이다. 하지만 영국의 식민 통치를 받았던 인도인들도 공감할 수 있을까? 인도의 대학 영문학과에서도 셰익스피어를 읽고 공부하며 '과연 셰익스피어!'라고 맞장구칠 수 있을까? 이런 의문은 셰익스피어 문학의 보편성에 대해 한 번쯤 다시 생각해보게 만든다. 셰익스피어의 문학 역시 한 천재의 소산所産인 동시에, 그가 살았던 시대의 산물이다. 이를 고려한다면, 방대한 식민지를 경영한 17세기 대영 제국의 한 극작가의 작품이 시대와 국적을 초월하여 모든 사람에게 문학적 감동을 선사한다는 것은 어딘지 미심쩍다.

그리고 사실 셰익스피어에 대해서 호평만이 존재했던 것은 아니다. 러시아의 대문호 톨스토이는 셰익스피어의 유려하고 시적인 언어에 대해 '가식적'이란 비판을 서슴지 않았다. 그가 보기에 셰익스피어의 인물들은 모두 가식으로 가득한 부자연스러운 언어로 말한다. 살아 있는 사람이라면 절대로 그렇게 말하지 않는다는 것이 톨스토이의 주장이다. 그럼에도 이렇듯 과장되고 가식적인 언어가 환영을 받는다면, 그건 셰익스피어의 생존 당시나 현재에나 상류층의 비종교적이고 부도덕한 심리 상태에 잘 부합하기 때문이라고 톨스토이는 꼬집는다. 요컨대, 셰익스피어의 문학이 톨스토이를 설득하지는 못한 것이다. 하물며 전혀 이질적인 문화권의 독자라면 셰익스피어의 작품에 어떤 반응을 보일 것인가?

미국의 한 여성 인류학자가 인간의 본성은 다 마찬가지이므로 자신이 방문했던 서아프리카의 티브족 사람들도 《햄릿》을 이해할 수 있을 거라고 생각했다. 한데, 그녀가 《햄릿》의 첫 장면을 원주민들에게 설명할 때부터 '셰익스피어의 보편성'은 장벽에 부딪히기 시작했다. 어느 날 밤, 성에서 보초를 서고 있던 세 사내 앞에 얼마 전에 죽은 부왕父王이 나타났다고 말하자, 티브족 사람들은 죽은 자가 다시 걸어 다니는 것은 있을 수가 없는 일이라고 반박했다. 이들은 특이하게도 유령의 존재를 전혀 믿지 않았던 것이다. 따라서 시체도 아니고 좀비도 아닌, 죽은 부왕의 유령에 대해서는 아무리 설명을 해도 이해하지 못했다. 그들은 또 부왕과 그를 죽인 동생 클로디어스가 같은 어머니에게서 태어났는지를 물어서 인류학자를 당황하게 만들었다. 그들이 보기엔 이 문제가 매우 중요하지만, 정작 《햄릿》에서는 아무런 설명도 해주고 있지 않다.

　이러한 견해 차이가 더욱 극명해지는 것은 햄릿의 어머니 거트루드의 처신을 문제 삼을 때였다. 보통 서양의 독자들은 남편을 여읜 거트루드가 적절한 애도 기간이 끝나기 전에 너무 빨리 재혼했다고 생각한다. 극 중의 햄릿도 같은 생각이어서 "오 하느님, 이성적 사고가 결여된 짐승도 그보다는 더 오래 애도했을 텐데!"라고 어머니에 대한 불만을 털어놓는다. 하지만 티브족 사람들은 거트루드가 그렇게까지 오래 기다렸다는 사실에 오히려 놀랐다. "남편이 없다면 누가 당신 밭의 김을 매주나요?"라는 것이 티브족 아낙의 물음이었다. 전 세계에서 가장 자주 공연되는 작품이 《햄릿》이라지만, 이 작품에 대한 티브족 사람들의 반응은 그러한 '명성'이 반드시 보편적 공감을 보증해주는 것은 아니라는 점을 확인시켜준다.

제국주의 이데올로기와 《폭풍우》

그런데 셰익스피어 읽기는 문화적 차이가 빚어내는 이러한 견해 차를 확인하는 정도에만 그치지 않는다. 정반대의 평가도 제시되기 때문이다. 통념적인 셰익스피어 읽기와 이해에 맞서 '셰익스피어는 제국주의자'라고 주장하는 박홍규 교수는, 무엇보다도 셰익스피어의 문학이 팽창주의의 길로 접어든 대영 제국 시기의 산물이라고 주장한다. 곧 그의 작품이 제국주의 이데올로기를 반영하고 있다는 것이다. 그렇다면 셰익스피어가 살았던 시대는 어떤 시대였을까? 영국사에서 셰익스피어의 시대는 튜더 왕조(1485~1603) 말기에서 스튜어트 왕조(1603~1688) 초기를 가리킨다. 정치사적으로 보면 이시대는 봉건주의에서 절대주의 국가로 넘어가는 이행기였다. 절대주의 국가에서 권력은 국왕에게 집중되어 있었고, 셰익스피어가 살았던 엘리자베스 여왕(1533~1603) 시대에도 왕권에 반대하는 세력은 철저하게 탄압받았다. 셰익스피어의 연극은 왕위 찬탈을 둘러싼 권력 다툼을 자주 다루는데, 명확하게 왕권을 지지하는 것이 그의 정치적 입장이었다.

한편 경제적으로 셰익스피어의 시대는 봉건적 공동사회에서 상업적 이익사회로 넘어가는 이행기였다. 상업적 이익사회는 상품 거래를 통해서 이윤을 추구하는 상업 자본주의의 융성과 맞물려 형성되며, 이 상업 자본주의는 '지리상의 발견'의 결과로 촉진되었다. 1492년 콜럼버스(1451~1506)가 신대륙을 발견한 이후, 약 100년간 식민지 쟁탈전을 주도한 나라는 스페인과 포르투갈이었다. 영국은 스

페인의 무적함대를 격파하여 대서양의 패권을 차지하고, 17세기에 들어서 식민지 경영의 선두 국가가 된다. 흥미롭게도 셰익스피어의 작품 활동은 이러한 영국의 식민 사업과 거의 같은 시기에 시작되었다. 그의 작품에 중세 이래 유럽의 무역 중심지였던 베니스가 자주 배경으로 등장하는 것은 그런 사정과 무관하지 않다.

　셰익스피어의 여러 작품 가운데 식민주의 상황을 직접적으로 다루고 있는 것은 마지막 작품 《폭풍우》(1611)다. '태풍' 또는 '템페스트'란 제목으로도 번역·공연되는 이 작품은 보통 희비극으로 분류되는데, 대략적인 줄거리는 이렇다. 나폴리의 왕 알론소 일행은 아프리카 튜니스에서 결혼식을 마친 뒤 배를 타고 돌아가던 중, 폭풍우를 만나 난파하여 어느 섬에 도착한다. 그 섬에는 12년 전 밀라노의 공작이었다가 동생 안토니오에게 자리를 빼앗기고 어린 딸 미란다와 도망쳤던 프로스페로가 살고 있다. 알론소 일행을 난파시킨 폭풍우는 그가 복수를 위해 마법을 부려 일으킨 것이다.

처음 프로스페로가 도착했을 때 섬은 시코락스라는 여자 마법사가 지배하고 있었다. 하지만 프로스페로는 그녀를 물리치고 그녀의 아들이기도 한 '야만인' 칼리반과 많은 요정을 노예나 부하로 삼는다. 그는 알론소와 안토니오를 다시 만나 용서하고서 미란다를 알론소의 아들 페르디난드와 결혼시키고, 그 자신은 밀라노 공작의 지위를 회복한다. 한편 칼리반은 주인인 프로스페로의 지배에서 벗어나기 위해 반란을 계획하지만 실패하고 그에게 용서를 구한다.

작품의 중심 플롯을 구성하고 있는 것은 '알론소 일행에 대한 프로스페로의 복수'와 '프로스페로에 대한 칼리반의 반란'이다. 전자가 권력 쟁탈전의 양상을 띤다면, 후자는 '식민지 해방 투쟁'이라 이름 붙일 만하다. 여기서 제국주의 또는 식민주의 문제와 관련하여 보다 관심의 대상이 되는 것은 '프로스페로와 칼리반의 관계'다. '칼리반Caliban'이라는 이름 자체가 식인종을 뜻하는 '캐니벌cannibal'에서 왔다는 점은, 이 작품에서 '원주민' 칼리반이 어떻게 형상화되는지 미리 짐작해볼 수 있게 해준다.

작품 속에서 그는 주로 '야만적이고 흉측한 노예'로 소개된다. 2막에서 칼리반을 처음 본, 알론소의 광대 트린쿨로는 아예 이렇게까지 말한다.

"이게 뭐야? 인간이야? 생선이야? 죽은 거야? 산 거야? 생선이네. 생선 냄새가 나. 잡은 지 오래된 생선 냄새야. 싱싱하지 않은 말린

프로스페로는 칼리반에게 미란다를
강간하려 했다는 죄를 씌워 마법으로
제압하고, 바위 안에 가둔 다음 노예로
삼는다. 존 윌리엄 워터하우스가 그린
미란다의 모습(1916년).

대구 같은데, 괴상한 생선인걸!"

그는 이 '괴물'을 영국으로 데려가면 한밑천 잡을 거라고 상상한
다. 영국인들은 죽은 인디언을 구경하는 데도 돈을 아끼지 않기 때
문이다. 실제로 식민 시대에는 원주민들이 서커스단의 동물처럼 구
경거리로 전시되어 돈벌이에 이용되기도 했다. 프로스페로의 표현
을 빌리면, 칼리반은 '악마와 사악한 마녀 사이에서 태어난 사악한
노예'일 뿐이다. 이런 부정적인 묘사 때문에 《폭풍우》의 공연사에서
칼리반은 17세기에는 야만스러운 괴물로, 18세기에는 다양한 악행
의 구현자로, 19세기에는 반인반수半人半獸로, 그리고 20세기에는 인

간에 내재한 야수성의 상징으로 간주되기도 했다.

하지만 이런 식의 평가는 식민주의적 시선만을 일방적으로 반영하고 있음을 고려할 필요가 있다. 더불어 애당초 섬의 주인은 칼리반이었다는 사실을 간과해서는 안 된다. 칼리반은 이렇게 말한다.

> "이 섬은 내 거야. 내 어머니 시코락스 거였으니까. 그걸 네가 나한테서 뺏어 갔지."

처음 프로스페로와 대면했을 때 칼리반은 그의 온정에 호의적인 반응을 보이며 섬의 구석구석을 보여주었다. 프로스페로는 그런 칼리반에게 미란다를 강간하려 했다는 죄를 씌워 마법으로 제압하고, 바위 안에 가둔 다음 노예로 삼아버린다. 칼리반을 부를 때마다 욕설을 입에 담지만 형편상 그가 없으면 곤란하다. 칼리반이 불도 지피고, 나무도 해오고, 여러 가지로 도움을 주기 때문이다. 그의 이러한 약탈과 지배는 어떻게 정당화되는가? 미란다의 말은 시사적이면서도 노골적이다.

> "난 너를 측은히 여겨 말을 가르쳐주었고, 매번 이것저것 가르쳐주었다. 이 야만종, 네가 스스로 무슨 말을 하는지도 모르고 짐승처럼 어버버거릴 때 내가 말이 통하게 해주었다. 아무리 가르쳐도 네놈의 비천한 천성은 고쳐지지 않아. 선량한 우리로선 곁에 두고봐줄 수가 없어. 그러니 바위 속에 가둬두는 것은 당연하지."

하지만 칼리반 가르치기는 결코 시혜적인 차원에서 이루어진 것이 아니다. 칼리반에 대한 '계몽'은 부차적이며, 오히려 그에 대한 지배를 더욱 원활하게 하는 것이 그 목적이라고 보아야 한다. 곧 프로스페로와 미란다의 언어 교육은 칼리반이 말을 더 잘 알아듣게 만들어서, 더욱 쉽게 부려먹고 착취하기 위해 이루어졌을 뿐이다. 19세기 이후 '영어'가 식민지 지배의 중요한 도구로 사용된다는 점을 고려하면, 이 대목은 셰익스피어의 날카로운 통찰로도 읽힌다.

그러면 칼리반은 이러한 '주인의 논리'에 어떻게 대꾸하는가?

> "네년이 내게 말을 가르쳤지. 덕분에 난 저주하는 법을 알게 되었다. 붉은 종기 역병에나 걸려라, 이년."

칼리반의 욕설은 그가 받은 교육의 결과이며 '되받아치기'다. 칼리반은 제국의 언어를 배우지만 그 언어로 욕을 한다. 이러한 그의 모습은 '문명화' 교육의 이면을 드러내주면서 저항의 가능성도 제시한다. 하지만 결과적으로 칼리반의 저항, 곧 반란 기도는 실현되지 않는다. 알론소의 집사인 술주정뱅이 스테파노를 새로운 왕으로 모시고 프로스페로에게 대항하려 하지만, 그의 반란은 희화적으로 묘사될 뿐 결국 프로스페로의 사냥개들에게 단숨에 제압당한다.

고전을 바라보는 새로운 시각

빼앗긴 자신의 섬을 되찾으려는 칼리반의 시도는 식민지 해방 투쟁에 값하지만, 그는 이것이 스테파노라는 새로운 주인을 섬김으로써 가능하리라고 본다. 셰익스피어의 정치적 입장이 드러나는 것은 바로 이런 지점에서다. 그는 지배 권력에 대한 저항을 탐욕과 환상이 빚어낸 어리석은 행동으로 줄곧 그려왔고, 《폭풍우》에서 칼리반의 반란 또한 예외가 아니었다. 프로스페로가 자신의 적들을 모두 용서하는 5막은 전형적인 셰익스피어식 대단원으로, 그의 용서를 받은 칼리반은 다시금 '길들여진 노예' 상태로 돌아가 자발적으로 순종을 맹세한다. 그들의 확고한 주종 관계가 재차 확인되고 마는 것이다. 결국 이러한 결말을 통해 셰익스피어는 '야만인' 칼리반이 교정이 필요한 위협적인 존재이고, 강간이나 모반 같은 그의 반反사회적 행위는 반드시 통제되어야 한다고 주장한다. 그리고 이러한 결론은 그 당시 연극의 주된 관객이었던 영국 지배계급의 식민주의적 태도에 부합하는 것이기도 하다.

물론 오늘날의 시각에서 보자면 《폭풍우》는 프로스페로식의 '식민주의'를 비판적으로 성찰하게 만드는 작품으로 다시 읽을 수도 있다. 셰익스피어의 원래 의도가 무엇이었는가와 무관하게 말이다. 셰익스피어를 제국주의자로 비판할 수는 있지만, 그렇다고 해서 그의 작품을 읽을 필요가 없는 것은 아니다. 《폭풍우》가 그렇듯이 제국주의와 식민주의를 비판하는 용도로도 충분히 활용될 수 있으며, 그것이 고전의 의의이기도 하다.

햄릿과 어머니의 욕망

셰익스피어의 《햄릿》

1870년 햄릿을 연기하는 에드윈 부스. 그는 당대 최고의 비극 배우로 평가받았다.

　세계문학의 대명사가 셰익스피어라면, 《햄릿》은 셰익스피어 문학의 대명사다. 《햄릿》만큼 널리 알려지고 그만큼 많이 읽히는 작품도 드물다. 놀라운 건 그만큼 난해한 작품도 드물다는 점이다. 이 난해함은 주로 부왕의 죽음에 대한 햄릿의 복수가 어째서 지연되는지 모호하기 때문에 빚어진다. 그래서 '복수극'보다는 '복수 지연극'으로 분류하는 게 더 적합하다. 이렇게 복수가 지연되기에 종결이 늦춰지고 극의 분량도 당연히 길어진다. 《햄릿》은 셰익스피어의 4대 비극 가운데 가장 분량이 긴 것으로도 유명하다. 아무리 걸작이라고 해도 너무 긴 거 아닌가란 의문이 제기될 정도다. 전막을 그대로 공연하면 4시간이 넘어가는데, 이것은 셰익스피어 시대 연극의 통상적인 상연시간의 두 배에 가깝다. 자연스레 갖게 되는 질문. 정말 그대로 공연됐을까? 사실은 그렇지 않은 것으로 보인다. 《햄릿》 판본사가 그걸 말해준다.

《햄릿》은 통상 1604년에 출간된 제2사절판과 사후에 나온 제1이절판을 절충하여 편집한다. 문제는 가장 먼저 1603년에 나온 제1사절판이다. 이것은 셰익스피어가 썼을 자필원고를 짧게 줄여 재구성했거나 출연 배우 몇 명이 기억을 되살려 만든 공연본이라는 게 학자들의 생각이다. 놀랍게도 이 판본의 분량은 다른 판본들의 절반밖에 되지 않으며 공연시간도 2시간 남짓이면 충분하다. 그래서 '순회공연용'이었을 것으로도 추정되지만, 많은 오자와 함께 중요한 독백들이 생략돼 오랫동안 '저질 사절판'으로 평가 절하돼왔다. 다수의 《햄릿》 번역본들이 출간돼 있지만 이 제1사절판의 번역은 한 종밖에 없는 이유이기도 하다.

그렇더라도 이 '짧은 《햄릿》'의 미덕이 배우들에게만 돌아가는 것은 아니다. 그것이 '간추린 《햄릿》'이기도 하다면 《햄릿》의 핵심이 무엇인지 파악하는 데 도움을 줄 수 있을 것이다. 다른 판본들과는 무엇이 같고 무엇이 다른가. 5막의 구성 대신에 17장으로 구성된 이 판본의 두드러진 차이점은 더 젊어진 햄릿의 나이와 함께 어머니 거트리드(다른 판본에서는 '거트루드')의 태도다. 아버지가 죽자 곧바로 숙부와 재혼한 어머니의 침소에 찾아간 햄릿은 어머니의 행실을 비난하면서 동시에 아버지에 대한 복수를 도와달라고 요청한다. 아들 햄릿의 계획에 무엇이든 돕겠다고 맹세하는 거트리드의 모습은 다른 판본들에서 찾아볼 수 없는 면이다.

물론 모든 판본들에서 일관되게 유지되는 것도 많다. 대표적인 것이 부왕 햄릿과 숙부 클로디어스에 대한 비교다. 첫 번째 독백에서부터 햄릿은 두 사람을 비교한다. "내 아버지의 동생? 전혀 닮지도 않았어, 나와 헤라클레스가 다른 것보다도 훨씬 더." 즉 숙부가 아버지와 닮았다면 나는 헤라클레스겠다, 라는 식이다. 어머니의 침소 장면에서도 햄릿은 다시금 두 사람을 들먹인다. 군신 마르스와도 같았던 부왕의 모습과 "살인자, 강간범에 딱 어울릴 상판대기"의 숙부가 비교대상이라도 되느냐는 게 햄릿의 불만이다. 그래서 다그친다. "거지발싸개 같은 왕 때문에 진짜 군주의 풍모를 지닌 분을 저버려요?"

　곧 햄릿에게 난해하기 짝이 없는 수수께끼는 어머니의 욕망이다. 어머니는 무슨 생각으로 '남자 중의 남자' 대신에 고작 '사형집행인' 같은 얼굴의 남자와 근친상간의 쾌락에 빠진 것일까. 이 물음이 풀리지 않는다면 《햄릿》 또한 막을 내리지 않을 것이다.

돈키호테, 모든 이들의 모험담

세르반테스의 《돈키호테》

미겔 데 세르반테스
Miguel de Cervantes, 1547~1616

　방랑기사 돈키호테의 대단한 모험담을 그린 《돈키호테》의 저자 세르반테스의 명성은 세계문학사에서 셰익스피어와 어깨를 나란히 하지만 정작 그의 생애에 대해선 자세히 알려져 있지 않다. 아버지가 당시엔 이발사보다 나을 게 별로 없던 외과의사인데다가 청각장애인이어서 집안은 평생 가난을 면치 못했고 세르반테스는 정규교육을 받지 못했을 걸로 추정된다.

　청년 시절 세르반테스는 스페인의 연합함대가 오스만제국을 물리친 레판토 해전에 참전하여 부상을 입고 '바른손의 명

방랑기사 돈키호테와 산초.
귀스타프 도레(1832~1883)의
그림.

예를 앙양하기 위해' 왼손의 자유를 잃었다. 불운은 그걸로 그치지 않아 귀국길에 오르다 터키 해적에게 납치돼 5년간 북아프리카에서 포로 생활을 한다.

노예와 같은 생활 속에서도 이 불굴의 상이용사는 여러 차례 탈출을 꾀하고 반란을 주동하여 해적들까지도 경탄하게 만들었다. 결국 어렵게 몸값을 지급하고 마드리드로 돌아오지만 조국은 그를 대우해주지 않았다. 허다한 '군인 출신 실업자' 가운데 한 명일 뿐이었고, 세르반테스는 창작에 나서게 된다. 하지만 작가의 길도 순탄치는 않아서 그는 예순이 다 돼서야 《돈키호테》로 이름을 얻는다.

돈키호테는 누구인가? 우리에겐 물불 안 가리고 돌진하는 '괴짜'를 가리키는 별명이 됐지만 그는 일단 독서광이다. 행동가형 인물에겐 어울리지 않은 전력처럼 보이지만 여하튼 그는 사색가형의 대명사 햄릿보다도 더 많은 책을 읽었을지 모른다.

그는 경작지를 다 팔아치워가며 자신의 서가를 기사소설들로 채우고 밤낮으로 읽었다. 그 결과 마침내는 정신이상이 되고 말았다! 자신이 직접 "나라를 위해 봉사하고 자신의 명예를 세우기 위해" 방랑기사의 길에 나서기로 결심한 것이다. 그가 사라진 전설의 기사들을 모델로 하여 다시 복원하고자 한 기사도란 무엇인가. "처녀들의 순결을 지키고, 과부들을 보호하고, 불쌍한 사람들이나 고아들을 구제하는 일"이다. 그는 '네 것, 내 것'이란 구별이 없이 모두가 행복했던 '황금시대'를 다시 꿈꾼다. 그는 시대착오적인 미치광이인가?

방랑기사로 나선 돈키호테는 풍차를 거인으로 착각하여 돌진하고 시골 이발사의 세숫대야를 전설적인 맘브리노의 투구로 오인한다. '불쌍한 몰골의 기사' 주인의 착각이 너무 심한 듯하여 하인 산초조차도 핀잔을 던지자 돈키호테는 이렇게 나무란다.

"자네에게 세숫대야로 보이는 그것이 나에게는 맘브리노 투구로 보이는 것이고, 또 딴 사람에게는 다른 것으로 보일 수도 있지."

물론 돈키호테는 맘브리노 투구를 마법사가 술법을 부려 다른 사람에게는 세숫대야로 보이게 만들었다고 믿는다. 하지만 자신과 다른 사람들의 시각차를 인정한다는 점에서 돈키호테의 광기는 특이하다.

그는 자신이 늙은 시골귀족이라는 걸 알지만 동시에 '라만차의 돈키호테'라고도 생각한다. 부스럼투성이에다 말라비틀어진 말도 '로시난테'가 되고,

이웃마을의 농사꾼 처녀는 그가 사랑하는 귀부인 '둘시네아'가 된다. 어느 쪽이 진실인가. 눈에 콩깍지가 씐 경험이 있는 사람이라면 '객관적 진실'이 얼마나 텅 빈 것이고 말라비틀어진 것인지 알 것이다.

진실은 풍차와 거인 사이에, 맘브리노 투구와 세숫대야 사이에 있는 것 아닐까. 그렇다면 돈키호테의 광기는 유난스럽지 않다. 세르반테스의 파란 만장 편력을 닮은 돈키호테의 모험담은 숭고한 이상을 위해 돌진하는 모든 이들의 모험담이기도 하다.

━━━━━ 같은 날 세상을 떠난 셰익스피어와 세르반테스를 기념하여 국제 연합이 지정한 '세계 책의 날' 날짜가 4월 23일이다. 셰익스피어와 세르 반테스가 창조해낸 가장 대표적인 인물인 햄릿과 돈키호테는 여러 모로 비교가 되는데, 그런 비교를 선구적으로 보여준 작가가 투르게네프이다. '햄릿과 돈키호테'(1860)란 문학 강연을 통해서 '사색가형 인간 vs 행동 가형 인간'이란 이분법을 제시한 이가 바로 그다. 이 유명한 강연문은 예 전에 세계수필선 종류의 책에 번역, 수록돼 있었는데, 지금은 자취를 찾 을 수 없다. 이만한 강연문도 지금의 독자들이 읽을 수 없다는 게 유감스 럽다.

사기꾼 돈 후안의 운명

티르소 데 몰리나의 《돈 후안》

티르소 데 몰리나
Tirso de Molina, 1579~1648

《소설의 발생》이란 저작으로 유명한 이언 와트의 유작 《근대 개인주의 신화》는 서양문학사의 네 신화적 인물의 형상을 근대 개인주의의 시조로 조명하고 있는 흥미로운 책이다. 파우스트와 돈키호테, 돈 후안과 함께 로빈슨 크루소가 그가 분석하는 네 인물이다. 로빈슨 크루소를 제외하면 모두 신화적 인물들로서 많은 작품군을 거느리고 있는데, 특히 돈 후안과 관련하여 와트는 17세기 스페인의 성직자 겸 극작가 티르소 데 몰리나의 《돈 후안》을 분석 대상으로 삼았다. 몰리에르의 《동

화가 막스 슬레포크트(1868~1932)는
모차르트의 오페라 〈돈 조반니〉에 나오는
돈 후안의 모습을 이렇게 묘사했다.

쥐앙》과 모차르트와 다 폰테의 오페라 〈돈 조반니〉가 대중적으론 널리 알려
져 있지만 '원조 격' 작품은 티르소의 《돈 후안》이다.

작품명이 《돈 후안》이라고 줄여서 표기되지만 원제목은 좀 길다. 처음
번역됐을 때는 《세빌랴의 난봉꾼 돌부처에 맞아죽다》(1995)라고 의역된
제목이었고, 두 번째 번역본은 《돈 후안-세비야의 난봉꾼과 석상의 초대》
(2002)란 제목을 갖고 있었다. 모두 절판된 상태에서 나온 세 번째 번역본
은 《돈 후안-석상에 초대받은 세비야의 유혹자》(2010, 을유문화사)라고 옮
긴다.

특이하게도 이 문학사적인 작품의 제목이 아직 고정돼 있지 않은데, 그
래도 공통적인 건 원제의 'burlador'를 '난봉꾼' 혹은 '유혹자'로 옮긴다는
점이다. 물론 주인공 돈 후안의 화려한 여성 편력과 유혹술을 고려하면 이
상하지 않다. 하지만 와트에 따르면 이 단어의 스페인어 의미에 더 가까운

건 '사기꾼'이다. 사람들을 속여 넘기는 데서 즐거움을 느끼는 위인이 바로 돈 후안이라는 것이다. 반복해서 여인들을 속이고 배신하는 돈 후안의 유혹술은 실상 사기술이기도 하다.

'스페인 최고의 사기꾼' 돈 후안이 입에 달고 다니는 말은 "Tan largo me lo fiais"이다. 초고본의 제목으로도 쓰인 문구라고 하니까 티르소판《돈 후안》의 핵심 주제라고도 할 만하다. 우리말 번역본들은 "참으로 오래도록 나를 믿어주네" "오래도 두고 보시는구먼" "정말 오래도록 나를 봐주시는군" 등으로 옮겼다. 원문구는 상투적인 스페인어 표현이라고 하는데, "청산의 날은 아직 멀었다"란 뜻도 있다고 한다. '청산의 날'은 물론 '심판의 날'이기도 하다. 돈 후안은 자신이 아직 젊기 때문에 나쁜 짓을 해도 괜찮다고 믿는다. 참회는 늙어서 해도 충분하다는 계산이다. "돈 후안은 원칙적으로 무법자가 아니며, 기독교에 대해 회의적이지도 않다. 단지 자신의 경우에는 그 법칙이 유예될 수 있다고 믿을 뿐이다"라고 와트는 정리한다. 곧 돈 후안주의의 핵심은 현재의 젊음을 근거로 미래의 죽음과 심판을 간과하는 태도라고 할 수 있다. 무분별한 여성 편력은 그러한 태도의 부수적인 결과물일 뿐이다.

하지만 티르소판《돈 후안》에서 돈 후안의 판단은 들어맞지 않는다. 작품의 말미에서 코러스는 "이승에 살아 있는 동안/ 정말 오래도록 나를 봐주시는군!/ 이런 말 하는 자 저주 있을지니./ 그 말의 대가를 치르리라"라고 노래하며 결말을 암시하는데, 예언대로 돈 후안은 하느님의 섭리에 따라 불의 심판을 받는다. 마지막 순간에 돈 후안은 고해하고 용서를 구할 수 있는 기회를 달라고 요청하지만 받아들여지지 않는다. 그의 참회는 너무 늦었다. 결국 그는 용서를 받지 못한 채 죽음을 맞으며 지옥에 떨어진다. 요즘 인기

를 끄는 뮤지컬 〈돈 주앙〉의 '사랑스러운 매력남 돈 주앙'보다 우리에게 더
많은 교훈을 주는 '사기꾼 돈 후안'의 운명이다.

━━━━ 티르소 데 몰리나 판《돈 후안》의 매력은 돈 후안에 대한 단호한
응징에 있다. 시간과의 내기에서 아주 오만했던 돈 후안에겐 참회할 기
회가 주어지지 않는다. 그 점이 후대 작가 호세 소리야 이 모랄의《돈 후
안 테노리오》와의 가장 큰 차이점이다.

파우스트가 꿈꾼 유토피아

괴테의 《파우스트》 다시 읽기

요한 볼프강 폰 괴테

Johann Wolfgang Von Goethe, 1749~1832

괴테 문학의 대명사 《파우스트》

"영원히 여성적인 것이 우리를 이끌어 올리도다."

이 구절과 함께 대단원의 막을 내리는 《파우스트》는 괴테가 전 생애를 걸고 완성한 필생의 역작이자 독일문학 최고의 걸작으로 꼽히는 작품이다. 16세기경에 살았던 기인이자 학자인 파우스트에 대한 민간의 전설에 흥미를 느낀 괴테가 처음 집필을 시작한 해는 1773년이다. 그리고 1만 2,000행이 넘는 이 대작의 종지부를 찍은 것은 1831년으로, 그가 세상을 떠나기 불과 8개월 전이었다. 작품의 완성도를 고려하지 않더라도 《파우스트》가 괴테 문학의 대명사가 된 것은 우연이 아니다.

파우스트의 방황과 그레트헨의 파멸

'비극'이라는 부제가 붙은 방대한 분량의 《파우스트》는 1부와 2부로 나누어져 있다. 흔히 제1부를 '학자 비극'과 '그레트헨 비극'이라 부르고, 제2부는 '헬레나 비극'과 '지배자 비극'이라 부른다. '학자 비극'은 당대 최고의 학자 파우스트가 자신의 늙어버린 육신과 학문 수준에 절망하던 차에 메피스토펠레스(악마)의 제안에 따라 계약을 맺는다는 내용으로 구성되어 있다. 계약 조건은 현세에서 메피스토를 종으로 삼는 대신, 저세상에 가서는 그의 종이 되겠다는 것이다. 다시 말해, 지상에서는 악마의 힘을 빌려 자신의 모든 욕망을 충족시키는 대신, 죽은 뒤에는 영혼을 내주겠다는 것이 계약의 내용이다.

그렇다면 파우스트의 절망은 무엇이었나? 자신의 서재에서 늙은 파우스트는 이렇게 한탄한다.

> "아! 나는 철학도, 법학도, 의학도, 심지어는 신학까지도 온갖 노력을 다 기울여 철저히 공부하였다. 그러나 지금 여기 서 있는 나는 가련한 바보. 전보다 똑똑해진 것이 하나도 없구나!"

그는 평생에 걸친 공부를 통해, 가장 내밀한 곳에서 이 세계를 총괄하는 힘이 무엇인지 알아내려 했지만 그러한 앎에 도달하지 못한다. 게다가 자신의 서재가 '감옥'에 불과했던 건 아닌가 하는 의문을 품는다. 그리고 그런 의문은 세상에 대한 불만으로 이어진다.

> "세상이 내게 무엇을 줄 수 있단 말인가? 부족해도 참아라! 부족해도 참아라! 이것이 영원한 노래다."

메피스토가 마녀의 물약으로 파우스트에게 젊음을
선사하자, 다시 청춘을 되찾은 파우스트는 순박한
처녀 그레트헨을 유혹하여 파멸에 이르게 만든다.
파우스트가 그레트헨을 만난 장면을 묘사한
들라크루아(1798~1863)의 그림.

파우스트는 자신의 앎을 위해서 젊음을 희생하고 욕망을 억제했
지만 이젠 더 이상 참지 못한다. 메피스토펠레스의 말을 빌리면, 그
는 "이론이란 모두 회색빛이고 푸른 건 인생의 황금 나무"라는 깨달
음에 뒤늦게 조바심을 낸다. 이제껏 세상은 그에게 인식의 대상이었
으나 이제 그는 세상을 경험해보려 한다. 그런 파우스트가 모든 소
망을 들어주겠다는 메피스토의 제안에 넘어가는 것은 자연스럽다.
이렇게 메피스토가 마녀의 물약으로 파우스트에게 젊음을 선사하

고, 다시 청춘을 되찾은 파우스트가 순박한 처녀 그레트헨을 유혹하여 파멸에 이르게 만드는 것이 '그레트헨 비극'이다. 여기서 그레트헨은 파우스트의 유혹에 빠져 어머니와 오빠를 죽게 만들고, 파우스트와의 사이에서 낳은 아이마저 물에 빠뜨려 죽인 죄로 참수형을 받게 된다. 하지만 감옥으로 찾아와 도망을 권유하는 파우스트의 제의를 거부하며 자신의 죄를 참회한 덕분에 영혼만은 구원을 얻는다.

파우스트가 그리는 천국의 모습

2부의 무대는 시공간적으로 더욱 확장된다. '헬레나 비극'의 배경은 중세의 궁정으로, 파우스트는 메피스토의 도움을 얻어서 헬레나를 지하 세계에서 불러내 결혼하고 아들도 낳는다. 헬레나를 그리스어로 바꾸면 '헬레네'인데, 그녀는 트로이 전쟁의 원인이 된 절세의 미녀다. 헬레나와 결혼한 파우스트는 지극한 행복감을 맛보는 듯싶지만, 불행하게도 그의 아들 오이포리온이 날아가고자 하는 욕망을 억제하지 못하고 무모한 시도를 하다가 죽고 만다. 헬레나는 아들을 잃은 슬픔에 파우스트를 떠나고, 다시 파우스트 혼자 남게 되는 것이 '헬레나 비극'의 줄거리다. 고대 그리스의 여인 헬레나와 결혼한다는 설정에서 짐작할 수 있지만, 이 대목은 파우스트의 환상을 무대로 옮겨놓고 있다.

마지막 '지배자 비극'에서 파우스트는 황제를 도와 전쟁에서 공을 세운 덕분에 거대한 땅을 하사받고 간척 사업을 벌인다. 지금까지의 온갖 영화에도 만족할 줄 몰랐던 파우스트는 이 지상의 '지배권'을 획득하는 일을 마지막 과업으로 여기고, 바다를 막아 거대한 간척지를 만든다. 파우스트는 이렇게 말한다.

> "스스로 결실이 없는 파도는 그 비생산성을 퍼뜨리려 사방팔방으로 접근해온다. (…) 연이은 파도는 힘에 넘쳐 그곳을 지배하지만, 물러간 뒤엔 아무것도 이루어진 게 없다. 그것이 날 불안케 하고 절망으로 이끌었도다! 이 참을성 없는 원소의 맹목적인 힘이라니! 그리하여 내 정신은 감히 비약을 시도하려는 것. 여기서 나는 싸우고 싶다. 이것을 이겨내고 싶다."

파우스트가 이겨내고자 하는 것은 영원한 반복을 통해서 모든 것을 무無로 만들어버리는 파도, 곧 자연의 지배력이다. 그는 이 자연과의 싸움을 위해서 거대한 제방 공사를 기획하여 백성의 노동력을 쥐어짠다. 파우스트가 꿈꾸는 것은 그렇게 해서 얻으려고 하는 '자유로운 땅'이고 '천국'이다. 과연 그가 그리는 유토피아는 어떤 모습인가?

> "밖에선 성난 파도가 제방을 때린다 해도, 여기 안쪽은 천국 같은 땅이 될 거야. 파도가 세차게 밀려와 제방을 갉아먹는다 해도 협동하는 마음이 급히 구멍을 막아버릴 게다. 그렇다! 이 뜻을 위해 나는 모든 걸 바치겠다. (…) 자유도 생명도 날마다 싸워서 얻는 자만이 그것을 누릴 자격이 있는 것이다. 그래서 위험에 둘러싸이더라도 여기에선 남녀노소가 모두 값진 나날을 보내는 것이다. 나는 이

러한 군중을 지켜보며, 자유로운 땅에서 자유로운 백성과 살고 싶다. 그러면 순간을 향해 이렇게 말해도 좋으리라. '멈추어라, 너 정말 아름답구나!'"

파우스트는 지상에서 최고의 순간을 맛본다면 자신의 삶을 가져가도 좋다고 메피스토와 내기를 걸었고, 이 대목에서 마침내 그러한 순간에 도달한다. 이로써 그는 죽음을 맞이하고, 메피스토는 계약에 따라 그의 영혼을 지옥으로 수습해가려 한다. 하지만 천사들이 내려와 "영원히 갈망하며 애쓰는 자, 그를 우리는 구원할 수 있다"라고 노래하며 파우스트의 영혼을 천상으로 데려간다. 이것이 '지배자 비극'의 결말이자 《파우스트》의 대단원이다.

파우스트는 구원받을 만한가

장엄한 합창과 함께 마무리되는 이 마지막 장면은 분명 감동적이지만 《파우스트》를 구성하는 네 가지 '비극'을 따라온 독자라면 한 가지 의문을 떨치기 힘들다. '파우스트의 구원은 과연 정당한가?'라는 의문이다. 특히 문제가 되는 부분은 '지배자 비극'이다. 이 대목에서 파우스트는 자신이 기획한 과업을 실행에 옮기기 위해 많은 사람을 희생시키는 강압적인 통치자 또는 권력자의 형상으로 나타난다. 그는 언덕 위 오두막집이 간척 사업에 방해가 되자 참을 수 없이 괴로워하며 메피스토에게 '처리'를 부탁한다. 그러자 메피스토가 보낸 부하들은 집주인인 노부부를 강제로 끌어내리려다가 오두막을 통째로 불태우고 만다. 노부부가 그 화염에 희생된 건 물론이다. 비록 파우스트는 이 일로 양심의 가책을 느껴 눈이 멀게 되지만, 그렇다고 그의 책임이 면제되는 것은 아니다. 하물며 그의 욕망은 이후에 더욱 거세게 불타오르지 않았는가!

"밤이 점점 깊어가는 것 같구나. 하지만 마음속엔 밝은 빛이 빛난다. 내가 생각했던 것을 서둘러 완성해야겠다. 주인의 말보다 위력이 있는 것도 없으리라. 여봐라, 하인들아! 모조리 자리에서 일어나거라! 내가 대담히 계획했던 일, 멋지게 이루어다오. 연장을 잡아라. 삽과 괭이를 놀려라! (…) 이 위대한 일 완성하는 데는 수천의 손 부리는 하나의 정신으로 족하리라."

이러한 독백에서 확인할 수 있듯이, 파우스트는 자신을 '주인'이자 수천의 손을 부리는 '하나의 정신'으로 간주한다. 그렇다면 그의 영지에 속한 나머지 사람들은 모두 '하인'이자 '지체'가 될 것이다. 이것을 파우스트적 '영도자주의'라고 말할 수 있을까? 비록 그의 의도가 버려진 땅을 일구어 모든 사람을 위한 낙원을 만들려는 것이라지만, 그의 방법은 결코 윤리적이지도 민주적이지도 않았다. 파우스트적 지배자 형상이 20세기 나치 독일에서는 '영웅적 지도자' 상의 모델이 되고, 동독에서는 민중 동원을 정당화하는 구실이 되었다는 사실을 과연 역사적 우연이라고만 치부할 수 있을까?

오늘날의 관점에서 보자면 이 '지배자 비극'에 등장하는 개발 지상주의자 파우스트는 근대의 기획자이자 근대성의 화신이나 다름없다.

이때의 근대는 무한한 소유욕과 지배욕을 긍정하고 정당화하는 메커니즘으로서의 '근대 자본주의'다. 이미 '학자 비극'에서 파우스트는 '그의 정신으로 가장 높고 가장 깊은 것을 파악하고, 자신의 자아를 온 인류의 자아로까지 확대시키는 것이 소망'이라 토로했다. 그렇듯 무한히 팽창하려는 파우스트적 욕망을 개인적 차원을 넘어서 국가적 차원에서 구현한 것, 그것이 바로 '근대 제국주의' 아니던가.

파우스트의 명령을 받고 세계를 일주하며 무역 거래와 약탈을 일삼아 부富를 챙겨 돌아온 메피스토의 이런 독백은 괴테가 통찰한 근대 자본주의와 제국주의의 핵심이라고 보아도 좋을 것이다.

> "단 두 척의 배로 떠났던 우리가 스무 척이 되어 항구로 돌아왔다. 우리가 얼마나 큰일을 했는가는 싣고 온 짐을 보면 알 거야. 자유로운 바다에선 정신도 자유스러워지는 법, 사리 분별 따위가 무슨 소용이랴! (…) 전쟁과 무역과 해적질은 떼어놓을 수 없는 삼위일체인 것을."

그런 '수완가' 메피스토를 감독관으로 하여 파우스트가 벌이는 최후의 사업이 대규모 제방 공사다. 하지만 그의 무절제한 욕망 추구는 곧 그 자신의 무덤을 파는 일이기도 하다. 이것은 공사 중인 수로가 얼마나 길어졌는지 매일같이 보고하라고 명령하는 파우스트의 등 뒤에서, 메피스토가 인부들은 그 '수로Graben'를 '무덤Grab'이라 부른다고 중얼거리는 데서도 암시된다. '헬레나 비극'에서 파우스트가 꿈꾸었던 행복과 마찬가지로 '지배자 비극'에서 그가 꿈꾸는 지상낙

파우스트와 메피스토펠레스. 지금은 과연 파우스트의
개발주의와 메피스토의 허무주의 중 어떤 태도에 더
점수를 줄 수 있을까. 들라크루아의 그림.

원 또한 한갓 주관적 환상에 불과할지도 모른다. 그렇다면 악마에게
영혼을 팔고 살인도 마다하지 않으면서까지 자신의 욕망을 추구한
파우스트는 과연 무엇을 얻게 되었을까? 그리고 과연 파우스트의
영혼은 충분히 구원받을 만한가?

   괴테 자신의 생각은 이런 것이었다. 그는 《파우스트》를 완성하기
직전인 1832년 6월 제자 에커만과의 대화에서 파우스트의 구원을
위한 열쇠는 "영靈들의 세계에서 고귀한 한 사람이 악으로부터 구원
되었도다. 언제나 갈망하며 애쓰는 자, 그를 우리는 구원할 수 있다.
그에겐 천상으로부터 사랑의 은총이 내려졌으니, 축복받은 무리가
그를 진심으로 환영하게 되리라"라는 천사들의 합창에 숨겨져 있다

고 말했다. 이는 작품의 서두에 놓인 〈천상의 서곡〉에서, "인간은 노력하는 한 방황하는 법이니까"라고 한 하느님의 말과 호응하는 것이기도 하다. 하지만 그의 방황이 자신의 삶뿐만 아니라 다른 사람들의 삶까지 파괴했더라도 여전히 그 방황은 '노력'으로 간주될 수 있을까? 그리하여 구원받을 수 있는 것일까? 혹 다르게 생각해볼 여지는 없을까?

파우스트의 개발주의 VS. 메피스토의 허무주의

파우스트는 "내가 세상에 남겨놓은 흔적은 영원히 사라지지 않을 것이다. 이같이 드높은 행복을 예감하면서 지금 최고의 순간을 맛보고 있노라"라는 말을 남기고 숨을 거둔다. 자연의 허무에 맞서서 끝까지 어떤 '흔적'을 남겨놓으려 한 것이 파우스트의 기본적인 욕망이라고 할 수 있다. 그런 파우스트의 죽음을 놓고 메피스토는 "어떤 쾌락과 행복에도 만족하지 못하고, 변화무쌍한 형상들만 줄곧 찾아 헤매더니, 최후의 하찮고 허망한 순간을 이 가련한 자는 붙잡으려 하는구나"라고 평한다. 메피스토가 보기에 모든 창조는 결국엔 무無로 휩쓸려가게 마련이다. 그런 의미에서 그는 영원한 허무를 더 좋아하며, 유위有爲보다는 무위無爲를 예찬한다.

괴테의 시대 이후 두 세기가 흘렀다. 지금은 과연 파우스트의 개발주의와 메피스토의 허무주의 중 어떤 태도에 더 점수를 줄 수 있을까. 미국의 저널리스트 앨런 와이즈먼이 보여주는 '인간 없는 세상'의 연대기가 참조가 될 수 있겠다. 그에 따르면, 인간이 사라진 바로 다음날부터 자연이 '집 청소'를 하기 시작해서 곰팡이는 벽을 갉아먹으며, 빗물은 못을 녹슬게 하고 나무를 썩게 한다. 그리하여 인간이 살던 집들은 50년이면 대부분 허물어지고, 습지와 강을 메워 만든 도시들은 물에 잠길 것이다. 300년 뒤면 세계 곳곳의 댐들이 무너지고, 1,000년 뒤엔 인간이 남긴 인공 구조물 가운데 도버 해협의 해저 터널 정도만 남아 있게 된다. 물론 과다하게 배출된 이산화탄소처럼 인간이 남긴 부정적 유산들이 모두 제거·정화되는 데는 그보다 훨씬 오랜 시간이 걸릴 테지만, 결국은 모든 것이 지워질 것이다. 파우스트의 바람과는 달리 영원히 사라지지 않는 것은 없다.

거장의 원고는 불타지 않았다

미하일 불가코프의 《거장과 마르가리타》

미하일 불가코프
Mikhail Bulgakov, 1891~1940

괴테의 비극 《파우스트》에는 두 여인과의 사랑 이야기가 나
온다. 각각 '그레트헨 비극'과 '헬레나 비극'이라 불리는 이야
기다. 죽은 이후에 자신의 영혼을 넘기기로 메피스토펠레스와
계약을 맺은 늙은 학자 파우스트는 마녀가 만들어준 물약을 마
시고 매력적인 젊은이로 변신한다. 약 기운에 도취된 그에게는
모든 여자가 여인들의 이상형 헬레나로 보인다. 그가 거리에서
처음 만난 아가씨 마르가레테(그레트헨)에게 "아, 정말로 저 처
녀는 아름답구나! 나 이제까지 저런 애를 본 적이 없구나"라고

49

경탄하는 이유다. 마르가레테도 파우스트에겐 헬레나의 미모를 가진 처녀로 보이는 것이다. 실상도 그럴까?

파우스트가 "아름다운 아가씨"라고 부르며 집에 바래다주겠다고 수작을 걸 때, 마르가레테는 "저는 아가씨도 아니고, 아름답지도 않아요"라고 답한다. 여기서 '아가씨'는 귀족계급의 처녀를 가리키는 '프로일라인'의 번역인데, 대개 '아가씨'로만 번역돼 있어서 오해를 불러일으킬 수도 있다. 우리말에서 '아가씨'는 보통 '아줌마'의 상대어이기 때문이다. 하지만 독일어 '프로일라인'은 시민계급의 처녀를 가리키는 '융프라우'의 상대어다. 마르가레테의 대답은 자신이 '프로일라인'이 아니라 '융프라우'라는 것이고, 그런 의미를 살려서 '프로일라인'을 '양반집 아가씨'라고 옮긴 경우도 있다. 그렇게 정직하게 답한 걸 고려하면 "아름답지도 않아요"라는 마르가레테의 말을 겸손으로만 간주할 필요는 없을 듯하다. 최소한 그녀는 평범한 처녀이지 않았을까.

하지만 20세기 러시아문학의 거장 미하일 불가코프의 장편소설 《거장과 마르가리타》에서 여주인공 마르가리타는 특별한 아름다움을 뿜낸다. '파우스트와 마르가레테' 이야기를 '거장과 마르가리타' 이야기로 다시 쓴 이 작품에서 역사학을 전공하고 모스크바의 박물관에서 일하던 '거장'은 어느 날 거리에서 꽃을 들고 있는 한 여인을 본다. 그는 그녀의 아름다움이 아니라 눈빛에 실린 고독에 이끌리고 두 사람은 곧장 사랑에 빠진다. 어떤 사랑이었나?

> "사랑은 골목길에서 갑자기 살인자가 튀어나오듯이 우리 앞에 나타나 우리 두 사람에게 달려들었습니다. 번개처럼, 단도처럼!"

    거장은 예수와 본디오 빌라도에 관한 소설을 쓰고 마르가리타는 소설에 흠뻑 빠져들어 그를 '거장'이라고 부르기 시작한다. 하지만 그의 작품은 발표도 하기 전에 문학계에서 부당한 비난과 혹평의 대상이 된다. 스탈린 시기에 탄압받은 작가 불가코프의 문학적 분신이기도 한 거장은 실의에 빠져 자신의 원고를 소각한 뒤에 제 발로 정신병원을 찾아간다. 그런 참에 볼란드(악마)와 그의 일당은 흑마술로 모스크바를 한바탕 혼란으로 몰아넣으며 소비에트 시민들의 탐욕과 속물근성을 폭로한다. 그리고 마르가리타는 볼란드가 연 사탄의 무도회에서 안주인 역할을 하고 그 대가로 거장과 재회한다. 볼란드의 마법은 거장이 소각한 원고까지도 되살려놓는다. "원고는 불타지 않는다!"는 그의 말은 생전에 이 마지막 작품을 출간할 수 없었던 불가코프의 문학적 신념을 표현한 것이기도 하다.

    거장과 마르가리타의 뒷얘기가 궁금하신가? 빛의 세계에는 합당하지 못하기에 거장에게 내려진 처분은 세 번역본에 따르면 '평온'(문학과지성사)과 '안식'(열린책들), 그리고 '평안'(민음사)이다. 마르가리타와 함께 영원한 안식을 얻는 거장의 모습은 이 작품의 교정을 보면서 세상을 떠난 불가코프의 마지막 희원을 구현하고 있다.

프로메테우스 신화 다시 쓰기

메리 셸리의 《프랑켄슈타인》 다시 읽기

메리 셸리

Mary Shelley, 1797~1851

프랑켄슈타인은 괴물이 아니다

'프랑켄슈타인'이란 말을 들으면 무엇이 떠오르는가? 일단 프랑켄슈타인을 소재로 한 대중 영화들 덕분에 괴물의 형상을 떠올리기 쉽다. 시체 조각들을 긁어모아 거기에 생명력을 불어넣어 만든 인조인간 말이다. 그래서 많은 사람이 '영화사상 가장 널리 알려진 괴물'의 이름이 프랑켄슈타인이라고 오인하곤 한다. 그런데 메리 셸리의 원작《프랑켄슈타인》(1818, 원제는《프랑켄슈타인 또는 현대판 프로메테우스》)에서 '프랑켄슈타인'은 그 괴물이 아니라 창조자의 이름이다.

하지만 문화사적 기억 속에서 이 '창조자'와 그가 이름을 붙여주지 않은 '창조물'은 서로 분리되지 않고 마치 하나인 것처럼 붙어 다닌다. 그래서 우리는 이 작품을 '프랑켄슈타인이 만들어낸 괴물'에 관한 이야기인 동시에, '프랑켄슈타인이라는 괴물'에 관한 이야기로도 읽게 되는 것이다. 이 두 이야기가 함축하는 바는 무엇일까? 먼저 저자인 메리 셸리의 삶과 이 작품의 탄생 배경에 대해서 조금 알아두는 게 좋겠다.《프랑켄슈타인》의 창조자답게 결코 평범하진 않은 이야기다.

스스로 창조자가 된 프랑켄슈타인

메리 셸리는 1797년 영국의 저명한 철학자 윌리엄 고드윈 (1756~1836)과 여권주의자 메리 울스턴크래프트(1759~1797) 사이에서 태어났다. 그녀의 부모는 모두 당대의 유명 인사였다. 어머니 울스턴크래프트는 여성에게도 남성과 동등한 사회적 기회가 부여되어야 한다고 주장한 《여성의 권리 옹호》(1792)의 저자였다. 이 책은 '근대 최초의 페미니즘 저작'이라고 찬사를 받는 고전이다. 그녀는 공화국 시민이 되는 것이 좋은 엄마가 되는 것보다 중요하다고 여겼고, 결혼은 합법적인 매춘에 불과하다는 독설을 퍼붓기도 했다. 하지만 태어날 아이를 위해서 1797년에 고드윈과 결혼했으며, 5개월 뒤에는 딸 메리를 낳았다. 그런데 불행하게도 그녀는 산후 합병증으로 곧 세상을 떠났고, 그 바람에 메리는 아버지와 계모 슬하에서 성장하게 되었다. 메리는 어릴 적부터 다방면에 걸쳐 아버지의 장서를 탐독했는데, 탁월한 문필가 부모의 딸답게 글쓰기를 즐겼다.

아버지가 사회적 명사였던 만큼 그녀의 집에는 많은 손님이 드나들었는데, 그 중에는 고드윈을 숭배했던 시인 퍼시 비시 셸리 (1792~1822)도 있었다. 그 당시 셸리는 첫 번째 결혼 관계를 정리하지 못한 유부남이었다. 하지만 사랑에 빠진 그들은 아버지의 반대를 무릅쓰고 동거에 들어갔고, 1816년 마침내 결혼하기에 이르렀다. 그리하여 메리 울스턴크래프트는 '메리 울스턴크래프트 셸리'가

프랑켄슈타인은 생명이 없는 육체에 생명을 불어넣기 위해 2년 가까이 노력한 끝에 결국 생명을 창조하는 데 성공한다. 하지만 그것은 그가 꿈꾸던 모습과는 전혀 다른 '괴물'이었다. 제임스 웨일 감독의 1931년 영화 〈프랑켄슈타인〉의 한 장면.

되었다. 그녀가 자신의 이름에 '고드윈'이란 아버지의 성 대신 어머니의 성 '울스턴크래프트'를 넣은 데서, 어머니에 대한 그리움을 읽을 수 있다. 실제로 그녀가 가장 즐겨 찾아 책을 읽던 장소는 어머니의 무덤가였다.

메리 셸리가 《프랑켄슈타인》을 쓰게 된 것은 우연한 계기를 통해서였다. 1816년 여름, 유럽 여행을 하던 중 셸리 일행은 스위스에서 당대를 대표하는 시인 바이런(1788~1824)과 어울리게 된다. 비가 많이 오는 날씨 탓에 갇혀 지내야 했던 그들에게, 바이런은 각자가 초자연적인 이야기, 곧 '유령 이야기'를 써보자고 제안한다. 이야기를 궁리하던 중에 메리는 갈바니(1737~1798)의 실험과 생명의 본질 같은 문제에 관심을 갖게 된다. 그 당시 이탈리아의 의학자인 갈바니는 전기 자극을 통해 죽은 개구리의 다리가 움직이는 현상을 발견하여 화제를 모았다. 일부에서는 죽은 시체도 전기 자극으로 움직이게 할 수 있다고 주장하기도 했다.

그런 발상에서 영감을 얻은 메리는 어느 날 자신의 피조물 앞에서 공포를 느끼는 창조자에 대한 악몽을 꾸었고, 이것이 《프랑켄슈타인》의 직접적인 출발점이 되었다. 이 작품에서 주인공 빅터 프랑켄슈타인은 생명이 없는 육체에 생명을 불어넣기 위해 2년 가까이 노력한 끝에 결국 생명을 창조하는 데 성공한다(그의 이름은 '빅터Victor'다!). 하지만 그것은 너무나 흉측하고 혐오스러웠다. 그가 꿈꾸었던 모습과는 전혀 다른 '괴물'이었던 것이다. 그에겐 아름다운 꿈 대신에 공포와 역겨움이 엄습해온다. '괴물'을 창조하고 나서 그가 꾸는 악몽은 그런 점에서 매우 암시적이다.

> "사실 잠이 들긴 했지만 사나운 꿈에 시달렸다. 엘리자베스를 보았다. 건강한 모습으로 잉골슈타트 거리를 걷고 있었다. 놀랍고 반가운 마음에 그녀를 껴안았는데 나의 첫 번째 입맞춤에 그녀의 입술은 죽음의 납빛이 되었다. 그녀의 모습이 변하기 시작하더니 어느새 내 품에는 죽은 어머니의 시체가 안겨져 있었다."

엘리자베스는 생전에 어머니가 '선물'로 데려온 고아 소녀로, 남남이긴 해도 프랑켄슈타인에게는 동생과 다름없는 존재였다. 그런데 나중에 두 사람은 연인 사이로 발전한다(1818년에 발간된 《프랑켄슈타인》에서는 사촌동생으로 설정되어 있었다). 어머니는 성홍열에 걸린 엘리자베스를 간호하다가 세상을 떠나는데, 그녀가 남긴 유언은 두 사람의 결혼이었다. 그렇기에 프랑켄슈타인의 악몽에서 엘리자베스와 어머니가 차례로 등장한 것이다.

엘리자베스에게 하는 입맞춤이 새로운 생명 창조에 대한 프랑켄슈타인의 열망과 상응한다면, 죽은 어머니의 시체는 자신의 피조물에 대한 환멸과 공포를 상징한다. 실상 새로운 생명은 그가 엘리자베스와 결혼하면 얻을 수 있었을 테고, 또 그것이 자연의 법칙에도 부합한다. 하지만 작품의 부제대로 '현대의 프로메테우스'가 되고자 한 프랑켄슈타인은 여성의 몸을 빌리지 않고 스스로가 생명의 창조자가 되고자 한다. 그 결과는 그가 견딜 수 없을 만큼 섬뜩하고 소름 끼치는 것이었다. 결국에는 그의 아내 엘리자베스마저 괴물에게 잃고 말았기 때문이다. 이것이 프랑켄슈타인의 인간 창조가 거둔 비극적 결말이다.

중층으로 이루어진 이야기 구조

소설로서 《프랑켄슈타인》은 액자형 이야기 구조를 가지고 있다. 가장 바깥의 이야기는 북극의 새로운 항로를 발견하기 위해 탐험에 나선 로버트 월튼 선장이 누이에게 보내는 편지로, 항해 일지와 같은 형식으로 되어 있다. 그는 북극을 지나가기 위해 항해하던 중 프랑켄슈타인을 만나서 그가 창조해낸 괴물 이야기를 듣는다. 이때 프랑켄슈타인은 복수를 위해 그 괴물의 뒤를 쫓게 되기까지의 이야기를 들려준다. 그런데 그 프랑켄슈타인의 이야기 속에서 다시 괴물이 등장하여 자신의 이야기를 그의 창조자에게 들려준다. 곧 전체적으로는 괴물이 프랑켄슈타인에게, 프랑켄슈타인은 월튼에게, 월튼은 누이에게 이야기를 들려주는 식으로 구성되어 있는데, 이렇게 중층으로 이루어진 이야기 구조는 이 공상적인 이야기에 사실감을 부여해준다.

전체 이야기의 중심을 이루고 있는 것은 프랑켄슈타인과 괴물의 만남이다. 괴물은 자신을 창조해놓고도 혐오하며 방치한 창조자 프랑켄슈타인에게 복수를 결심한다. 그리고 프랑켄슈타인은 그의 피조물이 자기 가족과 친구를 해쳤다는 사실을 알고는 그를 제거하려고 한다. 서로가 서로를 찾는 셈인데, 이 둘의 조우 장면에서 괴물은 그의 창조자에게 이렇게 호소한다.

> "제발, 프랑켄슈타인. 다른 사람한테는 잘해주면서 나만 짓밟지 말아주시오. 나는 당신의 정의를, 당신의 너그러움과 애정을 받아야 마땅하오. 당신의 피조물이잖소. 나는 당신의 아담이어야 했지만 타락한 천사가 되었고, 당신은 아무 죄도 없는 나를 기쁨에서 몰아내었소."

괴물이 '아담'과 '타락 천사'를 비유로 든 것은 그가 밀턴(1608~1674)의 《실낙원》을 감동적으로 읽었기 때문이다. 알다시피 《실낙원》은 《성경》의 〈창세기〉를 바탕으로 하여 쓴 방대한 서사시다. 괴물은 프랑켄슈타인이 쓴 실험 기록, 곧 자신의 탄생 과정에 관한 기록을 모두 읽었다고 말하면서 자기가 느낀 역겨움과 참담함을 토로한다. 그러고는 프랑켄슈타인에게 항의한다.

> "저주받을 창조자! 왜 당신조차 역겨워 고개를 돌릴 소름끼치는 괴
> 물을 만들었는가? 신은 자신의 형상을 본떠 인간을 아름답고 매력
> 적으로 만들었건만 내 모습은 추잡한 인간의 모습이고, 인간과 비
> 슷하기 때문에 더욱 끔찍해졌다."

여기서 괴물은 신의 창조와 프랑켄슈타인의 창조를 대조시키면서
그를 원망한다. 프랑켄슈타인은 생명 창조라는 신의 영역을 넘겨다
보고 도전한 셈이지만, 자신도 감당하기 어려울 만큼 혐오스러운 결
과만을 얻는다. 그리고 이 점은 그와 유사한 야망을 갖고 있는 분신
적인 인물 로버트 월튼에게도 영향을 미친다.

월튼 또한 누이에게 보낸 편지에서 자신의 프로메테우스적인 야
망을 털어놓는다. 그는 북극 근처의 항로를 발견하여 수개월씩 걸리
는 대륙 간 여정을 단축하거나 자력의 비밀을 밝혀내려 한다. 그리
고 이러한 업적이 전 인류에게 헤아릴 수 없는 혜택을 줄 수 있으리
라고 장담한다. 하지만 그의 고백대로 가끔은 자신이 가장 불행한
사람처럼 느껴지는데, 그것은 그의 성공을 기뻐해줄 사람도 없고,
괴로울 때 격려해줄 사람도 없기 때문이다. 프랑켄슈타인과 마찬가
지로 월튼 또한 자기만의 광기에 사로잡혀 있는 인물인 것이다.

배가 빙산에 갇혀 있던 중에 프랑켄슈타인을 만난 월튼은 '친구'
를 만난 듯이 반가워하지만, 그의 탐험에 동원된 선원들은 점차 인
내심의 바닥을 드러낸다. 선원들은 더 이상의 무모한 항해를 포기하

셸리의 프랑켄슈타인 이야기가
프로메테우스에게서 끌어오고 있는
것은 '한 영웅의 인간 창조와 그로 인한
주변의 평범한 인간들의 피해'라는
신화소다. 얀 코시에르(1600~1671)의
그림 〈불을 훔치는 프로메테우스〉.

고 남쪽으로 되돌아가자고 요구한다. 프랑켄슈타인은 월튼과 선원
들에게 끝까지 곤경과 죽음에 맞서 싸우고 영웅이 되어 돌아가라고
독려한다. 그러나 결국 빙산에서 풀려난 월튼의 배는 기수를 고향인
잉글랜드로 돌린다. 이는 월튼에겐 인류에 이바지한 사람으로서 명
예를 얻겠다는 희망을 포기한 결정이지만, 선원들은 그의 결정을 반
긴다. 프랑켄슈타인과 월튼은 똑같이 프로메테우스적인 야망을 실
현시키고자 했지만, 이 지점에서 둘의 운명은 갈라진다. 그리고 사
실 월튼이 보내는 편지의 수신자인 누이 '사빌 부인Mrs Saville'은 프랑
스어에서 '그의 고향Sa ville'이란 말과 음성적으로 유사하다. 그래서
그의 누이가 있는 잉글랜드로의 회항은 그의 귀향이자 여성의 품으
로의 귀환이기도 하다.

프로메테우스 신화 뒤집어 읽기

잘 알려진 대로, 그리스 신화에서 프로메테우스는 인간을 위해 신들의 화덕에서 불을 훔쳐 전해주고, 인간은 이를 바탕으로 문화를 발전시킨다. 한편으론 그가 진흙으로 인간을 만들어서 인간이 신성을 가지게 되었다고도 한다. 그런 의미에서 보자면 프로메테우스는 인간의 창조자다. 물론 이 때문에 코카서스 산정에 포박되어 제우스가 보낸 독수리에게 매일 간을 쪼이는 고통을 당하지만, 대신에 그는 신에 대한 반항과 인간에 대한 사랑을 상징하게 되었다. 그리고 이러한 그의 '영웅성'은 많은 시인과 작가에게 영감을 주었다.

메리의 남편 셸리 또한 예외가 아니어서, 《해방된 프로메테우스》(1820)에서 그는 자신이 시를 통해 새로운 세계와 인간을 창조하는 창조자임을 자임했다. 그 당시 영국의 낭만주의 시인들이 가졌던 '새로운 인간'에 대한 비전을 그 또한 공유하고 있었던 것이다. 아내인 메리에게도 큰 영향을 준 《해방된 프로메테우스》에서 퍼시 셸리는 프로메테우스를 사탄과 동일시하고, 프로메테우스와 제우스의 싸움을 한 개인(시인)의 내적 드라마로 변모시킨다. 프랑스혁명(1789)이 진행 중인 시기여서 이 내적 드라마는 '정치 우화'적 성격을 겸하고 있었다. 새로운 질서에 대한 시인의 열망과 정치적 희원希願을 적극적으로 형상화해놓았던 것이다.

그러나 퍼시 셸리의 창조자-시인의 형상이 프로메테우스와 사탄을 결합한 거라는 데 주의해야 한다. 뭔가 불길한 예감이 들지 않는가? 어째서 그런가? 다음의 표를 함께 살펴보자.

	그리스 신화	기독교 신학
최고신	제우스	하느님
반항자	프로메테우스	사탄

그리스 신화(헬레니즘)의 제우스는 기독교 신학(헤브라이즘)에서 하느님에 대응하고, 프로메테우스는 사탄에 대응한다. 하지만 가치론적 위계에서 이들은 결코 동일한 자리를 차지하고 있지 않다. 헤브라이즘에서는 '하느님(+)/사탄(−)'이라는 가치론적 위계가 설정되지만, 헬레니즘에서는 '제우스(−)/프로메테우스(+)'로 전도되기 때문이다. 이렇듯 상반된 가치론적 형상을 가진 두 존재를 '반항자'라는 성격에만 초점을 맞추어 동일시하게 되면, 곧 '프로메테우스(+)=사탄(−)'이 되어버린다. 이는 인간을 하느님이 아닌 사탄이 창조한 것이 되니 중대한 신성 모독이 아닐 수 없다. 남편이 서문을 쓰기도 한《프랑켄슈타인》에서 메리 셸리는 혹 그러한 프로메테우스 신화에 대해 또 한 번의 새로운 뒤집기를 시도하고 있는 것이 아닐까?

그녀의 프랑켄슈타인 이야기가 프로메테우스에게서 끌어오고 있는 것은 '한 영웅의 인간 창조와 그로 인한 주변의 평범한 인간들의 피해'라는 신화소다. 어쩌면 그녀는 아버지 고드윈이나 남편 셸리가 추구했던 그 당시의 급진적 이상주의에 대해 암묵적인 비판을 시도하고 있는 것은 아닐까? 메리 셸리는 천재 시인이었지만 오만하고 과시적이었던 남편에게서 지식인의 이면을 목격하기도 했고, 이념이 얼마나 사람에게 깊은 상처를 남기는지도 직접 체험했다. 그런

그녀의 《프랑켄슈타인》이 프로메테우스라는 헬레니즘 '영웅 신화'를
다시 쓰면서 그것의 폐해를 경고하는 일은 자연스러워 보인다.

프로메테우스는 왜 불을 훔쳤는가?

아이스킬로스의 〈결박된 프로메테우스〉

아이스킬로스
Aeschylus, B.C. 525~B.C. 456

프로메테우스 신화와 관련하여 겹쳐 읽을 수 있는 작
품 가운데 하나는 아이스킬로스의 〈결박된 프로메테우
스〉이다. 폴 디엘의《그리스 신화의 상징성》(현대미학사,
1997)을 참고하여 프로메테우스 신화의 내용을 요약하
고 〈결박된 프로메테우스〉를 바탕으로 프로메테우스의
반항이 갖는 의미를 생각해본다.

1. 티탄족(거인족)과 올림포스 신들(제우스 패) 간에 싸

움이 벌어졌을 때 프로메테우스와 에피메테우스는 어느 쪽 편도 들지 않고 중립의 입장에 있었다. 혹은 제우스의 편을 들었다. 그래서 티탄족들이 패했어도 그들만은 지옥행을 면할 수 있었다. 현명하고 앞을 내다볼 줄 아는 프로메테우스는 티탄들이 싸움에서 패배할 줄 알았기 때문이고, 무엇이든 끝나고 나서야 알게 되는 에피메테우스는 누가 이길 것인지 알 수가 없었기 때문이었다. 프로메테우스가 티탄족인지라 올림포스 신들은 그를 그리 좋아하지 않았다.

2. 제우스 대신을 비롯한 올림포스 신들에게 어떤 제물을 어떻게 바치느냐가 문제된 적이 있었다. 이때 프로메테우스는 자진해서 조정의 역할을 맡고 나섰다. 커다란 소를 한 마리 잡아 인간의 몫과 신들의 몫을 만들어놓았는데, 프로메테우스는 올림포스 신들을 골탕 먹이려고 맛있는 살코기와 내장은 가죽에 싸서 거기에 곱창을 씌어놓고 또 한편에는 뼈를 기름진 비계로 덮어 맛있게 보이게 한 뒤 제우스에게 한쪽을 선택하라고 했다. 제우스는 겉만 보고 기름기가 덮어진 뼈를 골랐다. 프로메테우스에게 속은 제우스는 화가 났다. 그렇잖아도 인간들의 타락과 비행을 언짢게 여겨왔던 제우스는 이번에야말로 인간들의 버릇을 고쳐주어야겠다고 생각하고 인간들에게서 불을 빼앗아버렸다. 제우스는 인간들을 제거하려고 했다.

3. 평소에 제우스보다 낫다고 생각하고 은근히 제우스를 무시해왔던 프로메테우스는 제우스를 또 곯려주기 위해, 그리고 무엇보다도 인간들을 위해 신들의 화덕(대장장이 헤파이스토스의 화덕)에서 불을 훔쳐다가 인간에게 주었다. 프로메테우스는 인간에게 글쓰기, 셈하기, 가축 기르는 법, 집짓는 법, 배를 만들고 항해하는 법 등을 가르쳤다. 그러니까 프로메테우스는 문화와 지성의 상징이라고 할 수 있다. 인간이 감히 신의 지위를 넘겨다보고

제우스는 프로메테우스가 한 짓이 못마땅해서
그의 간을 독수리가 매일 와서 파먹도록
해놓았다. 그림은 페테르 루벤스의 1612년 작.

신과 대등하게 된 것은 프로메테우스가 인간을 그렇게 만들었기 때문이다.
프로메테우스가 디오니소스의 재로 인간을 만들어서 인간이 신성을 가지게
되었다고도 한다. 아무튼 프로메테우스는 인간의 창조자이다.

　4. 올림포스의 대신 제우스는 프로메테우스가 한 짓이 마땅치 못했다. 그
래서 그에게 벌을 주기로 하고 오케아노스 강 끝에 있는 코카서스 산으로
끌고 가 바위에다 쇠사슬로 묶어놓고, 그의 간을 독수리가 매일 와서 파먹
도록 해놓았다. 그런데 밤이 되면 간이 새로 돋아 나왔으니 프로메테우스는
수 세대에 걸쳐 독수리에 간을 파 먹히는 고통을 겪어야 했다.

5. 한편 제우스는 여러 신들에게 부탁하여 에피메테우스가 도저히 거절할 수 없을 정도로 아름다운 여인 판도라를 만들어 그에게 주었다. 판도라는 신들의 선물을 담은 상자를 가지고 있었는데, 절대로 뚜껑을 열어봐서는 안 된다고 했다. 해서는 안 된다고 하면 더 하고 싶은 법이어서, 판도라는 기어이 뚜껑을 열어 상자 속을 들여다보고 말았다. 그리하여 그 속에 들어 있던 갖가지 질병, 재앙 등 인간에게 해가 되는 것들이 모두 밖으로 나왔다. 깜짝 놀란 판도라가 뚜껑을 닫아버려서 가장 게으른 희망만은 그 상자 안에 남아 있게 되었다.

6. 제우스는 프로메테우스가 고통에서 벗어나기 위해서는 두 가지 조건이 갖추어져야 한다고 했다. 첫째, 신이 프로메테우스를 대신해 죽어야 하고, 둘째, 신이 아닌 인간이 독수리를 죽이고 쇠사슬을 풀어주어야 한다는 것이었다. 나중에 켄타우로스 케이론이 그를 대신해서 죽겠다고 했고, 헤라클레스가 독수리를 죽여 그의 사슬을 풀어주었다. 결국 프로메테우스는 제우스와 화해하고 하늘로 올라가 신들의 고문 겸 예언자로 존경을 받았다. 프로메테우스는 제우스의 패망의 비밀을 미리 알고 있었다.

프로메테우스의 불이 상징하는 것

이상이 대략적인 프로메테우스 신화이다. 헤시오도스의 《신통기》나 《일과 나날》 등에서 읽을 수 있는 이 신화에 새로운 문학적 해석을 가함으로써 이후 진정한 '신화'로의 길을 열어놓은 이는 아이스킬로스(기원전 525~455)이다. 아이스킬로스의 〈결박된 프로메테우스〉의 도입부에서 제우스의 부하인 '힘'이 대장장이 헤파이스토스에게 건네는 말은 최고신에 대항한 자의 죄상을 이렇게 요약한다.

> "헤파이스토스, 아버님의 분부대로 이 악한을 철석같은 쇠사슬로 꽁꽁 묶어서 저 높은 낭떠러지 바위에 꼼짝 못하게 해놓으시오. 이놈이 훔쳐다 저 인간들에게 준 것이 바로 그대의 꽃, 만물을 뜻대로 이루게 하는 기술의 빛인 불이었으니까. 그 죄 때문에 이놈은 신들에게서 형벌을 받아야 하는 거죠. 제우스신의 권력에 굴복하는 것을 배워야 합니다. 그리고 인간을 사랑하는 태도를 고쳐야 합니다."

전체 이야기 중에서 이 〈결박된 프로메테우스〉에 집중적으로 다루어지고 있는 장면은 징벌/고통(4) 장면이다. 프로메테우스에게 내린 신들의 징벌은 두 가지 의도를 가지고 있다. 그것은 첫째로 신의 권력에 굴복해야 한다는 것이고, 둘째로는 인간을 사랑하는 태도를 고쳐야 한다는 것이다. 거꾸로 말하자면, 프로메테우스가 훔친 불은 그래서 ① 신에 대한 반항과 ② 인간에 대한 사랑을 상징한다. 아이스킬로스가 영웅적으로 그려내는 프로메테우스는 그로 인한 자신의 고통을 끝까지 감내하면서 신의 권위에 도전한다.

> "나는 제우스의 분노가 사라질 때까지 마지막 순간까지 견뎌볼 테다."

그가 온갖 회유의 유혹을 물리치며 제우스의 권위에 맞서는 무기는 자신만이 알고 있는 제우스 패망의 비밀이다. 이 비밀은 제우스의 부친인 크로노스가 자신의 왕위를 빼앗기면서 아들에게 내린 저주이기도 한데, 오직 프

판도라는 신들의 선물을 담은 상자를 가지고
있었는데, 절대로 뚜껑을 열어봐서는 안
된다고 했다. 그러나 판도라는 기어이 뚜껑을
열어 상자 속을 들여다보고 말았다. 그림은 존
윌리엄 워터하우스의 1898년 작.

로메테우스만이 그걸 알고 있다. 때문에 이 비극의 마지막 장면에서 프로메
테우스는 제우스의 사자인 헤르메스에게 이렇듯 분격하여 말할 수 있다:

> "나를 이 무서운 쇠사슬에서 풀어주기 전에는 제아무리 고문을 하고 꾀
> 를 부려봐야 내 입을 벌릴 수는 없을걸. 그러니 멋대로 번갯불을 뒤흔들
> 어보라지. (…) 그래도 나를 굽히진 못할걸. 저를 왕좌에서 몰아낼 자가
> 누군지를 내 입에서 알아내진 못한다니까."

그리하여 아이스킬로스의 이 비극은 프로메테우스를 응징하는 제우스의
무서운 번개와 벼락으로 마감된다.

그리스 신화 속의 프로메테우스 이야기는 원래 올림포스 최고신인
제우스의 권위와 지성을 강조하고 그에 대한 도전의 부질없음을
보여주기 위해 고안된 것이라고 한다. 그런데 아이스킬로스의
〈결박된 프로메테우스〉가 프로메테우스 신화를 장중한 비극으로
재해석했다. 크리스티안 그리펜케를(1839~1912)이 그린 제우스의
모습과 불을 훔치는 프로메테우스.

절대권력의 폭군과 고통 받는 영웅

그리스 신화 속의 프로메테우스 이야기는 원래 올림포스 최고신인 제우
스의 권위와 지성을 강조하고 그에 대한 도전의 부질없음을 보여주기 위해
고안된 것이라고 한다. 그런데 아이스킬로스의 〈결박된 프로메테우스〉가
프로메테우스 신화를 장중한 비극으로 재해석하면서 가져온 결정적인 전환
은 바로 이러한 제우스와 프로메테우스에 대한 가치 전도이다. 최고신인 제
우스는 이 비극에서 절대권력의 폭군으로 그려지며, 프로메테우스는 자신
의 반항적/박애적 행위 때문에 고통 받는 영웅으로 부상한다. 그래서 관객
으로부터 동정과 공감을 받게 되는 이는 단연 프로메테우스이며 그가 이 비
극의 진정한 주인공이 되는 것이다.

한편으로, 아이스킬로스는 〈결박된 프로메테우스〉에서는 실현되지 않지만, 제우스와 화해의 여지를 남겨놓음으로써 프로메테우스를 무작정 고통받는 영웅으로만 그리고 있지는 않다. 절대권력도 언젠가는 붕괴된다는 비밀을 프로메테우스가 가지고 있음으로 해서 언젠가는 해방될 프로메테우스를 우리는 예견해볼 수 있는 것이다. 사실, 아이스킬로스의 3부작 중에서 〈해방된 프로메테우스〉와 〈불의 운반자, 프로메테우스〉는 몇몇 단편밖에 남아 있지 않다. 우리는 조금 더 기다려야 온전하게 '해방된' 프로메테우스를 만나게 된다.

프랑켄슈타인과 괴물이
의미하는 것

지젝이 본 《프랑켄슈타인》

메리 셸리의 《프랑켄슈타인》에 관하여 유익한 참고가
되는 글은 지젝의 《잃어버린 대의를 옹호하며》(그린비,
2009)의 2장 '이데올로기의 가족신화'의 한 절 '프랑켄슈
타인의 역사와 가족'이다. 《프랑켄슈타인》에 나타난 역
사와 가족' 정도로 이해할 수 있는데, 질 메네갈도가 편집
한 논문 모음집 《프랑켄슈타인》(이룸, 2004)에 더 집어넣
어도 좋을 만하다.

지젝은 《프랑켄슈타인》에 대한 표준적인 맑스주의적

비판을 재검토한다. 그 비판의 요지는 이 작품이 "진정한 역사적 지시 대상을 지우기(혹은 억압하기) 위해 불투명한 가족-섹슈얼리티 네트워크에 초점을 맞춘다는 것이다. 즉, 역사는 가족 드라마로 외현화되고, 보다 큰 사회-역사적 경향(혁명적 테러의 '괴물성'으로부터 과학기술 혁명의 충격을 향한 경향)은 빅터 프랑켄슈타인이 아버지, 약혼자, 괴물 자식과 겪는 갈등으로 왜곡되면서 반영/상연된다는 것이다."(115~116쪽) 그러니까 이 작품의 진짜 지시 대상은 '역사'이지만, 저자는 그것을 '가족 드라마'로 바꿔치기했다는 것. "혁명적 테러라는 '괴물'에서 과학기술 혁명이 가져온 충격까지 당대의 보다 넓은 사회-역사적 흐름"이 《프랑켄슈타인》의 원 지시 대상이다.

괴물이 의미하는 것, 괴물이 상징하는 것

'표준적인 비판'이란 단서에서 알 수 있지만, 《프랑켄슈타인》이 프랑스혁명이 낳은 혼란(괴물로서의 무질서)을 염두에 둔 작품이라는 점은 이미 잘 알려진 것이다. 지젝은 이러한 독해를 콜리지의 상상력론과 연관 지어 설명한다. 콜리지는 상상imagination과 공상fancy을 구분하는데, 그에 따르면 "상상력은 유기적이고 조화로운 신체를 발생시키는 창조적 힘인 반면에 공상은 서로 어긋나는 파편들의 기계적 조합을 표현한다." 따라서 "공상의 생산물은 아무런 조화로운 통일성도 없는 괴물 같은 조합"이며 메리 셸리의 《프랑켄슈타인》이야말로 이러한 공상의 산물이다. 그리고 이 '괴물 이야기'로서의 《프랑켄슈타인》에는 괴물성이란 주제가 다양한 차원에서 관통하고 있다.

1. 첫 번째 차원에서 빅터에 의해 생명을 부여받은 괴물은 조화로운 유기체

가 아니라 부분 기관들의 기계적 구성물이다. 좀 더 구체적으로 말하면 빅터는 시체 조각들을 짜깁기한 후 전기 충격을 가해서 새로운 생명체를 만들어낸다.

2. 다음 차원은 소설의 사회적 배경으로, 사회의 괴물적 해체는 사회적 불안과 혁명으로 나타난다. 괴물성의 출현과 함께 조화로운 전통사회는 산업화된 사회로 바뀐다. 그 속에서 사람들은 이기적 인간관계에 따라 기계적으로 상호작용하는 개인들로 해체되어, 보다 큰 단위의 '전체'를 느끼지 못할뿐더러 가끔씩 폭력적 반란에도 참여한다. 근대 사회는 압제와 무정부 상태를 왔다 갔다 한다. 근대 사회에서 일어날 수 있는 유일한 통일성은 난폭한 권력에 의해 강제된 인공적인 통일성이다. 즉, 사회적 차원에서 근대 사회는 '공상의 공동체'라고 말할 수 있다.

3. 마지막 층위로, 이질적인 파편들과 서사 양식들과 성분들로 구성된, 흉물스런 괴물처럼 비일관적인 소설 자체가 있다. 즉, 《프랑켄슈타인》이란 소설 자체가 이런저런 파편들을 짜깁기한 듯한 '공상'의 산물이라는 것. 사실 작품을 읽은 독자라면 《프랑켄슈타인》이 문제적인 작품이긴 하지만 걸작이라고 하기엔 뭔가 부족하다는 걸 느낄 것이다. 한 영문학자는 "영문학사에서 가장 문제적인 B급 소설"이라고 평해놓기도 했다.

지젝은 이 이 세 가지에다가, 소설에 의해 환기된 해석의 차원을 괴물성의 네 번째 차원으로 추가한다. "괴물이 의미하는 것, 괴물이 상징하는 것은 무엇인가? 그것은 사회적 혁명의 괴물성, 아버지에 항거하는 아들의 괴물성, 근대 산업의 괴물성, 비성애적 재생산의 괴물성, 과학 지식의 괴물성을 의미할 수 있다. 그래서 우리는 조화로운 전체를 이루지 않고 단지 나란히 병치되는 복수의 의미를 갖게 된다. 즉, 괴물성의 해석은 해석의 괴물성(공

《프랑켄슈타인》이 프랑스혁명이 낳은 혼란(괴물로서의
무질서)을 염두에 둔 작품이라는 점은 이미 잘 알려진
사실이다.

상)으로 귀결된다."(117쪽) 다시 말해서, 이 작품에 대한 유기적이면서 정합
적인 해석은 가능하지 않다.

다시 반복하자면, 《프랑켄슈타인》은 자신의 진정한 초점을 다루지 않았
다. 대신 그것을 탈정치화된 가족 드라마 내지 가족 신화로 표현했다." 이미
에드먼드 버크 같은 당대의 보수주의 논객은 프랑스의 혁명 체제를 '집단적
인 부친 살해 괴물'이라고 경고했고, 이러한 "혁명의 여파 속에서 메리 셸리
는 혁명과 아버지 살해의 상징적 등가를 홈드라마로 축소시켰다." 그렇지만
중요한 것은 그러한 '축소'의 불가피성이다. "하지만 《프랑켄슈타인》은 왜
자신의 진정한 역사적 지시 대상을 모호하게 표현해야 했을까?'

지젝의 대답은 이렇다. "왜냐하면 그 진정한 초점/주제(프랑스혁명)와의 관
련성 자체가 참으로 모호하고 모순적이기 때문에, 가족 신화의 형식 자체가

제임스 웨일 감독의 〈프랑켄슈타인〉의 한 장면.
영화화된 《프랑켄슈타인》은 대개 원작의 가장 중요한
특징을 제거했다. '주체화된 괴물'이란 특징이다.
혁명을 괴물로 상징화하는 것, 곧 '혁명의 괴물성'이란
모티프는 전형적으로 보수주의적인 요소이다.

이런 모순을 중화시켜서 한 가지 이야기 속에 양립 불가능한 관점들을 동시에 환기시킬 수 있기 때문이다. 《프랑켄슈타인》은 레비-스트로스적 의미에서의 신화, 즉 실재적 모순의 상상적 해소이다."(119~120쪽) 더불어, 이러한 해소는 《프랑켄슈타인》의 다양한 변주(영화화)에도 그대로 적용된다.

보리스 카를로프가 괴물을 연기한 가장 유명한 프랑켄슈타인 영화인 제임스 웨일 감독의 〈프랑켄슈타인〉(1931)에서 가장 두드러진 것이지만, 영화화된 《프랑켄슈타인》은 대부분 원작의 가장 중요한 특징을 제거했다. '주체화된 괴물'이란 특징이다. 혁명을 괴물로 상징화하는 것, 곧 '혁명의 괴물성'이란 모티프는 전형적으로 보수주의적인 요소이지만, 메리 셸리의 《프랑

켄슈타인》은 그런 요소로만 규정되지 않는다. 이 작품에선 괴물이 직접 말을 하기 때문이다. 자신의 관점에서, 자신의 목소리로. "이것은 표현의 자유를 극단적으로 밀고 나간 자유주의적 태도이다."

'압제와 무정부' 사이의 모순

자신의 창조주이자 아버지인 프랑켄슈타인에게 괴물은 무어라 말하는가? "괴물은 우리에게 자신의 반역과 살인은 타고난 것이 아니라 학습된 것이라고 말한다. 버크처럼 괴물을 악의 화신으로 보는 것과 달리 이 피조물은 프랑켄슈타인에게 '나는 자비롭고 선하게 태어났습니다. 불행이 나를 악마로 만들었습니다'라고 말한다. 놀랍게도 괴물은 철학자의 말로 항변한다. 그는 전통적인 공화주의자의 논리로 자신의 행위를 변호한다."(122쪽)

지젝은 괴물의 이러한 형상화를 작가가 어머니 메리 울스턴크래프트에게 받은 영향일 것이라고 지적한다. 울스턴크래프트는 《프랑스혁명의 기원과 과정에 대한 역사적이고 도덕적인 관점》(1794)이란 저작에서 버크 류의 보수주의자들이 주장하는 바대로 모반(혁명)의 괴물성에는 동의하지만 동시에 이 괴물들이 사회적 산물이라고 주장했다. 즉 그들은 구체제의 압제와 실정과 독재의 산물이라는 것이다.

결과적으로 메리 셸리가 직면했던 모순은 '압제와 무정부' 사이의 모순이었다. "질식할 것처럼 압제적인 집과 그걸 파괴하려는 시도의 살인적 결과 사이의 모순." 지젝의 결론은 이렇다. "그녀는 이 모순을 해소할 수도 없었으며 정면으로 응시할 의지도 없었다. 그녀는 오직 그것을 가족 신화로 이야기할 수 있을 뿐이다."

기독교인과 야만인의 우정

허먼 멜빌의 《모비딕》

허먼 멜빌

Herman Melville, 1819-1891

허먼 멜빌의 걸작 《모비딕》을 다시 읽는다. 초등학생 '눈높이'에 맞춘 다이제스트판이 아니라 완역판으로는 처음 읽는 것이지만 '고전'이기에 '다시' 읽는다고 말할 수밖에 없다. 이탈로 칼비노의 말대로 고전이란 '나는 ~를 다시 읽고 있어'라고 말하는 책이기 때문이다. 너무도 유명하기에 '지금 ~를 읽고 있어'라고는 감히 말할 수 없는 것이 고전이다. 창피하니까. 하지만 뒤늦은 독서에 이유가 없진 않다. 그간에 발췌·표절 번역본은 많았지만 확

피쿼드호의 항해. 에비리트 헨리(1893~1961)의 그림.

실한 추천 번역본은 없었다는 점. 그런 가운데 장인적 솜씨를 담은 새 번역
본이 나온 것이 불과 2011년의 일이다.

　"내 이름을 이슈메일이라고 해두자"란 1인칭 화자의 말이 서두이지만 멜
빌은 그보다 앞자리에 고래의 '어원'과 고래에 관한 문헌 '발췌록'을 배치하
고 있다. 고래, 혹은 '거대한 바다 괴물'에 대해 수많은 민족과 세대의 사람
들이 어떻게 생각하고 노래했는가를 미리 보여주려는 의도이다. 단 이것을
'진정한 고래학'으로 받아들여서는 안 된다고 그는 충고한다. 만약 그런 게
이미 존재한다면 멜빌은 따로 《모비딕》을 쓸 필요가 없었을 것이다. '진정한
고래학'으로서의 《모비딕》 말이다.

　지갑도 바닥나고 뭍에서는 더 이상 흥미를 끄는 것이 없기에 이슈메일은
포경선을 타려고 항구를 찾는다. 돈도 벌어야 하지만 고래 자체에 대한 호
기심도 컸고 고래잡이 항해가 어쩌면 신의 섭리인지도 모른다고 생각한다.

그는 하룻밤 유숙하게 된 여인숙에서 뜻밖에도 식인종 작살잡이와 방을 같이 쓰게 된다. 향유로 처리한 원주민의 두개골을 팔러 돌아다니는 '야만인' 작살잡이의 이름이 퀴퀘그. 이슈메일은 낯선 식인종에 대한 두려움 때문에 한바탕 소동을 벌이지만 곧 "이 사람도 나와 똑같은 인간이야"란 생각으로 마음을 가라앉힌다. 아니 두려움이 가시자 예의바른데다가 감수성까지 예민한 자신의 동숙자를 예찬하기까지 한다.

젊은 시절 직접 포경선을 타고 남태평양을 누비다 식인종들과 한 달 동안 같이 살기도 했던 멜빌은 문명인과 야만인을 구분하는 차별적 관점에 동의하지 않았다. 그런 멜빌과 마찬가지로 이슈메일도 문명의 위선과 간사한 허위 따위를 전혀 갖고 있지 않은 '선량한 야만인'에게 오히려 친근감을 느꼈다. 높은 설교단에 올라가서는 사다리를 끌어올려서 설교단을 난공불락의 요새처럼 만드는 예배당 목사님과는 다르게 보였다. 그는 기독교적 우애란 허울뿐인 예의에 불과하다고 생각하며, 대신에 이교도 퀴퀘그와 담배를 같이 피우며 '진정한 친구'가 된다. 그러고는 퀴퀘그의 우상 숭배 저녁 기도에 동참한다.

엄격한 장로교회의 품에서 태어나 자란 어엿한 기독교도인지라 머뭇거리는 자신에게 이슈메일은 "하늘과 땅을 주관하시는 관대하고 고결한 하느님이 하찮은 나무토막에 질투를 느낄 거라고 생각하느냐?"고 스스로 반문한다. 물론 그건 같은 나무토막끼리라면 모를까 있을 수 없는 일이다.

숭배란 무엇인가? 이슈메일 생각에 그건 신의 뜻을 행하는 것이다. 그렇다면 신의 뜻이란 무엇인가? "이웃이 나에게 해주기를 바라는 것을 이웃에게 해주는 것", 그것이 신의 뜻이다. 그런 생각으로 이슈메일은 퀴퀘그의 예배에 동참하여 우상 앞에서 두세 번 절을 하고 우상의 코끝에 입을 맞춘다. 이후에 두 사람이 한 침대에 누워서 더욱 돈독해진 우정을 나누게 된 것은 물론이다. 이슈메일과 퀴퀘그가 피쿼드호를 타고 출항하는 것은 조금 뒤의 일이지만, 《모비딕》은 그런 우정을 보여준 것만으로도 고전으로서 값을 했다.

██████ 《모비딕》 얘기가 나오니까 떠올리게 되는 작가는 알베르 카뮈다. 카뮈는 《페스트》를 구상하는 과정에서 멜빌의 《모비딕》을 사숙한 걸로 돼 있다. "멜빌은 카뮈의 창조를 상징과 신화의 차원으로 승격시키는 데 좋은 길잡이가 될 것"이었다는 게 김화영 교수의 설명이다. 《모비딕》을 정독하고 노트했다는 내용은 《작가수첩1》에 들어 있으며, 카뮈의 '허먼 멜빌'이란 짧은 작가론은 《스웨덴연설/문학비평》에 포함돼 있다.

백조가 되지 못한 미운 오리

안데르센과 동화작가의 진실

한스 크리스티안 안데르센

Hans Christian Andersen, 1805~1875

덴마크가 '동화의 나라'라고 불리는 이유

북유럽의 작은 나라 덴마크가 '동화의 나라'라고 불리는 이유는 한스 크리스티안 안데르센 덕분이다. 구전 설화에서 시작된 동화를 하나의 문학 장르로 만든 사람, 156편에 이르는 많은 이야기를 창작해냄으로써 '동화의 아버지'라는 칭호까지 얻은 사람, 그가 바로 전 세계 어린이에게 가장 사랑받는 동화작가 안데르센이다.

동화가 어린이의 삶에 중요한 문화적·정신적 자양분이며, '아이는 어른의 아버지'(W. 워즈워스)라는 사실을 고려하면, 작가로서 안데르센의 지위는 더욱 확고해진다. 자신의 특이한 외모를 조롱하던 이들을 향해, "언젠가 저들은 자리에서 일어나서 이 성공한 시인에게 경의를 표할 거야. 나는 세계적인 천재로서, 호메로스와 단테, 셰익스피어, 괴테와 함께 파르나소스 산에 오를 거야"라고 다짐했던 그의 꿈이 과연 사후死後의 명성을 통해서 실현된 것일까. 동화작가 안데르센의 삶과 문학 세계를 살펴보면서, 동화라는 장르의 이중성에 대해 생각해보도록 하자.

성냥팔이 소녀의 죽음, 어머니의 어린 시절

안데르센의 생애를 다룬 여느 전기나 할리우드 영화들은 흔히 그를 '신으로부터 재능을 부여받은 어릿광대'의 이미지로 묘사한다. 하지만 사실 그의 창작은 고치고 또 고친 육필원고의 흔적들이 보여주는 대로 고난의 연속이었다. 그런데 이처럼 뼈를 깎는 창작의 고통도, 그가 벗어나고자 했던 현실의 쓰라림보다는 견딜 만한 것이었다.

안데르센은 1805년 덴마크 오덴세의 가장 궁벽한 마을에서 태어났다. 아버지 한스 안데르센은 스물두 살의 구두수선공이었고, 어머니 안네 마리는 서른 살의 세탁부였다. 안데르센은 자서전에서 아버지를 "재능이 넘치며 순수한 시적 정서를 간직한 남자"로, 어머니를 "사랑으로 가득 찬 분"으로 묘사했지만 이들 부부의 삶은 가난하기 그지없었다. 아버지는 단 한 번도 행복한 모습을 보인 적이 없었다. 다만 아들에게 책을 읽어주거나 가끔 그림으로 연극을 꾸며 보여줄 때만 행복해 보였다. 편지를 읽지 못했을 뿐 아니라 이름조차도 제대로 쓸 수 없었던 어머니는 그럼에도 아들을 무척 아꼈으며, 그가 자신에 비해서 얼마나 행복한 어린 시절을 보내는지를 자주 일러주곤 했다. 홀어머니의 강요 때문에 구걸에 나서야 했고, 구걸을 못하면 다리 밑에 앉아 하루 종일 울곤 했던 것이 어머니 안네 마리의 어린 시절이었다.

실제로 안데르센의 동화 《성냥팔이 소녀》는 어머니의 어린 시절을 소재로 한 작품이다. 추운 겨울날 성냥을 팔러 다니던 한 소녀가 성냥 불빛에 의지해 잠시 고통스러운 현실을 잊으려 하다가, 다음날

안데르센이 발굴한 덴마크의 화가 빌헬름 페데르센이
그린 《성냥팔이 소녀》의 삽화. 안데르센은 《성냥팔이
소녀》를 쓰면서 어머니의 어린 시절 모습이 너무도
분명하게 떠올라 눈물을 흘렸다고 고백했다.

아침에 얼어 죽은 채로 발견된다는 이야기다. 물론 이렇게만 말하면
'아름다운 동화'라기보다는 '잔혹 동화'에 가깝다. 이 동화는 이렇게
끝이 난다.

> "사람들은 소녀가 얼마나 아름다운 것을 보았는지는 아무도 몰랐
> 다. 그리고 새해 아침에 할머니와 함께 얼마나 영광스런 나라로 갔
> 는지에 대해서도 전혀 몰랐다."

이것을 '동화적 진실'이라고 말할 수 있을까. 맨발로 어두운 밤거
리를 서성거려야 했던 성냥팔이 소녀의 현실은 분명 냉혹하며 비극
적이다. 성냥 불빛으로 밝히기에는 현실이 너무 어둡고, 그 불꽃으

로 몸을 데우기에는 한겨울의 추위가 너무 매섭다. 하지만 그녀는 성냥 불빛 속에서 자신을 사랑해주었던 죽은 할머니의 모습을 보면서 그 곁으로 가기를 소망하고, 결국 그 소원을 이룬다. 소녀의 환상(판타지)은 분명 현실이 아니지만, 그러한 환상마저 허락되지 않는다면 현실은 너무 무자비할 것이다.

안데르센은 《성냥팔이 소녀》를 쓰면서 어머니의 어린 시절 모습이 너무도 분명하게 떠올라 눈물을 흘렸다고 고백했다. 하지만 잠시 로마에 머물고 있던 때, 그는 어머니의 사망 소식을 듣고도 고향 오덴세에 가지 않았고 장례식에도 참석하지 않았다. "아! 신이시여, 감사합니다. 드디어 어머니의 고통이 막을 내렸습니다. 불효자인 저는 어머니의 고통을 조금도 덜어드리지 못했습니다"라며 애도의 눈물을 뿌렸지만, 어머니에 대한 애정은 현실에서가 아니라 그의 상상의 세계에서만 존재했던 것이다. 이를 '동화작가의 진실'이라고 부를 수 있을까. 안데르센은 언제나 동화나 상상의 세계를 통해서만 외부와 소통했다. 아니, 동화적 상상력을 통해서만 그는 자신의 비천한 출신과 비루한 현실에서 잠시나마 벗어날 수 있었다. 그런 점에서 보자면, 《성냥팔이 소녀》는 그의 동화에 대한 동화로도 읽힌다.

상류계급, 안데르센의 존재 의미

가난한 하층계급 출신이라는 점을 부끄럽게 생각했고, 성장하면서 '타고난 고귀함'이라는 개념에 집착하게 된 안데르센은 작가로 성공한 뒤에는 자신이 속했던 하층계급 사람들과 어울리는 일이 거의 없었다. 그는 거의 강박관념에 빠진 사람처럼 자서전을 썼다. 이미 스물일곱 살 때 "내 인생은 멋진 이야기다. 행복하고 온갖 신나는 일로 가득하다"라는 문장으로 시작하는 첫 번째 자서전을 쓰고, 거의 10년마다 새로운 내용을 보탰다. 남의 집 빨래를 해주면서 어렵게 생계를 꾸려나간 가난하고 무지한 여인의 아들과, 온 유럽에 명성을 떨치면서 여러 나라의 군주와 사교계 명사들의 친구가 된 작가 사이의 간극이 너무나 커서, 자신을 끊임없이 되돌아봐야 했다는 것이 전기작가들의 분석이다.

안데르센은 '시인'의 재능을 타고났다는 사실에 자부심을 느끼고 있었지만, 그 재능은 상류계급에게 인정받을 때 비로소 의미를 가질 수 있었다. 청년 안데르센이 수도 코펜하겐으로 올라왔을 때 그의 후원자 역할을 해준 요나스 콜린 같은 인물이 그 상류계급의 대표적 인사다. 콜린은 그 당시 재정부 장관이자 은행 설립자요, 극단 대표였고 예술가 후원 재단의 사무관이었다. 인자하지만 독재적인 콜린은 곧 안데르센의 아버지 같은 존재가 되었다. 안데르센과 콜린의 관계는 안데르센이 자서전에서 "진심으로 그를 사랑했지만 나는 아버지(콜린)가 정말로 무서웠다. 그 이유는 내 인생의 행복, 아니 내 온 존재가 그에게 달려 있었기 때문이다"라고 토로한 대목에서도 확인할 수 있다. 그만큼 콜린은 안데르센에게 절대적인 존재였다. "아버지도 아시지요. 제가 아버지께 부끄럽지 않은 아들이란 사실을 아버지가 알아주시는 것, 그것이 제게는 가장 큰 자부심이자 기쁨이라는 것을 말입니다"라는 고백에는 그의 진심이 담겨 있다.

콜린에게는 다섯 명의 자녀가 있었고 안데르센은 비슷한 연배의

《미운 오리 새끼》에서 안데르센은 하층계급 사이에서
고난을 당하느니 상류계급에게 모욕당하는 것이 더
낫다는 식으로 표현하면서 평민들의 운명을 경멸한다.
빌헬름 페데르센의 삽화.

그들과 자주 어울렸지만, 그들 틈에서 안데르센은 종류가 전혀 다른
생물처럼 보였다. 단단한 체구에 사각형 얼굴, 짙은 색 머리칼을 지
닌 콜린 가족에 비해서 비쩍 마르고 길쭉한 몸에 새의 부리처럼 입
이 튀어나온 안데르센의 외모는 말 그대로 '미운 오리 새끼'를 연상
시킨다.

　안데르센의 대표작 가운데 하나인 《미운 오리 새끼》는 알다시
피 정체성에 관한 동화다. 엉뚱하게 오리 둥지에서 깨어난 '미운 오
리 새끼'는 생김새가 다르다는 이유로 주변으로부터 차별과 따돌림
을 당한다. "내가 못생겨서 모두들 날 싫어하는 거야"라고 생각한 미
운 오리 새끼는 고향을 떠나 온갖 고초를 겪는다. 그렇게 잔인한 시
간을 보내던 어느 날, 미운 오리 새끼는 아름다운 백조의 무리를 발

백조가 되지 못한 미운 오리

88

견하고 그들에게 헤엄쳐 간다. 오리들에게 쪼이고 닭에게 맞고 겨울에 굶주려 죽느니 차라리 백조들에게 죽임을 당하는 편이 낫겠다는 생각에서다. 하지만 바로 그때 미운 오리 새끼는 우아하고 아름다운 한 마리 백조로 변신한 자신의 모습을 발견하게 된다. "애초부터 그의 참모습은 백조였기 때문에 오리에게서 태어난 것쯤은 아무런 허물도 아니었다"는 이야기 속 화자의 언급에서 작가의 메시지를 읽어내는 것은 그리 어려운 일이 아니다. 이윽고 '백조'가 된 '미운 오리 새끼'가 닭장이 아닌 아름다운 정원에서 아이들의 사랑을 받으며 행복을 만끽하는 것으로 이 동화는 마무리된다.

이 이야기의 교훈은 자신의 현재 모습에 낙담하지 말고 주변의 냉대와 차별도 잘 견뎌내다보면, 언젠가는 자신의 진정한 본질을 발견하고 가치를 인정받을 수 있으리라는 것이다. 이런 맥락에서 이 동화는 어려운 처지에 놓여 있는 이들에게 희망과 용기를 불어넣어준다. 그리고 반복적인 학교생활이나 직장생활에 지친 이들이 조금 더 인내를 발휘할 수 있도록 격려해준다. '혹 내가 미운 오리 새끼는 아닐까?', '백조다운 본질을 되찾으려면 지금 어떻게 해야 할까?'라는 고민은 그래도 성냥 불빛보다는 환한 전조등이 되어줄 수 있다.

하지만 이 동화의 밑바탕에 깔려 있는 계급적·우생학적 전제도 간과하기 어렵다. 일단 고상한 '백조'와 평범한 '오리'라는 전혀 다른 종의 구분이 있으며, 이들 간의 우열 관계는 이 동화에서 전혀 의심되지 않는다. 이들의 각기 다른 운명은 '아름다운 정원'과 '농장'이란 공간적 대비에서도 확인된다. 농장에서 태어난 '아기 백조'가 열등한 하층계급 동물들에게 구박받고 쫓겨나는 데서 알 수 있듯이, 그들은

《인어 공주》에서 왕족과 사랑에 빠진 인어 공주가 '높은
분들'과 섞이기 위해 겪어야 하는 고초는 작가 자신의 경험을
반영하고 있는 게 아닐까. 프랑스 화가 에드몽 뒬락의 그림.

아기 백조의 타고난 아름다움을 알지 못한다. 따라서 '아기 백조'는
차라리 백조들에게 죽임을 당하는 게 낫다고까지 여긴다. 여기서 안
데르센은 평민들의 운명에 대한 분명한 경멸을 표현한다. 하층계급
사이에서 고난을 당하느니 상류계급에게 모욕당하는 것이 더 낫다
는 식이다.

　《미운 오리 새끼》는 마치 안데르센의 인생역전을 보여주는 듯한
동화지만, 현실에서 안데르센의 운명은 '미운 오리 새끼'의 운명보
다 덜 행복한 편이었다. 자신이 '백조'라는 걸 확인한 뒤 "미운 오리
새끼였을 때, 난 이런 큰 행복은 꿈꾸지도 못했어요!"라고 기뻐하는

백조가 되지 못한 미운 오리

'백조'와 달리, 안데르센은 자신의 재능과 정체성에 대해서 끝까지 확신하지 못했기 때문이다. 그의 '고향'은 콜린 집안이었지만 그 고향은 그가 끝내 도달할 수 없는 곳이었다. 더불어 안데르센은 자신이 선택받은 부류에 속한다는 사실을 그들에게 보여주어야 한다는 검증 필요성에 끊임없이 시달렸다. 그가 평생 동안 신경질환과 정신장애에 시달린 것은 우연이 아니다.

또 다른 대표작 《인어 공주》에서 왕족과 사랑에 빠진 인어 공주가 '높은 분들'과 섞이기 위해 겪어야 하는 고초는 작가 자신의 경험을 반영하고 있는 게 아닐까. 인어 공주는 물 밖으로 빠져나와 왕족들 사이로 걸어 다니기 위해 꼬리가 다리로 변형되는 과정을 거친다. 그리고 다리로 걷거나 춤출 때마다 칼날 같은 아픔을 감수한다. 그녀는 자신이 왕자의 목숨을 구해준 은인이라는 사실을 밝힐 수 없는데도, 자기 부류, 자신의 계급으로 돌아가려 하지 않는다. 그녀는 자기 부정과 함께 다만 헌신적인 사랑을 실천할 따름이다.

그들은 끝내 시인으로 인정하지 않았다

하지만 이런 것이 안데르센이 보여준 동화적 윤리의 전부는 아니었다. 그에 대한 가장 탁월한 반전은 말년 작 《정원사와 주인 나리》를 통해서 제시된다. 주인공 정원사의 일은 코펜하겐 외곽에 있는 오래된 성에서 오만한 귀족 주인의 정원을 돌보는 것이다. 주인은 그의 충고를 듣지도 않고 실력을 인정해주지도 않는다. 단지 왕실에서만 그의 실력을 최고로 인정해주는데, 그렇다고 정원사는 잘난 척하거나 자만하지 않은 채 계속해서 자신의 실력을 증명해 보이려 한다. 그리하여 결국엔 덴마크 전역에서 명성을 얻는다. 그러나 주인 부부는 정원사를 진심으로 자랑스러워하지 않으며 언제든지 내쫓을 수 있다고 생각한다. '주인'이기 때문에. 그런데 주인 부부는 그렇게 하지 않는다. '점잖은 사람들'이어서. 이러한 줄거리 속에는 안데르센이 인생의 말년에 도달하게 된 성찰적 아이러니가 반영되어 있다.

물론 여기서 정원사는 안데르센 자신이며, 주인 나리는 콜린 가家 사람들을 비롯한 그의 후견인들이자 덴마크의 상층계급이다. 그들은 안데르센을 끝내 '시인'으로 인정하지 않았고, 다만 괜찮은 '대중작가' 정도로 치부했다. 안데르센은 그들에게 예속된 상태에서 평생에 걸쳐 상층계급을 모범으로 간주하고 그들을 중심으로 한 사회적 질서를 정당화하려 했다. 하지만 이러한 노력이 고통과 굴욕, 모멸과 고문으로 점철되어 있다는 사실도 인식하고 있었다. 기본적으로 그의 동화가 '문명화의 도구'로서 기능하면서도 '전복을 꿈꾸는 상상'일 수 있는 가능성은 그러한 인식에서 비롯한다. 안데르센은 비록 비굴한 인물이었지만 자신이 우러러보았던 가치를 동시에 혐오할 수 있었던 것이다. 아마도 그의 진정한 천재성은 이것이 아닐까 한다.

새는 알에서 나오려고 투쟁한다

헤르만 헤세의 《데미안》 다시 읽기

헤르만 헤세

Hermann Hesse, 1877~1962

20세기 대표적인 성장소설

"새는 알에서 나오려고 투쟁한다. 알은 곧 세계이다. 태어나려는 자는 하나의 세계를 깨뜨려야 한다. 새는 신에게로 날아간다. 신의 이름은 아브락사스."

헤르만 헤세(1877~1962)의 대표작 《데미안》(1919)에 나오는 이 구절을 읽거나 들어보지 못한 청소년은 거의 없을 것이다. 뭔가 수수께끼 같으면서도 의미심장해 보이지 않는가? 짐작하건대, 국내에서는 저자인 헤세보다도 인지도가 높은 작품인 《데미안》의 명성은 이 구절에 상당 부분 빚지고 있을 성싶다. 그런데 알 듯 모를 듯한 이 구절처럼 《데미안》을 이해하는 일도 생각만큼 쉽지는 않다.

20세기의 대표적인 성장소설 가운데 하나로, 주인공인 에밀 싱클레어가 자기 자신에 이르는 여정을 담고 있는 이 '정신의 자서전'은 청소년의 필독서로 세대에 걸쳐 권장되어왔다. 하지만 인물과 상황에 대한 불명료한 묘사와 관념적인 내용, 신비주의적 모티프 등은

《데미안》을 읽는 데 장애가 돼온 것이 사실이다. 그렇다면 《데미안》에서 모호한 상징들이 뜻하는 바는 무엇이며, 논란을 일으키는 부분은 어떤 곳인가. 정신을 가다듬고 한번 생각해보도록 하자.

헤세의 자전적 이야기

작품 전체의 시간적 배경이 언제인지는 불분명하지만, 《데미안》이 제1차 세계대전 중에 쓰여 1919년에 발표되었다는 점은 이 작품을 이해하기 위해 반드시 챙겨두어야 하는 사실이다. 제1차 세계대전이 발발하기 2년 전인 1912년부터 헤세는 스위스에 체류하고 있었다. 전쟁이 터지자 그는 독일인으로서 의무를 다하기 위해 자원입대하려고 했다. 헤세는 베른 주재 독일 영사관에서 징병 신체검사에 응했지만 시력이 약하다는 이유로 부적격 판정을 받고, 그 대신 독일 대사관 부설 전쟁 포로 구호소에서 일하도록 명령받았다.

하지만 전쟁 초기 당사국 간의 증오와 전쟁의 열기에 전혀 동조할 수 없었던 헤세는 1914년 11월, 스위스의 고급 일간지인 《노이에 취르허 차이퉁》에 〈벗들이여, 그렇게는 이제 그만!〉이라는 반전反戰 호소문을 발표했다. 그는 이 글에서 지식인들의 편협한 국수주의와 애국주의를 비판하며 이렇게 주장한다.

"나는 조국을 부정하지 않을 것이며, 우리 조국의 군인에게 자신의 임무를 외면하라고 말하지도 않을 것이다. 적을 쏴야 하는 상황에 처했다면 자신의 임무를 다해야 할 것이다. 그렇지만 그것은 사격

명령이나 적군에 대한 증오 때문이 아니라 이 비극을 끝내기 위한, 더 가치 있는 활동에 대한 열망 때문에 이루어져야 한다. (…) 이 불행한 세계 전쟁은 우리에게 적어도 한 가지를 확실히 말해준다. 사랑은 증오보다, 이해는 분노보다, 평화는 전쟁보다 훨씬 더 고귀하다는 사실 말이다. 전쟁의 유일한 유용성은 바로 여기에 있다."

그러나 헤세의 이러한 호소는 그에게 소외와 증오만을 안겨주었다. 거기에다 연이어 발표한 기고문들로 그는 독일 언론에 '배신자', '변절자'로 낙인찍혔다. 1946년에 그는 "독일은 내가 애국심과 군국주의를 비판했다는 사실 때문에 나를 한 번도 용서한 적이 없다"라고 회고한 바 있다. 그 당시 단지 극소수의 인사들만이 그의 편이 돼주었을 뿐이어서, 헤세는 깊은 충격을 받았다. 그는 스위스에 체류 중이던 다른 독일 작가들과의 교제를 끊고, 어떠한 서클에도 참여하지 않았다. 1924년, 그는 아예 국적을 스위스로 바꾸었다.

전쟁이 가져다준 정신적 충격과 전쟁 포로 구호 사업으로 인한 경제적 곤궁에 더하여, 헤세는 이 기간에 개인적인 차원에서도 많은 어려움에 직면했다. 1916년 아버지가 사망했고, 아내와 막내아들은 신경 쇠약과 발작 증세로 자주 병원 신세를 져야 했다. 헤세 자신도 심한 우울증과 신경 쇠약에 빠졌다.

사실 그는 이미 10대 시절에 자살을 기도하기도 했다. 건강 회복을 위해 몇 군데를 전전하며 요양했지만 별 효과가 없자, 헤세는 정신분석 치료를 받게 되었다. 저명한 정신분석가인 칼 융(1875~1961)의 제자 요제프 베른하르트 랑 박사와의 대화 치료는 성공적

1970년에 발매된 카를로스 산타나의 명반
〈아브락사스〉. 산타나는《데미안》에 나오는
아브락사스의 신비스런 이미지를 앨범에 투영시켰다.
앨범 커버 그림은 독일 화가 마티 클라바인이 그렸다.
아브락사스는 이렇게 다양한 이미지로 변주되었다.

이어서, 헤세는 어린 시절부터 자신을 괴롭혀왔던 고뇌와 정신적 위기를 어느 정도 극복하게 된다. 그의 경우는 정신분석 치료가 예술가의 창작에 긍정적으로 작용한 드문 사례로 꼽힌다. 이러한 자신의 경험을 바탕으로 하고 있는 작품이 그가 1917년 9월부터 10월까지 두 달 사이에 쓴《데미안》이다. 헤세에게는 "새로운 출발을 위한 가장 중요하고도 결정적인 작품"이었다.

욕망과 금지 사이에서 고통 받는 싱클레어

당초 헤세는《데미안》을 '에밀 싱클레어'란 가명으로 발표했다. 그것은 헤세가 말하듯 "늙은 아저씨의 이름이 젊은 독자들을 놀라지 않게 하기 위해서"라는 이유뿐만 아니라, 과거와 결별하고 새로운 미래로 나아가기 위한 결의도 내포하는 것으로 보아야 한다. 머리말에서 작가는 이 이야기가 "나 자신의 이야기"라는 것을 강조하고 있는데, 그 작가 싱클레어가 바로 헤세이므로 《데미안》은 누구보다도 헤세 자신의 이야기다.

헤세는 자신을 이렇게 규정한다.

> "나는 끊임없이 무언가를 찾는 구도자였으며, 아직도 그렇다."

과연 무엇을 찾는 구도자인가? 바로 '자기 자신'이다. 자기 자신을 찾는 노력이 필요한 것은 그만한 가치가 있다고 전제되기 때문이다. "한 사람, 한 사람은 그저 그 자신일 뿐만 아니라 일회적이고, 아주 특별하고, 어떤 경우에도 중요하며 주목할 만한 존재다"라는 것이 그 전제다. 또한 그렇기 때문에 "한 사람 한 사람의 이야기가 중요하고, 영원하고, 신성한 것이다."

각자의 삶이 중요하고 신성하다는 것이 인간 운명의 보편성이라면, 에밀 싱클레어의 삶은 그런 보편성을 개인적 차원에서 구현하고 있는 '보편적 단독자'의 삶이다. 이 작품이 젊은 독자들에게 호소력을 발휘한다면, 그것은 싱클레어의 이야기가 독자 자신의 이야기로도 읽히기 때문이다. 싱클레어가 겪는 두 세계, 곧 '밤과 낮' 또는 '어둠과 빛'의 세계 사이에서의 혼란과 갈등, 자신의 운명을 발견하고 싶다는 갈망 등은 대부분의 청소년이 비슷하게 경험하는 것이다. 그러한 경험은 '아버지의 집으로 표상되는 밝은 세계'와 '그 바깥의 낯설고 무서운 세계'가 대립하고 있다는 세계 인식에서 비롯된다.

싱클레어는 인생의 목표가 "우리 아버지 어머니처럼 되는 것"이라고 생각하지만, 일찍부터 악당들과 탕아들의 이야기에 매료된다. 나쁜 짓거리를 자랑 삼아 떠벌리는 자리에서 악동인 프란츠 크로머에게 자기도 과일을 훔친 적이 있다고 짐짓 이야기를 꾸며댄 것은 싱클레어의 그런 성향과 무관하지 않다. 크로머의 형상은 사실 싱클레어의 내부에 먼저 자리하고 있었던 것이다.

싱클레어는 자신을 '아벨'이라고 생각했지만 그에겐 '카인'의 형상 또한 깊이 박혀 있었다. 크로머의 사주를 받아 아버지를 습격하여 살해하는 꿈은 싱클레어의 금지된 욕망이 노출된 사례로도 볼 수 있다. 다시 말해 싱클레어는 카인적인 욕망도 갖고 있지만 그것은 부정되고 금지되어야 하는 욕망이다. 이 욕망과 금지 사이에서 고통받는 싱클레어를 구제해주는 것이 데미안이다. '데미안Demian'이란 이름 자체가 '데몬demon'을 연상시키듯, 데미안은 싱클레어를 보호해주는 '수호천사'이자 그를 새로운 세계로 이끄는 '유혹자'이며 '악령'이다.

데미안은 싱클레어에게 《성경》에서 동생 아벨을 죽인 인류 최초의 살인자 카인의 이야기를 재해석해준다. 사람들에게 널리 알려진 이 이야기는 우월한 표식을 가진 카인과 그 자손들을 무서워했던 사람들이 후대에 꾸며낸 내용일 뿐이며, 실제로 카인은 강하고 늠름한 자라는 것이다. 이러한 데미안의 '가르침'이 신에 대한 예배와 함께 악마에 대한 예배도 필요하다는 주장으로 이어지는 것은 자연스럽다.

데미안은 싱클레어에게 《성경》에서 동생 아벨을 죽인 인류
최초의 살인자 카인의 이야기를 재해석해준다. 이러한 데미안의
'가르침'이 악마에 대한 예배도 필요하다는 주장으로 이어진다.
다니엘레 크레스피(1590~1630)의 그림 〈카인과 아벨〉.

데미안이 싱클레어에게 소개한 아브락사스는 바로 이 신적인 것과
악마적인 것의 결합을 가리키는 신성이다. 데미안은 이렇게 말한다.

"이봐, 싱클레어, 우리의 신은 아브락사스야. 그런데 그는 신이면서
또 사탄이지. 그 안에 환한 세계와 어두운 세계를 가지고 있어."

이런 양면적이고 양성적인 세계를 동시에 구현한 형상이 데미안
의 어머니 에바 부인이다. 물론 '에바Eva'란 말은 '이브Eve'와 같은 뜻

이며, 궁극적인 근원이자 완전함의 모태를 상징한다. 싱클레어는 에바 부인의 모습에서 자신이 오랫동안 꿈꾸어온 이상적인 이미지를 확인한다. 남성성과 여성성, 젊음과 성숙함, 아름다움과 근엄함을 동시에 체현하고 있는 "수호자이자 어머니, 운명이자 연인"이 바로 에바 부인이었다. 데미안에게 이끌린 싱클레어의 자기 탐색이 에바 부인과의 만남과 포옹으로 일단락되는 것은 그런 의미에서 자연스럽다. 그는 자신의 운명을 발견한 것이며, 이제 남은 건 그 운명과 일체가 되어 삶을 주도해나가는 것이다. 에바 부인은 싱클레어에게 이렇게 충고한다.

> "태어나는 건 언제나 어려워요. 아시죠, 새는 알에서 나오려고 애를 쓰지요."

전쟁이 새로운 것을 만든다

그렇지만 《데미안》에서 문제가 되는 것은 작품의 핵심 모티프인 '알에서 나오려고 투쟁하는 새의 형상'이 전쟁을 통해서 발견된다는 점이다. 머리말에서 헤세는 "만약 우리가 이제 더 이상 단 한 번뿐인 소중한 목숨이 아니라면, 우리들 하나하나를 총알 하나로 정말로 완전히 세상에서 없애버릴 수도 있다면, 이런저런 이야기를 쓴다는 것도 아무런 의미가 없으리라"라고 말한다. 이것이 암시하는 바가 유례없는 대량 살상이 행해진 제1차 세계대전의 경험이라는 사실은 명백하다. 주목할 것은 '종말의 시작'이란 제목의 마지막 장에서 이

전쟁은 뭔가 새로운 것이 시작되기 위한 징후로 간주된다는 점이다. 데미안은 전쟁에 장교로 참전하며 싱클레어 또한 징병 열차를 타고 전선으로 향한다. 그런데 싱클레어는 전장에서의 첫 경험에 실망한다. 수많은 사람이 이상을 위해서 죽어갔지만, 그것은 '개인의 이상'이 아니라 '공동의 이상'이었기 때문이다. 그러나 곧 죽어가는 사람들의 눈에서 '운명의 의지'를 보고, 전쟁의 깊은 곳에서 새로운 인간성 같은 무엇인가가 생성되고 있다고 이해한다. 그는 수많은 사상자의 틈바구니 속에서 이렇게 생각한다.

> "피비린내 나는 싸움의 소산은 내면의 발산이며, 새로이 태어날 수 있기 위해 미쳐 날뛰고 죽이고 파괴하고 죽어버리려고 하는 영혼의 발산이었다. 한 마리의 거대한 새가 알에서 나오려고 투쟁하는 것이었다. 그 알은 이 세계였고, 따라서 이 세계는 산산조각 나지 않으면 안 되었던 것이다."

곧 싱클레어는 전쟁을 새로운 세계, 새로운 인간성이 탄생하는 과정으로 인식한 것이다. 포탄에 부상을 입고 호송된 그는 병동의 매트리스에서 다시 데미안과 대면한다. 데미안은 그에게 에바 부인의 키스를 전해준다. 그리고 이제 싱클레어는 자신의 내면에서 그의 친구이자 인도자인 데미안과 완전히 닮아 있는 자신을 발견하게 된다.

헤세의 '개인'과 나치의 '종족'

이러한 결말은 과연 헤세의 반전 활동과 어떻게 양립할 수 있을까? 헤세는 전쟁을 반대한 탓에 전쟁 옹호자들에게 욕설을 듣고 공격을 당하기까지 했다. 그는 "이른바 '위대한 시대'에는, 다수를 차지하는 집단과 다른 생각을 지닌 개인은 언제나 그런 식으로 공격당하곤 한다"라고 냉소하기도 했다. 실제로 히틀러의 나치가 권력을 장악하게 되자 헤세의 작품들은 불온서적으로 간주되어 출판이 금지되었다. 하지만 정작 제2차 세계대전 당시에 독일 병사들의 배낭 속에 한 권씩 들어 있었다는 책 또한 《데미안》이었다. 나치는 헤세의 작품 출간은 금지시켰으면서도, 다른 한편으론 병사들이 《데미안》을 탐독하는 것까지는 막지 않았다. 아마 막을 필요가 없었을 것이다. 전쟁에 긍정적인 의의를 부여하고 있는 작품이라면, 오히려 권장할 만하지 않았을까?

만약 전쟁에 대한 헤세의 생각과 《데미안》에서 전쟁이 갖는 의미가 상충하는 것으로 보인다면, 그것은 니체(1844~1900)의 영향을 받은 헤세의 엘리트주의와도 관련이 있을 듯하다. 싱클레어는 작품에서 표식을 가진 사람들과 갖지 않은 사람들을 구분하는데, 전자가 새로운 것과 개별화된 것 그리고 미래의 것을 지향하는 존재라면, 후자는 무엇인가를 고수하려는 의지 속에서 살아가는 존재다. 데미안은 인류가 가는 길에 영향력을 발휘했던 모든 사람은 그들에게 닥친 운명을 받아들일 준비가 미리 돼 있었다고 말한다. 그의 주장에 따르면, 이들만이 새로운 환경에 적응하여 자신의 종種을 구해낼 수 있는 능력을 갖는다. 그것은 발전사적 과정이며 생물학적 진화의 과정이기도 하다.

자기 자신을 찾아가는 헤세적 여정 또한 마찬가지여서, 모두가 나름대로 '사람'이 되려고 노력하지만 개구리나 뱀, 개미에 그치고 마는 경우도 많다. 이 여정에서 모든 사람은 동등하지도 평등하지도 않다.《데미안》의 제5장에 등장하는 오르간 연주자 피스토리우스의 말대로, "두 발로 걸어 다닌다고 해서 모두가 인간은 아니며, 그들 가운데 많은 수는 물고기이거나 버러지이거나 거머리다." 그들은 각각 인간이 될 가능성을 갖고 있을 따름이다. 이러한 관점은 나치의 우생학과 그렇게 먼 거리에 있지 않다. 헤세의 '개인'을 나치는 '종족'으로 바꿔놓았을 뿐이다.

호밀밭의 파수꾼이 필요했던 홀든

샐린저의 《호밀밭의 파수꾼》 다시 읽기

제롬 데이비드 샐린저

Jerome David Salinger, 1919~2010

샐린저 현상과 샐린저 산업

베일에 가려진 은둔형 작가 제롬 데이비드 샐린저의 대표작 《호밀밭의 파수꾼》(1951)은 단지 '1950년대 미국 대학생들의 경전'으로만 기억되는 작품이 아니다. 기성세대에 대한 반항의 아이콘으로 자리매김한 주인공 홀든 콜필드와 함께 전 세계적인 베스트셀러가 된 《호밀밭의 파수꾼》은 작가가 40년 이상 절필한 상태에서 사망했음에도 불구하고 여전히 뜨거운 지지와 논란의 대상이 되고 있다. 전 세계적으로 600만 부가 팔려 나간 이 작품의 인기는 '샐린저 현상', '샐린저 산업'이란 말까지 만들어냈을 정도인데, '샐린저 현상'이란 독자들이 《호밀밭의 파수꾼》을 끼고 다니면서 자신을 소설의 주인공 홀든과 동일시하는 것을 말하고, '샐린저 산업'은 이 작품이 불러일으킨 상업적 성공을 가리킨다. 이러한 '샐린저 현상'과 '샐린저 산업'이 작품이 출간된 지 반세기도 더 지난 오늘날까지 이어지는 요인은 무엇일까? 주인공 홀든이 현실 속 인물이었다면 벌써 여든을 바라보는 나이일 테지만, 오늘은 예전 그대로의 거침없는 입담을 자랑하는 열일곱 살의 홀든을 만나 그 이야기에 귀를 기울여보자.

다들 알다시피 홀든은 에둘러 말하는 법이 없다. 그는 이렇게 시작한다.

> "정말 이야기를 듣고 싶다면, 아마 제일 먼저 듣고 싶은 것은 내가 어디서 태어나서 어린 시절을 어떻게 구차하게 보냈으며, 또 내가 태어나기 전 우리 부모는 무슨 일을 했는지 하는 따위일 것이다. 그러니까 데이비드 카퍼필드 식의 시시껄렁한 이야기 말이다. 그러나 사실 나는 그런 이야기는 입에 담고 싶지 않다."

이런 홀든의 태도는 사생활의 노출을 극도로 기피했던 작가 샐린저의 태도와도 일맥상통하는데, 몇몇 '시시껄렁한 이야기'를 참고 삼아 그의 삶을 살펴보자.

샐린저는 1919년에 폴란드계 유대인 아버지와 아일랜드계 가톨릭교도였던 어머니 사이에서 둘째아들로 태어났다. 아버지가 육류·치즈 수입업자로 많은 돈을 번 덕분에, 그의 가족은 뉴욕의 고급 주택가에 살며 경제 공황 시대에도 중상류층 생활을 유지할 수 있었다. 1932년 샐린저는 맨해튼의 유명 사립학교에 입학하지만 낙제를 하는 바람에 1년 만에 그만두고, 아버지는 그를 펜실베이니아의 군사학교로 보냈다. 이후 뉴욕대를 중퇴한 그는 어시너스 칼리지와 컬럼비아대에서 처음으로 문예창작 수업을 받았다.

샐린저가 본격적인 창작의 길로 접어들게 되는 건 1939년, 컬럼비아대학의 유명한 창작 강좌에 등록하면서부터다. 1940년에는 처음으로 단편 〈젊은이들〉을 발표하면서 차츰 작가로 인정받기 시작했다. 하지만 이듬해에 제2차 세계대전이 터지면서, 샐린저는 전쟁에 참가하여 4년간 군 복무를 했다. 전쟁이 끝나고 군에서 전역한 그는 마침내 1951년, 10년 동안 준비해온 장편 《호밀밭의 파수꾼》을 발표했다. 주인공의 거친 언어와 반항적인 내용 때문에 초기 반응은 그다지 호의적이지 않았다. 그러나 1953년에 페이퍼백이 나오자 초대형 베스트셀러가 되었음은 물론, 각국의 언어로 번역되어 전 세계로 퍼져나갔다. 《호밀밭의 파수꾼》은 일약 젊은 세대의 '바이블'이 되었고, 심지어는 사회주의 국가 소련에서도 젊은이들이 이 책을 들고 다녔다고 한다.

방황하는 청춘, 호밀밭의 파수꾼을 꿈꾸다

윌리엄 포크너(1897~1962)조차도 '당대 최고의 작품'이라고 치켜세운 작품이지만, 《호밀밭의 파수꾼》은 일찍부터 '금서'로 낙인찍힌 소설이기도 하다. 들어가는 학교마다 적응하지 못하고, 학업 성적 또한 부진하여 낙제당하기 일쑤인 주인공 홀든의 모습이 청소년 독자들에게 전혀 모범적이지 않다는 게 일부 교사와 어른들의 판단이었다. 게다가 어떤 조사에 따르면, 이 작품에서 홀든은 '빌어먹을'이란 욕설을 245번이나 사용한다. 더욱이 조금 덜 심한 욕설까지 포함하면 785번에 이른다고 하니, '청소년 권장도서'로서는 부적합하게 여겨졌을 게 당연하다. 흡연과 음주, 매춘 장면의 묘사와 동성애, 성도착(변태) 등에 대한 언급 역시 자녀를 둔 어른들의 이맛살을 찌

푸리게 했을 것이다. 퇴학을 당한 뒤에 동생 피비를 만나려고 부모 몰래 밤늦게 집으로 찾아온 홀든에게 피비조차도 이 말을 반복하지 않는가.

"아빠는 오빠를 죽이고 말 거야."

홀든은 피비가 아직 순수함을 간직하고 있는 어린아이라 생각하고 무척 아끼지만, 퇴학당한 이유를 꼬치꼬치 캐묻는 피비의 모습은 그보다 훨씬 어른스럽다. "이유야 많단다. 그 학교는 내가 다닌 학교 중에 제일 똥통 학교야. 바보들이 우글거리는 학교라고" 하면서 이런저런 변명을 늘어놓는 오빠에게 그녀는 이렇게 말한다.

"오빠는 세상에서 일어나는 일이 다 싫다는 거야?"
"오빠는 어느 학교든 다 싫어해. 오빠가 싫어하는 것은 백만 가지는 될 거야. 그냥 싫어하고 있어."

한 가지라도 좋아하는 것을 말해보라는 피비의 물음에 홀든이 겨우 생각해낸 건, 자기가 한 말을 취소하지 않기 위해 창문 밖으로 뛰어내려 자살한 '제임스 캐슬'이란 아이와 자신의 죽은 동생 '앨리' 정도다. "누가 죽었다고 해서 좋아하던 것까지 그만둘 순 없지 않니? 특히 우리가 알고 있는, 살아 있는 사람보다 천 배나 좋은 사람이라면 더욱 그렇지"라는 게 홀든의 주장이다. 이것은 한편으로 그가 지키려 하는 '순수한 세계'가 현실보다는 '현실 너머의 세계'에 더 가깝

호밀밭의 파수꾼은 장래의 꿈을 말해보라는 피비의
닦달에 홀든이 겨우 생각해낸 것이다. "그런 때 내가
어딘가에서 나타나 그 애를 붙잡아야 하는 거야.
이를테면 호밀밭의 파수꾼이 되는 거야." 그림은
알렉세이 사브라소프의 1881년 작 〈호밀밭〉.

다는 걸 암시해준다.

　작품의 표제이기도 한 '호밀밭의 파수꾼' 역시 그러한 형상이라
할 수 있다. 호밀밭의 파수꾼은 장래의 꿈을 말해보라는 피비의 닦
달에 홀든이 겨우 생각해낸 것이다.

　　"어쨌거나 나는 넓은 호밀밭 같은 데서 조그만 어린애들이 어떤 놀
　　이를 하고 있는 것을 항상 눈앞에 그려본단 말야. 몇 천 명의 아이
　　들이 있을 뿐 주위에 어른이라곤 나밖엔 아무도 없어. 나는 아득한
　　벼랑 옆에 서 있는 거야. 내가 하는 일은 누구든지 벼랑에서 떨어질
　　것 같으면 얼른 가서 붙잡아주는 거지. 애들이란 달릴 때는 저희가

어디로 달리고 있는지 모르잖아? 그런 때 내가 어딘가에서 나타나 그 애를 붙잡아야 하는 거야. 하루 종일 그 일만 하면 돼. 이를테면 호밀밭의 파수꾼이 되는 거야."

요컨대 아이들이 놀다가 벼랑에서 떨어지지 않도록 보호해주는 호밀밭의 파수꾼이 되는 것이 낙제생 홀든의 꿈이다. 그러나 역설적으로 이 작품에서 '벼랑'에 직면해 있는 인물은 그 자신이며, 파수꾼이 누구보다도 절실하게 보호해줘야 할 인물도 바로 홀든이다.

세상은 이분법적 틀로만 재단할 수 없다

홀든은 여러 번 배에 총탄을 맞은 배우의 연기를 흉내 내는데, 그 연기는 '흉내' 이상의 의미를 갖는다. 홀든이 호텔 엘리베이터 보이의 추천을 받아, 어른 행세를 하며 매춘부를 방에 들이는 장면을 보자. 홀든은 매춘부와 이야기를 조금 나누다가 처음에 약속한 금액인 5달러를 지불하지만 여자는 10달러를 요구한다. 홀든이 거절하자 그녀는 엘리베이터 보이와 함께 다시 찾아와 완력으로 5달러를 더 갈취해간다. 홀든은 욕설을 퍼붓다가 얻어맞기만 하고 바닥에 내동댕이쳐진다. 이것이 바로 '현실'이다. 그렇다면 그토록 혐오하는 동시에 두렵기도 한 현실에 홀든은 어떻게 대응하는가. 여기에는 두 가지 방식이 있다. 하나는 복수, 단 '상상 속의 복수'다. 홀든은 피 흘리는 채로 권총을 들고 엘리베이터 보이를 다시 찾아가, 겁에 질려 애원하는 녀석을 무자비하게 쏘아 죽인다.

"그러고는 전화로 제인(홀든의 첫사랑)을 오게 하여 내 배에 붕대를 감게 한다. 내가 계속 피를 흘리는 동안 제인은 내게 담배를 물려주는 장면을 상상의 화면에 그려본다."

물론 이것은 홀든이 많이 보았을 법한 영화의 한 장면이다. 그 역시 "영화란 사람을 망치는 것"이라고 생각한다. 그가 영화를 싫어하는 것은 바로 이 때문이다. 영화 속 현실은 '연기'이고 '가짜'다. 다시 말해 '속임수'다. 그러나 그런 영화적 선택이 아니라면, 홀든이 할 수 있는 또 다른 선택은 '자살' 밖에 남지 않는다. "내가 하고 싶은 것은 자살이었다. 창밖으로 뛰어내리고 싶었다. 만일 내가 땅바닥에 떨어진 순간 누군가가 와서 내 시체를 덮어준다는 확신만 있었다면 정말 투신자살을 했을 것이다"라고 그는 생각한다. 피투성이가 된 자신의 시체를 구경꾼들이 내려다볼 것이 혐오스러워, 결국 자살을 결행하지는 못하지만.

'복수'와 '자살', 두 가지 선택지에는 공통적으로 홀든 자신을 관찰하는 또 다른 시선이 존재한다. 이 관찰자의 시선은 두 가지 양식을 가질 수 있다. '구경꾼의 시선'과 '파수꾼의 시선'이 바로 그것이다. 물론 홀든이 기대하는 건 '파수꾼의 시선'이다. 동생 피비에게 호밀밭의 파수꾼이 되고 싶다는 꿈을 이야기한 뒤에, 홀든은 예전 학교의 영어 교사였던 앤톨리니 선생에게 전화를 걸고 찾아간다. 앤톨리니 선생은 '호밀밭의 파수꾼'의 이미지가 자연스레 연상되는 인물이다. 단도직입적으로, 홀든은 앤톨리니가 자신이 만난 선생 가운데 제일 좋은 사람이라고 생각한다. 창문에서 떨어져 죽은 친구 제임스 캐슬을 안아 올려준 이도 앤톨리니 선생이었기 때문이다.

앤톨리니 선생은 말 그대로 벼랑(창문)에서 떨어지려는 아이들을 구해줄 '호밀밭의 파수꾼'의 모델이다. 그는 홀든이 처해 있는 상황을 "이 세상에는 인생의 어느 시기에 자신의 환경이 도저히 제공할 수 없는 어떤 것을 찾는 사람들이 있는데, 네가 바로 그런 사람이야"라고 정확하게 진단 내린다. 홀든은 이런 상황에서 주위 환경이 자기가 바라는 것을 도저히 제공할 수 없다고 지레 단정한다. 하지만 이는 너무도 성급한 판단이다. 앤톨리니 선생은 홀든의 작문 재능을 인정하면서, 일단 가고 싶은 길이 분명해지면 우선은 학교로 돌아가라고 조언한다. 또한 홀든처럼 정신적 혼돈과 고민을 겪은 사람들은 수없이 많으며, 그들이 남긴 고뇌의 기록에서 뭔가를 배울 수 있을 거라는 충고도 보탠다. "장차 네가 그들에게서 배운 것과 마찬가지로 다른 사람도 네게서 배울 수 있다"고 그는 말한다.

한 정신분석학자의 말을 빌려서 앤톨리니 선생이 홀든에게 들려주는 교훈은 이런 것이다.

> "미성숙한 사람의 특징은 어떤 대의를 위해 고결하게 죽기를 원한다는 것이다. 반면에 성숙한 사람의 특징은 대의를 위해 겸허하게 살기를 원한다는 것이다."

이는 '상상적 복수'와 '자살'이라는 홀든 식의 이분법적 선택을 넘어서는 대안이 될 수 있다. 하지만 이 대안은 아직 홀든의 몫이 아니다.

《호밀밭의 파수꾼》은 바로 홀든의 이야기이고,
그가 떠들어댄 이야기이다. 이렇게 떠벌리는 행위
자체에는 이 세계에 대한 긍정과 사람들을 향한
그리움이 함축되어 있다.

홀든은 자신이 잠든 사이에 앤톨리니 선생이 자신의 머리를 어루
만지는 것을 느끼고는 경악하여 바삐 짐을 챙겨 나선다. 그가 '변태'
일지도 모른다고 생각해서다. 물론 이것은 사실 여부를 알 수 없는,
홀든만의 섣부른 판단이다. 날이 새자 홀든 스스로도 자신의 판단이
성급한 게 아니었을까 염려한다. 앤톨리니 선생은 단지 잠든 아이들
의 머리를 어루만졌을 뿐, 이러한 행위에 이상한 감정 따위는 전혀
없었는지도 모르기 때문이다. 게다가 홀든은 "설사 선생이 변태라
하더라도 내게 정말 잘해준 것만은 확실하지 않느냐는 생각이 들기
시작했다." 이는 홀든에게 중요한 깨달음인데, 현실을 '진짜와 가짜',
'순수와 부정'이라는 이분법적인 틀로만 재단할 수는 없다는 깨달음
이기도 하기 때문이다.

홀든은 아무 데도 가지 않았다

서부로 떠나기로 결심한 홀든은 마지막 인사를 전하러 피비의 학교에 찾아갔다가, 계단 벽에서 외설스러운 낙서를 본다. 그는 참지 못하고 이를 지우지만, 그런 낙서는 여기저기에 널렸고 심지어는 칼로 새겨져 있기까지 하다. 100만 년 동안 지우러 다닌다고 해도, 온 세계의 더러운 낙서들을 다 지울 수는 없을 것이다. 홀든 역시 그 일이 불가능하다는 것을 인정하게 된다. 이는 얼핏 절망으로도 보이지만, 어른으로 가는 길목에서 느끼는 체념이기도 하다. 가족을 떠나 서부로 가려는 결심 역시 홀든에게는 일시적인 기분 전환 이상의 의미를 갖기 어려워 보인다. 같이 따라가겠다며 가방을 들고 쫓아 나선 피비의 말에 격분한 홀든이 그녀를 때려줄 생각까지 하는 것도 그런 이유에서일 것이다. 화가 난 피비를 달래기 위해 홀든은 "난 아무 데도 가지 않아. 마음이 변했어. 그러니까 울지 말고 가만히 있어"라고 말한다. 이것은 홀든 자신에게도 아주 적합한 말이다. 그리고 실제로 홀든은 아무 데도 가지 않았다. 다만 요양 병원에서 잠시 회복기를 거쳐야 했을 따름이다.

이야기의 *끄트머리*에서 홀든은 그토록 싫어하고 조롱을 퍼붓던 학교 친구들에게까지 그리움을 표한다.

"내가 알고 있는 것은 내가 여기에 등장시킨 사람들이 지금 내 곁에 없기 때문에 보고 싶다는 것뿐이다. 예컨대 스트라드레이터와 애클리마저 그립다. 그놈의 모리스 녀석도 그렇다. 우스운 이야기다. 누

구에게든 아무 말하지 않는 것이 좋다. 말을 하면 모든 인간이 그리
워지기 시작하니까."

　　그러나 《호밀밭의 파수꾼》은 바로 홀든의 이야기이고, 그가 떠들
어댄 이야기이다. 이렇게 떠벌리는 행위 자체에는 이 세계에 대한
긍정과 사람들을 향한 그리움이 함축되어 있다. 독자들이 홀든의 모
습에서 '반항적 영웅'의 모습을 읽어내는 것은 주인공에 대한 과장된
해석이거나 신비화가 아닐까. 더불어 샐린저 자신의 체험이 많이 녹
아들어간 작품이라고 하지만, 오랜 침묵에 빠져 있다가 사망한 작가
는 홀든과 가장 닮지 않은 인물이기도 하다.

뫼르소의 진실

알베르 카뮈의 《이방인》 다시 읽기

알베르 카뮈

Albert Camus, 1913~1960

카뮈는 죽었지만 신화가 되었다

1960년 1월 4일, 알제리 태생의 프랑스 작가 알베르 카뮈가 갑작스런 교통사고로 숨졌다. 향년 47세. 1957년, 젊은 나이에 노벨문학상을 수상함으로써 세계적인 작가의 반열에 오른 지 불과 3년 만의 일이었다. 카뮈는 세상을 떠났지만 그가 남긴 문학과 그에 대한 기억은 카뮈를 20세기 문학의 한 신화로 만들었다. 그리고 그 신화의 한복판에 놓여 있는 작품이 그의 첫 소설이기도 한 《이방인》(1942)이다.

알다시피 소설의 주인공 뫼르소는 알제리의 평범한 샐러리맨이다. 그런데 태양이 너무 뜨거워 살인을 했다고 하여 '반항의 상징'이자 '문학사적 명사名士'가 되었다. 우리에게 친숙한 작가인 카뮈와 그의 대표작 《이방인》을 다시 읽어봄으로써, 작가와 작품을 둘러싼 '신화'를 조금 걷어내보기로 하자.

20세기 최고의 문제작, 《이방인》

청년 시절 카뮈는 회색 양복에 작고 둥근 펠트 모자를 쓰고 청색 바탕에 흰 물방울무늬 넥타이를 매고서, 흰 양말에 니스 칠한 구두를 신고 다녔다고 한다. 머리는 단정하게 빗어 넘겼고, 사진에선 자주 담배를 꼬나문 포즈를 취했다. 그 당시 유명 배우였던 험프리 보가트(1899~1957)를 연상하게 하는 이런 멋쟁이 포즈는 물론 의도된 자기 연출이었다. 가난한 노동자 가정 출신으로 궁핍한 어린 시절을 보냈지만 그는 언제나 당당하게 보이길 좋아했고 그렇게 처신했다. 그렇다고 가난의 수치심마저 다 떨쳐낼 수는 없었다. 그가 한 살 때 제1차 세계대전에서 아버지가 전사戰死했기 때문에 가족의 생계를 꾸리는 건 모두 남의 집 일을 하던 어머니 몫이었다. 집에는 신문도 라디오도 책도 없었으며, 그는 학교에서 집안 얘기를 꺼내지 않았다. 학교 서류에 어머니의 직업을 적어 넣어야 했을 때 '하녀'라고 쓰며 수치심을 느꼈고, 그렇게 수치심을 느낀다는 사실 자체에 또 수치스러워했다.

그 당시의 여느 하층민처럼 카뮈의 어머니 또한 읽고 쓸 줄 모르는 문맹이었다. 그녀는 선천적으로 귀가 어두웠고 말도 약간 더듬었다. 도서관에서 빌려온 책을 읽는 아들을 어머니는 딴 세상에서 온 이방인처럼 쳐다볼 따름이었다. 하지만 카뮈는 《이방인》의 주인공과는 달리 어머니를 평생 지극히 사랑했다. 게다가 그는 지중해의 뜨거운 태양과 바다의 자식이기도 했다. 가난은 삶에 대한 그의 열정을 꺾지 못했다. 대학에 진학해서도 아르바이트로 학비를 마련해야

1967년 루치노 비스콘티 감독이
만든 영화 〈이방인〉 포스터.
마르첼로 마스트로야니가 뫼르소
역으로 나왔다.

했지만, 축구와 독서, 연극과 사랑에 모든 젊음을 불살랐다. 그런데
대학 축구팀의 골키퍼로 활약하던 어느 날 그는 시합을 마치고 집으
로 돌아온 뒤 감기에 걸려 앓아눕게 되었다. 이는 폐결핵으로까지
발전했고, 그 바람에 대학 교수를 향한 그의 꿈은 좌절되고 말았다.
대신 그에겐 신문 기자의 길이 열렸다. 우리가 아는 카뮈, 곧 작가이
자 연극인이며 동시에 신문 기자인 카뮈는 그렇게 탄생했다.

  1939년 독일의 도발로 제2차 세계대전이 터지지만, 카뮈는 폐결
핵이 재발해 참전하지 못했다. 알제리를 떠나 프랑스로 건너간 그는
대신에 프랑스 문단에 '20세기 최고의 문제작'을 내놓게 된다. 바로
《이방인》이었다. 이 작품이 출간된 것은 파리가 아직 나치의 점령 하
에 있던 1942년 7월이었다. 무엇이 '문제적'이었던 것일까? 줄거리
는 비교적 단순하다.

알제리의 수도 알제의 평범한 샐러리맨 뫼르소는 인근 마랑고의 양로원에 있던 어머니가 돌아가셨다는 전보를 받는다. 이틀간의 휴가를 내고 그는 몹시 더운 날 양로원을 찾아가지만, 어머니의 죽음에 대한 무관심한 태도로 사람들을 놀라게 한다. 장례식 이튿날 그는 지중해에서 여자 친구와 해수욕을 즐기고 코미디 영화를 같이 보며 정사를 나눈다. 그리고 며칠 뒤 같은 층에 사는 이웃의 건달 레몽과 친구가 되는데, 이 친구와 불량배들과의 싸움에 우연히 말려들어 한 아랍인을 총으로 쏘아 죽인다. 이것이 1부의 내용이다.

재판 과정을 담고 있는 2부에서 뫼르소는 자신이 죄인이라는 사실을 실감하지 못한 상태로 재판을 '구경'한다. 그에게 주로 쏟아진 질문은 살해 경위에 대한 것이 아니라 어머니의 장례식에서 보여준 태도에 관한 것이었다. 비종교적이고 비도덕적인 그의 태도는 사람들의 반감을 산다. 그리고 법정이 원하는 대답을 하지 않고 굳이 거짓말을 하지 않으려는 이런 '진실한' 태도 때문에, 결국 사형 선고를 받게 된다. 하지만 그는 어차피 인간은 죽게 마련이라며 상고를 포기하고 사형 집행일을 기다린다. 이것이 소설의 결말이다.

태양 때문에 살인을 한 남자

'이방인'처럼 등장한 이 작품을 놓고, 그 당시 프랑스의 작가 사르트르(1905~1980)는 이렇게 물었다. "이 인물을 어떻게 이해해야만 하는 것일까?" 이 질문은 사르트르는 물론 작품을 읽는 모든 독자가 품을 수밖에 없는 질문이다. 우선적으로 떠올리게 되는 것은 삶에 대한 뫼르소의 무관심이다. 그는 삶에 그다지 큰 의미를 부여하지 않으며 특별한 열정이나 고집도 갖고 있지 않다. 여자 친구인 마리가 자신을 사랑하는지 알고 싶다고 말하자, 그는 그런 건 아무 의미도 없는 말이지만 아마 사랑하지 않는 것 같다고 답한다. "그렇다면 왜 나하고 결혼을 해요?"라고 반문하자 그는 그런 건 아무 중요성도 없는 것이지만 정 원한다면 결혼을 해도 좋다는 식으로 말한다. 곧 그에게는 사랑을 하는 것과 하지 않는 것, 혹은 결혼을 하는 것과 하지 않는 것이 별다른 차이를 갖지 않으며 특별한 의미도 없다. 심지어 그는 재판에서도 자신에게 유리하게 증언하기를 거부한다. 예컨대 어머니의 장례식에서 슬퍼했다고 진술하라는 변호사의 충고도 거절하고, 검사가 증인들에게서 사건과 무관한 증언들을 유도해내도 항의하거나 분노하지 않는다. 살해 이유에 대해서도 '태양 때문이었다'고 진술해 비웃음을 사고, 형 집행을 앞두고 신부가 찾아와 회개를 권유해도 그는 기도조차 거부하며 반항한다.

이러한 '비정상성'에도 불구하고 이방인 뫼르소에 대한 평가는 우호적인 편이다. 이는 주로 관심의 초점이 그의 살해 행위보다는 재판 과정에 두어졌기 때문이다. 카뮈는 자신이 유행어로 만든 '부조리'란 말을 설명하면서, 그것은 합리성을 열망하는 인간과 비합리성으로 가득 찬 세계 '사이에' 있다고 말한 바 있다. 그런 관점에서 보면, 뫼르소에 대한 재판은 부조리의 대표적인 사례가 될 만하다. 곧 재판의 합리성에 대한 독자의 기대와는 사뭇 다르게 《이방인》의 법정은 뫼르소가 살인을 했기 때문에 범죄자인 것이 아니라, 범죄자이기 때문에 살인을 했다는 식으로 몰고 간다. 때문에 뫼르소는 살인을 범한 가해자이지만 이 부조리한 재판의 피해자로도 여겨진다. 검사는 어머니의 장례식에서 눈물을 흘리지 않은 뫼르소의 태도를 문제 삼아서, 정신적으로 어머니를 죽이는 자는 곧 아버지를 자기 손으로 죽이게 될 자이기 때문에 사회적으로 추방해야 한다고 주장한다. 사회의 가장 기본적인 율법을 무시하고 있기 때문에 사회로부터 영원히 격리시켜야 한다는 것이다.

이러한 재판의 부조리성과 관련해 카뮈는 스스로 "우리 사회에서 자기 어머니의 장례식에서 울지 않은 사람은 누구나 사형 선고를 받을 위험이 있다"라고 역설적으로 비판했다. 한 걸음 더 나아가 카뮈는 주인공 뫼르소에 대해서도 사회가 요구하는 연기演技를 하지 않았을 따름이라고, 곧 "그는 있는 그대로 말하고 자신의 감정을 은폐하지 않는다"라고 설명했다. "이렇게 되면 사회는 즉시 위협당한다고 느끼게 마련"이라는 것이다. 여기서 카뮈가 편드는 쪽은 '사회'가 아니라 '뫼르소'다. 그는 뫼르소를 어떤 영웅적인 태도를 취하지 않으면서도 진실을 위해서는 죽음도 마다하지 않는 인간으로 본다. '우리들의 분수에 맞는 단 하나의 그리스도'라고까지 평했을 정도다.

이러한 카뮈의 말에서는 주인공에 대한 각별한 연대감까지 느껴지지만, 과연 그것이 뫼르소의 진실일까? 이제 우리가 알고 있는 내용에서 벗어나, 조금 다른 방향에서 그를 살펴보기로 하자. 소설의 결말에서, 우리는 모든 일에 무관심하고 냉담한 뫼르소와는 조금 다른 뫼르소를 만나게 된다. 바로 이런 생각을 하는 뫼르소다.

"참으로 오래간만에 처음으로 나는 엄마를 생각했다. 엄마는 왜 인생이 다 끝나갈 때 '약혼자'를 만들어 가졌는지, 왜 생애를 다시 시작해보는 놀음을 했는지 나는 이해할 수 있을 것 같았다. (…) 나는 처음으로 세계의 정다운 무관심에 마음을 열고 있었던 것이다. 그처럼 세계가 나와 닮아, 마침내는 형제 같음을 느끼자, 나는 전에도 행복했고, 지금도 행복하다고 느꼈다. 모든 것이 완성되도록 하기 위해서, 내가 덜 외롭게 느껴지기 위해서, 나에게 남은 소원은 다만, 내가 사형 집행을 받는 날 많은 구경꾼들이 와서 증오의 함성으로써 나를 맞아주었으면 하는 것뿐이다."

　작가의 말에 따르면, "자기가 사는 사회에서 이방인이며 사생활의 변두리에서 주변적인 인물로서 외롭고 관능적으로 살아"가는 뫼르소가 마지막에 원하는 것은 덜 외롭게 느껴지는 것, 곧 사형 집행일에 많은 사람이 자신을 맞아주는 것이다. 이러한 변화는 "참으로 오래간 만에 처음으로 나는 엄마를 생각했다"라는 구절과 조응하는 동시에, 다른 한편으론 "오늘 엄마가 죽었다. 아니 어쩌면 어제"라고 심드렁하게 말하는 작품의 서두와 대조된다. 뫼르소의 이 마지막 고백이 아이러니가 아니라면, 마치 이 작품에는 두 명의 뫼르소가 등장한다 해도 과언이 아닐 정도다. 그렇다면 이 변화의 계기는 무엇일까? 바로 사형 선고다.

　비록 사형 선고가 내려지기까지의 재판 과정은 불합리하고 부조리하며 희극적이기까지 했지만, "그러나 그 선고가 내려진 순간부터 그 결과는 내가 몸뚱이를 비벼대고 있던 그 벽의 존재와 마찬가지로 확실하고 준엄해진다는 사실을 인정하지 않을 수 없었다"고 뫼

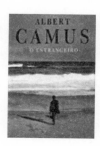

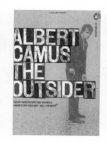

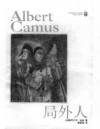

세계 각국에서 출간된 《이방인》의 표지.
《이방인》은 프랑스를 넘어 전 세계의
문제작이었다.

르소는 고백한다. 그리고 이때 처음으로 그는 아버지에 대한 기억을 떠올린다. 아버지를 본 적이 없으므로 어머니에게 들은 이야기인데, 어느 날 아버지는 사형 집행을 보러 갔다가 아침 먹은 것까지 토했다는 것이다. 뫼르소는 그런 아버지가 그때 싫어졌다고 말한다. 말하자면 그에겐 '사나이다운' 아버지, 그래서 그에게 어떤 금지를 강요할 수 있는 아버지가 부재했다. 사회에 속한다는 게 무엇을 의미하는지 알 기회를 갖지 못했던 것이다.

사회 속으로 뛰어들고 싶었던 이방인

이런 뫼르소에게 '아버지'의 역할을 하는 것이 바로 법이다. 법에 의한 사형 선고와 집행이 뜻하는 것은 무엇인가? 그것은 어떤 절대적인 확실성의 선언이고 실행이다. 뫼르소의 삶은 아무것도 결정되어 있지 않은 삶, 이래도 좋고 저래도 좋은 우연에 내맡겨진 삶이었다. 이는 더불어 그가 아무런 책임도 지지 않는 삶이었다. 어머니의 장례 때문에 휴가를 신청하면서 그가 사장에게 한 "그건 제 탓이 아닙니다"라는 말은 삶에 대한 그의 태도를 잘 요약해준다. 어떠한 책임으로부터도 면제된 삶은 동시에 모든 사회적 역할로부터 배제된 삶이기도 하다. 그런 의미에서 뫼르소는 '이방인'이었다. 문제는 그에게 이방인으로서의 삶이 아닌 다른 삶에 대한 은밀한 갈망도 존재했다는 점이다. 그의 살해 장면은 이에 대한 암시가 아닐까.

"나는 온몸이 긴장하여 손으로 피스톨을 힘 있게 그러쥐었다. 방아

결국 뫼르소는 '사회'로부터 격리되어야 한다는 판결을 선고받는다.
그런데 역설적으로 이 '격리', 곧 '사형 선고'야말로 '사회'가
뫼르소를 인정하고 받아들이는 방식이기도 했다. 루치노 비스콘티
감독이 만든 영화 〈이방인〉의 한 장면.

쇠가 당겨졌고, 나는 권총 자루의 매끈한 배를 만졌다. 그리고 짤막
하면서도 요란스러운 소리와 함께 모든 것이 시작되었던 것이다.
나는 땀과 태양을 떨쳐버렸다. 나는 한낮의 균형과, 내가 행복을 느
끼고 있던 바닷가의 예외적인 침묵을 깨뜨려버렸다는 것을 깨달았
다. 그때 나는 그 굳어진 몸뚱이에 다시 네 방을 쏘았다. 총탄은 깊
이, 보이지도 않게 들어박혔다. 그것은 마치, 내가 불행의 문을 두
드린 네 번의 짧은 노크 소리와도 같은 것이었다."

  여기서 뫼르소가 쏜 첫 발은 '태양 때문에'라고 할 수도 있는 우발
적인 총격이었다. 하지만 그가 연이어 쏜 네 발의 총탄은 이 살해에
대한 모든 정상 참작의 여지를 제거해버린다. 거기엔 강한 의도성과

필연성이 함축돼 있기 때문이다. 다시 말해서, 뫼르소는 적극적인 의지를 갖고서 '불행의 문'을 두드린다. 이는 그가 행복을 느끼고 있던 '바다'의 세계 혹은 '어머니'의 세계에서 이제는 빠져나오고자 하는 안간힘 같은 것이기도 하다. 그는 무의식적인 도피처나 안식처에서 벗어나, 사회 속으로 뛰어들고 싶었던 것이다.

결국 뫼르소는 이 '노크 행위'로 인해 재판을 받고, '사회'로부터 격리되어야 한다는 판결을 선고받는다. 그런데 역설적으로 이 '격리', 곧 '사형 선고'야말로 '사회'가 뫼르소를 인정하고 받아들이는 방식이기도 했다. 따라서 "사형 집행보다 더 중대한 일은 없으며, 요컨대 그것이야말로 사람에게는 참으로 흥미로운 유일한 일이라는 것을 어째서 나는 알아차리지 못했을까!"라는 뫼르소의 깨달음은 결코 아이러니가 아니다. '사형 선고'를 받음으로써 비로소 사회의 일원으로 인정받게 된 뫼르소, 그가 남긴 말은 바로 이것이었다.

"나는 전에도 행복했고, 지금도 행복하다고 느꼈다."

도스토예프스키와 카뮈

카뮈의 《전락》

카뮈가 영향을 받은 러시아 작가들을 들라면, 톨스토이 (1828~1910)와 도스토예프스키(1821~1881)가 대표적이겠지만, 그의 작품들에는 아무래도 도스토예프스키의 흔적이 더 많이 배어 있다. 대표적인 작품이 《전락》(1956)이다.

이 작품은 카뮈가 43세 때 쓴 것이고, 그가 1960년에 교통 사고로 유명을 달리했기 때문에, 《최초의 인간》을 제외하면 거의 유작과도 같은 작품이 되어버렸다. 많은 사람들은 이 작품을 도스토예프스키의 《지하생활자의 수기》의 20세기 버전으

러시아 화가 이반 아이바조프스키(1817~1900)가
그린 지중해. 만약 진리가 그리스도와 함께
있지 않다면 도스토예프스키는 그리스도 곁에
남겠다고 했다. 카뮈라면? 아마 그는 진리 대신에
바다(지중해)를 택할 것이다.

로 이해한다. 과연 이 두 작가는 어디에서 만나고 어디에서 갈라지는 것인
지? 요점을 말하자면, 《전략》은 카뮈의 작품 중에서 가장 이채로운 작품이
다. 달리 말하면, 카뮈적이지 않은 작품이다. 물론 이때 카뮈적이란 말은,
《이방인》과 《시지프의 신화》의 카뮈를 말한다. 태양의 작가 카뮈, 지중해의
작가 카뮈 말이다.

신이 사라진 시대에 성자는 어떻게 가능한가

도스토예프스키와 카뮈, 둘 다 가난한 작가였고, 저널리즘에 종사했으며
문학적 논쟁의 중심에 서 있었던 것도 일치한다. 그래서 《지하생활자의 수
기》가 체르니셰프스키의 《무엇을 할 것인가》(1863)에 대한 문학적 응전이

었다면, 《전락》은 《반항적 인간》(1951)을 놓고 벌어졌던 사르트르와의 논쟁에 대한 답변서라고나 할까. 작품의 많은 모티프들은 이 두 논쟁을 염두에 두고서야 이해할 수 있다.

그리고 형식상의 유사성. 둘 다 1인칭 독백, 타자의 말에 대해 자신을 방어하는 독백 형식으로 이루어져 있다. 두 작품을 가득 채우고 있는 것은 '말들'뿐이다. 어떤 말을 하는가? 지하생활자는 물리법칙과 마찬가지로 도덕의 법칙이 있다고 주장하는 합리적 에고이스트들에 대해서 딴죽을 걸며 흥분한다. 2×2=4 따위는 인간에 대한 모욕이라고. 클라망스는 진정한 선행을 하는 대신에 그 흉내만 내면서 도덕적인 인간인 척 행세하는 자기 자신과 모든 사람들을 고발하고 심판한다. 타인들을 심판할 권리를 얻기 위해 먼저 자기 자신을 혹독하게 심문한다. 클라망스란 이름 자체도 '사막에서의 외치는 자의 목소리'라는 성경 글귀에서 나왔다. 요컨대 장 바티스트 클라망스는 세례자 요한이면서 말 그대로 외치는 자이다.

그리하여 이 두 작품 모두 신이 사라진, 혹은 죽은 시대에 '성자'는 어떻게 가능하며 '신앙'은 어떻게 가능한지 묻는다. 물론 작품 내에서는 아무런 해답이나 대안이 주어져 있지 않다. 그래서 두 작품 모두 가장 음침하고 음울한 작품이 되었다. 한 전기작가의 말을 빌면, 두 작품은 모두 "가장 비참한, 그러나 낄낄거리며 조소하는 자포자기로 끝나는 유일한 소설"들이다.

'속죄자이면서 재판관'이라는 클라망스의 자기 규정은 어디에서 나왔을까? 카뮈가 아마도 가장 좋아했던 도스토예프스키의 작품은 그 자신이 각색하여 무대에 올리기도 했던 《악령》이었을 듯한데, 속죄자-재판관 모티프는 《악령》이 아닌 《카라마조프가의 형제들》에 나온다. 조시마 장로가 죽기 전에 남기는 설교 중에는 이런 대목이 있다.

"당신은 어떤 사람의 심판자도 될 수 없다는 것을 결코 잊어서는 안 된다. 그것은 심판자 자신이 자기 앞에 서 있는 사람과 마찬가지로 죄인이며, 아니 자기야말로 다른 누구보다도 그 범죄에 대하여 책임이 있다는 것을 인정할 때까지는 아무도 죄인을 심판할 수 없기 때문이다. 이것을 깨달을 때 그는 비로소 심판자가 될 수 있다. 언뜻 듣기에는 정신 나간 소리 같지만 이것이 진리다."

정신 나간 소리 같지만, 클라망스는 바로 이 진리를 깨닫고 실천한 자가 아닌가!

도스토예프스키를 연기하는 '배우' 카뮈

《전락》의 공간적 배경은 알제리의 사막이 아니라 비가 많이 내리고 안개가 자주 끼는, 물 위의 도시 암스테르담이다. 가장 비카뮈적인 배경이 이 작품의 비카뮈적인 성격을 낳는다. 카뮈는 1954년 10월에 이틀간 암스테르담에 체류한 적이 있는데, 이때의 체험을 바탕으로 한 《전락》은 꼼꼼한 작가 카뮈에게서 아주 우발적으로 탄생한 작품이었다. 암스테르담은 역시나 우중충하고 진눈깨비 흩날리는 페테르부르크의 카뮈적 버전이다. 말하자면 러시아적 공간이고 도스토예프스키적 공간이다. 클라망스의 목소리가 좀 세련되긴 했어도 지하생활자의 목소리를 닮은 것은 우연이 아니겠다. 그는 지하생활자를 '연기'하고 있는 것이다. 더 나아가 '배우' 카뮈가 도스토예프스키를 연기하고 있다고 말할 수 있을까.

정리하자. 카뮈적인 세계란 무엇인가? "스스로 인정하는 무지, 광신의 거부, 세계와 인간을 테두리 짓는 한계, 사랑받는 얼굴, 그리고 끝으로 아름다움, 이런 것이 바로 우리가 그리스 사람들과 한데 어울리게 되는 우리의 진영이다." ('헬레네의 추방')이라고 적을 때, 그 '우리의 진영'에 속하는 것이 카뮈적인 세계이다. 거기엔 정오의 태양과 바다가 지배하는 세계이다. 그에게서 지중해 태양의 비극성은 러시아 안개의 비극성과는 다른 비극성이다. 그의 정오의 사상은 도스토예프스키적인 암흑의 철학과 다른 철학이요 사상이다. 이렇게 상반된 둘을 묶어주는 것은 인간의 부조리한/비극적인 운명에 대한 집요한 관심과 지극한 사랑이다.

만약에 진리가 그리스도와 함께 있지 않다면 나는 그리스도 곁에 남겠다고 도스토예프스키는 적었다. 카뮈라면? 아마 그는 진리 대신에 바다(지중해)를 택할 것이다. 그리스도도 바다도 없는 나는? 이렇듯 비오는 날에 이런 걸 적으며, 중얼거리고 탄식할 따름이다. "나의 삶은 내가 바라는 바에 적합하지 않구나!"

새뮤얼 베케트

Samuel Beckett, 1906~1989

작품이 품고 있는 수수께끼와 모호함

블라디미르: 자, 갈까?

에스트라공: 그래, 가자.

(그들은 움직이지 않는다.)

아일랜드계 프랑스 작가 새뮤얼 베케트의 대표작이자 가장 유명한 희곡인 《고도를 기다리며》는 이렇게 끝난다. 고도에 대한 두 주인공의 막연한 기다림으로만 채워진 이 연극은 고도라는 이름과 작가 베케트를 '20세기의 문학적 신화'로 만들어주었다. 하지만 정작 '고도'가 누구이며 그들의 '기다림'이 어떤 의미를 갖는지는 여전히 모호하다. 그렇다고 작가에게 의지할 수도 없다. '고도가 누구인가?'란 질문에 대해 베케트가 "내가 그걸 알았다면 작품에 직접 써넣었을 것"이라고 답한 일은 유명한 일화다. 분명 기이하면서도 한편으론 매력적인 이 작품을 어떻게 이해해야 할까? 이번에는 극의 구성과 성격 묘사가 불합리하고 낯설다는 의미에서 대표적인 '부조리극'

으로 분류되는 《고도를 기다리며》를 읽으며, 작품이 품고 있는 수수 께끼와 모호함을 풀어보도록 하자. 인간 존재의 본질에 대해 질문을 던지고 있는 작품인 만큼, 그에 대한 우리의 이해가 조금 깊어질 수 있는 기회가 될지도 모른다. 자, 그럼 고도를 만나러 가볼까?

고도를 기다리는 두 남자

먼저 '2막의 희비극'이란 부제가 붙은 이 작품의 간단한 줄거리를 소개한다. 1막에서는 두 주인공 블라디미르와 에스트라공이 등장하여 황량한 시골길에 서 있는 한 그루의 나무 아래서 고도를 기다린다. 둘은 고도를 기다리는 지루한 시간 동안 예수와 함께 십자가에 못 박힌 도둑 이야기, 갈보(남자들에게 몸을 파는 여자를 속되게 이르는 말) 집에 간 영국인 이야기 등을 하며, 다투기도 하고 이내 화해하기도 한다. 또한 나무에 목을 매달고 자살하자는 말까지 주고받지만, 결국 실행에 옮기지는 못한다. 그런 그들 앞에 끈에 목이 묶인 채 무거운 짐을 짊어지고 가는 '럭키'와 채찍을 들고 그의 주인 행세를 하는 '포조'가 나타난다. 에스트라공은 럭키를 불쌍하게 여겨 손수건을 건네주려고 하나 오히려 발로 걷어차인다. 포조는 대화 상대가 되어준 대가로 두 사람에게 럭키의 춤을 보여주고 그에게 생각을 말하게한다. 그러나 럭키는 알아들을 수 없는 말로 장황한 연설을 늘어놓을 뿐이다. 포조와 럭키가 무대에서 퇴장하고, 한 소년이 나타나 블라디미르와 에스트라공에게 고도가 오늘 오지 않고 내일 올 거라는 소식을 전한다.

연극 〈고도를 기다리며〉는 1953년 파리 바빌론
극장에서 초연되었다. 당시 이 연극이 성공할 것이라
믿는 사람은 아무도 없었다고 한다. 왼쪽부터
에스트라공, 포조, 블라디미르, 럭키.

    2막은 다음날, 같은 시간, 같은 장소로 설정돼 있다. 나무에 잎이
조금 돋은 게 달라졌을 뿐이다. 블라디미르는 활기차게 등장하여 기
이한 노래를 부르고, 에스트라공은 풀이 죽은 상태로 등장한다. 블
라디미르가 그를 위로하면서 어제의 일을 화제 삼아보지만, 에스트
라공은 포조와 럭키를 기억도 하지 못한다. 1막에서 떨어진 럭키의
모자를 블라디미르가 발견하고, 두 사람은 서로의 모자와 럭키의 모
자를 빠르게 바꿔 쓰는 놀이를 한다. 그들 앞에 다시 포조와 럭키가
등장한다. 포조가 럭키를 잡아끄는 끈의 길이가 더 짧아졌다. 그사
이 포조는 장님이 되었고, 럭키는 벙어리가 되어 있다. 포조와 럭키

는 넘어지고, 포조는 살려달라고 소리친다. 블라디미르와 에스트라
공은 어떻게 할지 고민하다가 그를 도와준다. 블라디미르는 포조를
일으켜 세운 뒤 어제 일을 물어보는데, 포조 역시 전날에 대한 기억
이 전혀 없고, '언제부터 장님이 되었느냐'란 질문에는 버럭 화까지
낸다. 포조와 럭키가 퇴장하자 소년이 다시 등장한다. 소년 또한 블
라디미르에게 어제 일을 모른다고 하면서 1막에서와 똑같이 고도는
오늘 오지 않고 내일 올 거라는 소식을 전한다.

구원에 대한 기대와 절망

이렇듯 2막은 1막의 상황을 대동소이하게 반복하며 두 사람의 기
다림이 지속될 것임을 암시한다. 베케트는 앞에서 나온 부제를 통해
이 반복적인 기다림, 또는 기다림의 반복을 '희비극'으로 연출할 것
을 요구했다. 이 작품의 비극성이 주로 기다림의 부조리한 본질과
말의 한계 그리고 삶의 유한성 등과 같은 무거운 주제와 연관된다
면, 희극성은 부랑자, 광대 같은 인물들의 모양새 및 그들의 서커스
적인 행동과 관련이 있다. 무거운 주제와 가벼운 표현 기법 사이의
이질적인 결합이 이 연극의 주된 정조를 만들어내는 것이다. 더불어
이 희비극성은 '기다림' 자체가 갖는 정조이기도 하다. 기다림은 시
간의 흐름을 가장 직접적으로 체험하도록 요구하지만, 동시에 그 시
간을 무의미한 것으로 체감하게 한다. 만남이란 사건이 지속적으로
유예된다면 기다림이 갖는 무의미함도 그만큼 커질 것이다.
그렇다면 《고도를 기다리며》는 그 무의미함의 문제를 다루고 있

는 작품일까?《고도를 기다리며》를 단순히 '부조리한 기다림'의 드라마로만 간주하는 것은 작품에 등장하는 숱한 기독교적 상징을 간과하는 것이다. 아일랜드의 개신교 가문에서 태어난 베케트는 자신이 기독교 문화권에서 성장했기 때문에 자연스레 기독교적 모티프를 많이 활용했을 뿐이라고 말했다. 하지만 그가 이 작품에서 '구원'이라는 전통적인 주제를 진지하게 다루고 있다는 점은 무시하기 어렵다.

사실《고도를 기다리며》는 구원에 대한 기대와 절망의 '베케트 식 형상화'로도 읽을 수 있다. 그는 블라디미르의 입을 빌려, 예수와 함께 십자가에 못 박힌 두 도둑의 이야기를 작품에 직접 도입하고 있기도 하다. 베케트는 이 작품의 주제를 묻는 질문에 아우구스티누스의 다음 문장을 자주 인용했다. "절망하지 마라. 도둑놈 중 한 명은 구원받았다. 기대하지 마라. 도둑놈 중 한 명은 저주받았느니라." 관념들을 믿지는 않지만 관념의 형상화에는 늘 매료된다고 하면서, 베케트는 "아우구스티누스의 이 말에 관념이 놀랄 만큼 잘 형상화되어 있다"고 평했다.

1막 서두에서부터 늘 '마지막 순간'을 기다리고 있는 인물로 소개되는 블라디미르는 두 도둑놈 가운데 하나가 구원받았다는 사실을 두고 "확률 치고는 괜찮지"라고 말한다. 구원받을 가능성이 반반이니까 나쁜 건 아니라는 얘기다. 그런데 문제는 그것이 '확실한' 확률이 아니라는 데 있다.

블라디미르: 도대체 어찌된 영문인지 모르겠어. 복음서를 쓴 네 사

도 가운데 단 하나만이 그때의 상황을 그런 식으로 전하게 됐는지 모르겠단 말이야. 네 사람이 다 그 자리에 있거나 어쨌든 그 근처에 있었을 텐데 말이야. 그런데 그 중 한 사람만 구원받은 도둑놈 얘기를 써놓았거든. (사이) 이봐, 고고, 가끔은 맞장구를 쳐줘야 할 것 아냐?

에스트라공: 그래. 아주아주 흥미롭네.

블라디미르: 넷 중에 한 사람만 말이야. 나머지 셋 중에서 둘은 숫제 언급도 없고, 나머지 한 사람은 그 두 도둑놈이 욕설을 퍼부었다는 거야.

여기서 '네 사도'란 4대 복음서의 저자를 말한다. 그런데 '둘은 언급조차 없고, 나머지 한 사람은 그 도둑놈이 욕설을 퍼부었다고 했다'는 블라디미르의 말과는 달리, 실제로 〈요한복음〉에서는 추가적인 언급 없이 두 사람이 예수와 함께 못 박혔다고 기술되었으며, 〈마태복음〉과 〈마가복음〉에서는 두 도둑이 모두 예수를 비웃고 모욕한 것으로 묘사하고 있다. 오직 〈누가복음〉에서만 도둑 한 명이 예수를 모욕하는 다른 한 명을 꾸짖으면서 자신을 기억해달라고 예수에게 간청하자, 예수는 "오늘 네가 나와 함께 낙원에 있으리라"고 답한다. 그의 영혼을 구원하리라 약속한 것이다. 이 약속은 물론 '복음福音'이라는 말뜻 그대로 '좋은 소식'이다.

다시 말해, 블라디미르의 의문은 '네 명의 사도 가운데 한 사람만 구원받은 도둑 얘기를 하고 있는데도, 왜 나머지 세 사람의 얘기는 제쳐놓고 그 사람의 말만 믿느냐'는 것이다. 에스트라공은 사람들이

연극 〈고도를 기다리며〉는 한국에서도
오랫동안 상연되고 있다. 1969년
임영웅 연출로 처음 선보였고, 아직까지
이어지고 있다.

다 바보라서 그렇다고 대답한다. 산술적으로 네 명의 사도 가운데
한 사람만 반반의 구원 가능성을 말하고 있는 것이므로, 인간이 구
원받을 수 있는 확률은 절반이 아니라 8분의 1, 곧 12.5%가 된다.
그리고 물론 이는 '썩 괜찮은 확률'이 아니다. 이것이 블라디미르의
근심이자 고통이며, 《고도를 기다리며》를 이끌고 가는 작가의 문제
의식이다.

우리는 태어났고, 죽을 운명

절반의 구원 가능성이 보통의 사람들, 곧 바보들이 갖는 희망이
고 기대치라면, 《고도를 기다리며》에서 두 '광대'의 구원은 훨씬 낮

은 기대치를 갖는다. 따라서 그에 대한 기다림 또한 헛된 것이 될 가능성이 높다. 그럼에도 그 기다림을 지속한다면, 그것은 합리적인 계산이 아니라 '부조리'에 근거한 것이다. 우리가 어떠한 삶을 살든지 간에 예수와 함께 십자가에 못 박혔던 두 도둑처럼 모두 지옥에 떨어진다면 삶은 의미를 갖기 어렵다. 게다가 영구한 시간에 비하면 삶의 유한함은 '순간'에 불과하지 않은가.

포조의 말을 빌리면, "어느 날 우리는 태어났고, 어느 날 우리는 죽을" 운명이다. 태어남과 죽음 사이의 거리가 '순간'에 불과하다면 삶과 죽음 사이에는 아무런 차이도 없게 된다. "여자들은 무덤 위에 걸터앉아 아이를 낳는 거지. 해가 잠깐 비추다간 곧 다시 밤이 오는 거요"라는 포조의 대사는 이러한 세계관을 집약하고 있다.

기독교적 세계관에서 볼 때 구원이 없다면 삶의 지속은 무의미하다. 만남이 실현되지 않는다면 기다림이 무의미한 것과 마찬가지다. 블라디미르와 에스트라공이 더는 버틸 수가 없다며 자꾸만 자살을 꿈꾸는 것은 그런 이유에서다. 2막의 후반부에서 두 사람의 대사는 이 문제를 간결하게 정리해준다.

> 에스트라공: 이 지랄은 이제 더 못하겠다.
>
> 블라디미르: 다들 하는 소리지.
>
> 에스트라공: 우리 헤어지는 게 어떨까? 그게 나을지도 모른다.
>
> 블라디미르: 내일 목이나 매자. (사이) 고도가 안 오면 말이야.
>
> 에스트라공: 만일 온다면?
>
> 블라디미르: 그럼 구원받는 거지.

이 대목에서 고도가 갖는 상징적 의미는 어느 정도 짐작이 가능하다. '고도'가 누구인지는 확정할 수 없더라도 '삶의 구원을 가능하게 해주는 그 무엇'이라고 유추할 수 있는 것이다. 구원이 없는 삶, 곧 고도와의 만남이 이루어질 수 없는 삶은 차라리 목을 매다는 것이 더 나은 삶이다. 물론 더 좋은 것은 '아예 태어나지 않는 일'일 것이다. 적어도 블라디미르와 에스트라공의 생각은 그렇다. 다만 그들을 붙들어 매는 것은 희박한 가능성에 대한 기대다.

애초에 막이 오르면 에스트라공이 낮은 돌무덤에 앉아 구두를 벗으려고 안간힘을 쓰다가, 결국 포기하면서 내뱉는 첫 대사는 "되는 일이 없어Nothing to be done"다. 이 대사는 "더는 못하겠어"란 뜻도 갖는다. 반면에 블라디미르는 이렇게 중얼거린다. "평생 그런 생각을 멀리하려고 애써왔지. 블라디미르, 잘 따져봐, 아직 다 해본 건 아니잖아, 라고 말하면서 말이야."

여기서 "되는 일이 없어"라는 체념, 혹은 "더는 못하겠어"라는 포기 그리고 "아직 다 해본 건 아니잖아"라는 분발의 촉구는 삶에 대한 두 가지 태도를 대표한다. 더불어 무대 위의 두 주인공은 블라디미르의 말대로 "인간이란 종족의 대표자"이기도 하다. 마치 아벨과 카인 그리고 예수 곁의 두 도둑이 인간의 대표자인 것과 마찬가지다. 덧붙이자면, 이 작품에 등장하는 블라디미르는 러시아식 이름이고, 에스트라공은 프랑스식 이름이며, 포조와 럭키는 각각 이탈리아와 영어식 이름이다. 이름에서부터 이들은 '인류'라는 대표성을 갖는다.

현대인의 희비극적인 자화상

그런데 삶에 대한 블라디미르와 에스트라공의 각기 다른 태도는 과연 구원에 대한 판정을 가능하게 할 만큼 '의미 있는 차이'일까? 서로를 '디디'와 '고고'라 부르는 이 단짝은 여러모로 다르긴 하다. 블라디미르는 이성적이고 현실적이며, 에스트라공은 자신이 '시인' 이었다고 떠들어댄다. 블라디미르는 끈기가 있는 반면에 에스트라공은 비약을 잘하고, 블라디미르는 과거의 사건들을 잘 기억하지만 에스트라공은 모두 잊어버리는 경향이 있다. 그러나 이러한 차이는 블라디미르는 입에서, 에스트라공은 발에서 냄새가 나는 것처럼 사소한 차이로 수렴된다. 1막과 2막 끝에서 두 사람이 모두 "가자"라고 얘기하면서도 가만히 있음으로써 '간다'와 '가지 않는다'라는 행동의 차이를 무화無化시키는 것과 마찬가지다.

1막에서 '주인과 하인'으로 등장한 포조와 럭키조차도 2막에서는 '장님과 벙어리'가 되어 등장하면서 신분적 차이가 흐릿해지며 그들을 연결해주는 끈의 길이도 짧아진다. 성취되지 않는 기다림 속에서 모든 차이는 그 의미를 잃게 된다. 이 연극에서 가장 긴장되는 대목은 2막에서 누군가 오는 것을 보고 고도로 착각한 블라디미르가 환호하며 흥분하는 장면이다. "우리는 구원받았다!"라고 만세를 부르는 블라디미르와 대조적으로 에스트라공은 "난 지옥에 떨어졌군!"이라며 낙담한다. 하지만 결국 아무도 오지 않으며 두 사람은 다시 화해하며 서로 껴안는다. 결국 두 사람의 운명은 아무런 차이도 갖지 않는다. 이렇듯 그들의 차이를 지우고, 그들의 탄원을 공허하게 하는 것은 무엇일까? 다시 산술적으로 답하자면, 그것은 구원에 대한 '8분의 1'의 기대와 '8분의 7'의 절망이다. 이 부조리한 배합 비율이 《고도를 기다리며》를 현대인의 희비극적인 자화상으로 만든다.

인생길 반고비에 단테를 읽다

단테의 《신곡》

단테 알리기에리

Dante Alighieri, 1265~1321

지옥에서 천국에 이르는 첫 세 걸음

인생길 반고비에 단테 알리기에리의 《신곡》을 읽는다. 단테가 얘기한 반고비는 "인생은 기껏해야 70년"이란 성서 시편의 구절을 기준으로 하여 35세다. 35세에 이른 독자라면 《신곡》은 지나칠 수 없는 작품이다. 게다가 여건도 좋아졌다. 개정 완역본 《신곡》과 관련서들이 출간됐기 때문이다.

개인적으로도 《신곡》을 읽기 위해 한형곤 교수의 완역본 《신곡》(서해문집, 2005), 박상진 교수가 산문으로 풀어쓴 《신곡》(서해문집, 2005), 그리고 김운찬 교수의 해설서 《신곡》(살림, 2005)을 마련해놓고, 거기에 덧붙여 도서관에서 영역본 《신곡》(J. Ciardi 옮김, New American Library, 2003)과 러시아어본 《신곡》(악트출판사, 2002)까지도 펼쳐놓았다. 그리고 읽을 줄 모르는 이탈리아어 《신곡》까지도 인터넷 사이트에서 찾아 띄워놓으면 준비로는 충분하지 않을까. 그런 연후에 〈지옥편〉의 첫 아홉 행을 읽는다.

먼저 원문은 이런 모양으로 돼 있다. 왼쪽의 숫자는 칸토Canto와

행수를 표시한다. 시에서 '칸토'란 소설의 '장章', 혹은 'chapter'에 해당하는 용어인데, 현대 시인들 가운데서는 T. S. 엘리엇의 스승으로 잘 알려진 E. 파운드의 시집 《칸토스Cantos》(문학과지성사, 1992)가 유명하다. 《신곡》의 우리말 번역에서는 '곡'이라고 옮기는데, '1.1'은 제1곡의 제1행이란 뜻이다.

1.1 Nel mezzo del cammin di nostra **vita**

1.2 mi ritrovai per una selva oscura

1.3 ché la diritta via era **smarrita**.

1.4 Ahi quanto a dir qual era è cosa **dura**

1.5 esta selva selvaggia e aspra e forte

1.6 che nel pensier rinova la **paura**!

1.7 Tant'è amara che poco è più **morte**;

1.8 ma per trattar del ben ch'i'vi trovai,

1.9 dirò de l'altre cose ch'i'v'ho **scorte**.

《신곡》의 형식은 알다시피 〈지옥편〉, 〈연옥편〉, 〈천국편〉 3부로 구성돼 있으며, 각각은 33편의 곡(노래)으로 돼 있다. 단테는 '3'이란 숫자에 유달리 집착했다고 한다. 김운찬 교수의 해설을 참조하면, 각각의 시행은 11음절로 돼 있으며, 3개의 행이 하나의 단락을 이루는 3행 연구聯句로 구성돼 있다. 거기서 1, 3행이 각운을 이루고 있는바, aba, bcb, cdc… 하는 식으로 운이 맞추어져 있는 것. 예컨대, 인용한 대목에서 각 연구의 1, 3행 마지막 단어들이 각운을 맞추고 있는 단어들이다. 33편의 각 곡은 115~160행 사이의 행들로 구성 돼 있으며(가장 많이 활용되는 길이는 139행과 142행이라고), 맨 마지 막에는 3행 연구 다음에 1행이 덧붙여진다고 한다. 그런 식으로 해 서 《신곡》 전체는 1만 4,233행의 방대한 분량을 자랑한다.

이 첫 9행은 그러니까 지옥에서 천국에 이르는 방대한 여정의 첫 세 걸음인 셈이다. 3행 연구를 편의상 '연'이라고 하면 1연은 이렇게 번역된다.

> 우리네 인생길 반 고비에
>
> 올바른 길을 잃고서, 나는
>
> 어두운 숲속에 있었다. (한형곤, 42쪽)

시의 모양새를 갖추기 위해서 행가름은 돼 있지만, 원시처럼 운 율, 특히 각운을 맞추고 있지는 않다. 그리고 우리 완역본의 경우엔 3행 연구의 연 구분을 따로 해주고 있지 않다(그랬다면, 현재 968쪽인 번역본의 쪽수가 감당하기 어려울 정도로 더 불어났을 것이다). 일종의 절 충식인 것. 참고로 영역본에서 1연을 옮기면 이렇다.

> Midway in our life's journey, I went **astray**
>
> from the straight road and woke to find myself
>
> alone in a dark wood. How shall I **say**

1, 3행의 마지막 단어가 각운을 맞추고 있는 단어들이다. 굴절어에 속하는 같은 인구印歐어일 경우에 시 번역은 시로서의 형식적 조건을 맞추어주는 것이 일반적이다. 반면에 교착어인 한국어로는 그런 형식미를 충족시켜주기 어렵다. 때문에 박상진 교수가 산문으로 풀어쓴 문장, "인생의 반평생을 지냈을 무렵, 나는 바른길에서 벗어나 어두운 숲속에 들어서게 되었다"를 그냥 행가름만 해주면 한형곤 교수의 번역과 별 차이가 나지 않게 된다.

> 인생의 반평생을 지냈을 무렵,
> 나는 바른 길에서 벗어나
> 어두운 숲속에 들어섰다. (박상진, 14쪽)

혹은 같은 대목의 다른 번역은 이렇다.

> 우리 인생길의 한가운데에서
> 나는 올바른 길을 잃고
> 어두운 숲속에 처해 있었다. (김운찬, 59쪽)

다시 말해서 《신곡》의 시로서의 묘미는 대개의 시 번역에서와 마찬가지로 국역본에서는 음미하기 어렵다. 따라서 우리가 따라가볼 수 있는 것은 그저 대략적인 줄거리이고 여정일 따름이다. 원문의 'mezzo', 영역의 'midway'에 해당하는 것이 우리말의 '반고비'인데, '고비'란 '막다른 때나 상황'을 가리키는 고유어이고 '반고비'는 인생

프랑스의 화가 귀스타프 도레는 독특한
상상력과 생생한 묘사력으로 세계의 명작 속에
삽화를 그려 넣었다. 단테의 《신곡》 제1곡 첫
부분을 묘사한 그림. 1868년 작품.

의 전환점, 30대 중반을 가리키는 단어로서 제한적인 쓰임새를 갖고
있다. 이 경우에는 '반평생'이나 '한가운데에서'보다는 '반고비'란 말
이 시적이다. 참고로 적으면, 작고한 평론가 김현이 30대 중반에 쓴
기행문집에 〈반고비 나그네 길에〉가 있었다.

　1연의 내용을 간추리자면, 인생길 반고비에서 길을 잃고 어두운
숲속에서 정신이 들었다는 것이다. 그런 상황에 처해서 놀라고 두려
운 마음이 들었다는 게 2연의 자연스런 내용일 테다.

아, 거칠고 사납던 이 숲이

어떠했노라 말하기가 너무 힘겨워

생각만 해도 몸서리쳐진다!

　산문적으로 조금 풀면, "그 숲이 얼마나 거칠고 무서웠던지 생각만 해도 두려움이 절로 솟아난다."(박상진) 그렇다면, 이러한 회상을 늘어놓고 있는 화자, 단테는 그러한 경험/여정이 완료된 상태에 놓여 있다. 요컨대, 어두운 숲에서의 두렵고도 굉장한 경험을 이제 말해보겠노라는 것이다. 왜? 그 이유가 3연이다.

죽음 못지않게 쓸쓸했기에

나 거기서 깨달은 선을 말하기 위하여

거기서 본 다른 것들에 대해 이야기하리라.

　다시 풀면, "죽음도 그보다는 더 무섭지 않으리라. 그러나 나는 거기서 귀중한 선善을 만났으니, 내가 만난 선을 보여주려면 거기서 본 다른 모든 것들도 말해야 하리라." 다른 번역들을 참조하건대, (한형곤 역에서의) '죽음 못지않게'라는 동등비교보다는 (박상진 역에서의) '죽음보다 더'라는 우등비교가 더 타당한 듯하다. 비교의 대상은 물론 '숲'과 '죽음'이다. 그리고 내가 좀 어색하게 생각하는 것은 '선'이란 번역어인데, 짐작에는 원문의 'ben'(원형은 'bene'라고 한다)을 옮긴 게 아닌가 싶다(불어의 'bien'을 연상케 하는데, 영어의 'good'에 해당한다). 참고로, 이 3연의 영역은 이렇다.

Death could scarce be more bitter than that place!

But since it came to good, I will recount

all that I found revealed there by God's grace.

'선善'이란 뜻 외에 불어 bien이나 영어의 good, 그리고 러시아어의 blago, 이 모두가 공유하는 뜻은 '행복'이나 '은총'이며, 기독교적 문맥에서는 '선'보다 '은총'이 더 적합한 번역이 아닐까 싶다. 그러니까 화자인 단테는 어두운 숲과 거기서의 경험이 죽음보다도 더 두렵고 씁쓸했지만, 거기서 '은총'을 발견했기 때문에 이제 모든 걸 얘기하겠노라는 것이다. "거기서 본 다른 것들"도 문맥상 "거기서 본 모든 걸들"로 이해하는 것이 나을 듯하다.

하지만 나는 《신곡》에서 내가 읽은 모든 걸 늘어놓을 생각은 갖고 있지 않다. 그건 당장 엄두를 낼 수 있는 일은 아니다. 다만 '거기서 읽은 몇몇 대목들' 정도를 따라가볼 작정. 왜? 나이로는 벌써 인생길의 반고비를 지나(쳐가)고 있기 때문이다. 그러니 단테를 따라서 한번쯤 지옥과 천국을 오락가락해보는 편이 마땅하다.

중2 때 처음 알게 된 《신곡》

《신곡》에 대해 처음 관심을 갖게 된 건 중2 때이다. 학교에서 공부 라이벌이었던 한 친구가 어느 날 세로 읽기로 된 《신곡》을 들고 다녔다(이 친구는 대학에서 공학을 전공하고 지금은 변호사가 돼 있다). 200쪽 정도의 분량이었으니까 지금 생각에 좀 조잡한 다이제스트판이었던 듯싶다. 어쨌든 내가 이름은 꿰고 있지만 정작 읽지는 않은 '고전'을 옆구리에 끼고 다닌다는 게 나름대로 '충격'이었다. 그래서 얼마 지나지 않아 나도 같은 책을 사서 책꽂이에 꽂아두었던 기억이 난다. 아마 해설만 읽었던 모양으로 '단테와 베아트리체'의 전설적인 사랑 이야기를 나는 이후에 여러 번 우려먹은 기억이 있다. 가령, 단테와 베아트리체가 말이야…… 너무 가까이 갈 수도 없고, 너무 멀리 떨어질 수도 없어서…… 진정한 사랑이란 아마도……

"우리네 인생길 반고비에서" 읽기를 약간 보충해본다. 내가 새롭게 동원하고자 하는 건 만델바움의 번역과 허인 옮김으로 돼 있는 '단떼'의 《신곡》(학원출판공사, 1996)이다. 《신곡》의 첫 9행을, 비교를 위해서 한형곤 번역과 같이 옮겨보면 이렇다.

우리네 인생길 반 고비에

올바른 길을 잃고서, 나는

어두운 숲속에 있었다. (한형곤)

인생의 중반기에서

올바른 길을 벗어난 내가

눈을 떴을 때는 컴컴한 숲속에 있었다. (허인)

When I had jouneyed half of our life's way,

I found myself within a shadowed forest,

for I had lost the path that does not stray. (만델바움)

인생길 반고비에 단테를 읽다

벌써 인생길의 반고비를 지나고 있다.
그러니 단테를 따라서 한번쯤 지옥과
천국을 오락가락해보는 편이 마땅하다.
귀스타프 도레의 그림.

아, 거칠고 사납던 이 숲이

어떠했노라 말하기가 너무 힘겨워

생각만 해도 몸서리쳐진다! (한형곤)

그 가열하고도 황량한, 준엄한 숲이

어떤 것이었는지는 입에 담는 것조차 괴롭다.

생각만 해도 몸서리쳐진다. (허인)

Ah, it is hard to speak of what it was,

that savage forest, dense and difficult,

which even in recall renews my fear: (만델바움)

죽음 못지않게 씁쓸했기에

나 거기서 깨달은 선을 말하기 위하여

거기서 본 다른 것들에 대해 이야기하리라. (한형곤)

그 괴로움이란 진정 죽을 것만 같았다.

그러나 거기서 만난 행복을 이야기하기 위해서

거기서 목격한 두세 가지 일을 우선 이야기할까 한다. (허인)

so bitter-death is hardly more severe!

But to retell the good discovered there,

I'll also tell the other things I saw. (만델바움)

　1, 2연의 번역은 먼저의 읽기를 수정하지 않아도 되겠다. 3연에서
역시나 'the good'의 번역이 문제인데, '선을 깨닫다'(한형곤)나 '선
을 만나다'(박상진)란 표현이 어색하다는 건 여기서도 변함없다. 다
만 허인 역에서는 '행복'이 지옥과 연옥의 안내자로 등장하는 베르길
리우스와의 만남을 뜻한다는 주석을 달고 있다. 박상진 역도 이 점
을 염두에 두고 있기에, 이 두 행을 "그러나 나는 거기서 귀중한 선善
을 만났으니, 내가 만난 선을 보여주려면 거기서 본 다른 모든 것들

도 말해야 하리라"라고 옮겼을 법하다. 박상진 역은 만델바움의 영역과도 잘 맞아떨어진다. 이상을 종합하여, 나의 '독단'에 따라 옮겨보면 아래와 같다.

> 우리네 인생길 반고비에
> 가야 할 길을 잃고서 나는
> 어두운 숲속을 헤맸었네.
>
> 아, 얼마나 아득하고 거친 곳이었는가
> 말로 다 이를 데 없고
> 생각만으로도 두려워라.
>
> 죽음도 그보단 덜 쓰라릴 것이나,
> 거기서 나 은총을 마주했으니
> 이제 이 모든 걸 이야기하리라.

그리고 우리의 《신곡》 읽기도 이제 비로소 시작되어야 하리라.

'황무지'를 어떻게 읽어야 할까

T. S. 엘리엇의 《황무지》 다시 읽기

T. S. 엘리엇

Thomas Stearns Eliot, 1888~1965

4월은 가장 잔인한 달.

죽은 땅에서 라일락을 키워내고

추억과 욕정을 뒤섞고

잠든 뿌리를 봄비로 깨운다.

겨울은 오히려 따뜻했다.

아마도 20세기 영시 가운데 가장 유명한 구절이 아닌가 싶은 T. S. 엘리엇의 《황무지》(1922) 서두다. 그런데 이 시의 모순은 현대시의 대명사라 불릴 정도로 유명하지만, 동시에 일반 독자들이 읽기에는 너무도 난해하다는 데 있다. 가장 널리 알려진 시이면서 가장 이해하기 어려운 시, 과연 우리는 《황무지》를 어떻게 이해할 수 있을까? 아니 《황무지》를 이해하는 것이 가능하기는 할까?

왕당파, 고전주의자, 영국 국교회 신자

먼저, 시인 엘리엇에 대한 간단한 소개가 필요할 것 같다. 엘리엇은 1888년 미국 미주리 주의 세인트루이스에서 태어났다. 그의 할아버지는 유니테리언의 저명한 목사였고, 아버지는 성공한 사업가였다. 근엄한 분위기에 종교적·도덕적 책임을 중요시하는 가풍은 어린 시절 엘리엇에게 큰 영향을 미쳤다.

엘리엇은 선천성 탈장증을 앓는 약골에다 내성적이어서, 자연스레 어릴 때부터 야외 활동보다는 독서에 열중했다. 아마추어 시인이었던 어머니는 그런 아들을 문학의 세계로 이끌었다. 엘리엇은 10대 때부터 시작詩作에 재능을 보였는데, 특히 저명한 시인들의 시를 모방하고 패러디하는 데 장기가 있었다. 나중에 그가 쓴 《황무지》에 수많은 인용과 인유가 사용된 것은 우연이 아니다.

그 뒤 하버드대학에 진학한 엘리엇은 고대와 중세 철학, 그리스 문학, 영문학, 불문학, 비교 문학 등을 두루 공부하고, 영국으로 건너가 철학자 브래들리(1846~1924)에 대한 박사학위 논문을 썼다. 그는 '개개인의 무질서한 파편적 경험이 어떻게 질서 정연한 세계로 인식될 수 있는가'에 관심을 가졌고, 자신의 시작 활동도 절대적 질서를 추구하는 여정으로 간주했다. 그런 배경 아래 1927년에는 영국으로 귀화하고, 종교도 영국 성공회로 개종했다. 자주 인용되는 그의 말을 빌리면, 엘리엇은 "정치에서는 왕당파, 문학에서는 고전주의자, 그리고 종교에서는 영국 국교회 신자"였다.

하지만 이러한 성장 배경과 경력이 《황무지》를 읽는 데 참고는 될지언정 직접적인 도움을 주지는 않는다. 그 이유는 엘리엇의 독특한 성격과 관련이 있다. 그는 자신을 드러내지 않는 사람이었다. 그래서 《황무지》의 방대한 초고를 3분의 1로 줄여서 지금의 분량으로 만들어준 선배 시인 에즈라 파운드(1885~1972)는 그에게 '늙은 주머니쥐Old Possum'란 별명을 붙여주었다(엘리엇은 《황무지》를 파운드에게 바치며 그를 '더 나은 예술가'라고 불렀다). 엘리엇 스스로도 그 별명을 기꺼이 받아들였는데, 주머니쥐는 공격을 받으면 죽은 체하고 있다가 위험이 없어지면 다시 움직인다고 한다. 이런 '주머니쥐' 성격은 엘리엇의 시와 시론에서도 확인할 수 있다. 이른바 '객관적 상관물objective correlative'도 그런 경우 아닌가.

전체를 통합해주는 '이야기'가 없는 시

엘리엇은 셰익스피어(1564~1616)의 《햄릿》을 비판하면서, 이 작품에서는 상황들이 구체적인 이미지로 형상화되지 못했다고 지적했다. 햄릿의 주관적 감정을 표현해주는 객관적 상관물이 결여되어 있다는 것이다. 객관적 상관물은 비물질적인 의식이나 감정을 시각화하고 공간화하는 작업의 산물이다. 엘리엇의 초기 시인 〈프루프록의 사랑 노래〉의 한 대목을 대표적 예로 들 수 있다.

수술대 위에서 에테르로 마취된 환자처럼
저녁이 하늘을 배경으로 널브러져 있을 때.

When the evening is spread out against the sky
Like a patient etherized upon a table.

무기력한 '저녁'이라는 시간이 "수술대 위에서 에테르로 마취된 환자"에 비유되고 있는데, 이렇게 구체적인 이미지로 시각화한 대응물이 바로 객관적 상관물이다. 엘리엇은 거기서 한 걸음 더 나아가, 과거(전통)를 환기하는 방법을 통해서 유동적인 현재의 사건에 의미를 부여하고 이를 고정시키려 했다. 가령 《황무지》의 한 가지 에피소드를 보자.

거기서 나는 낯익은 자를 만나 소리쳐서 그를 세웠다 : 스텟슨!
자네 밀라이 해전 때 나와 같은 배에 탔었지!

There I saw one I knew, and stopped him, crying : 'Stetson!
'You who were with me in the ships at Mylae!

화자는 20세기 런던의 한 중심가에서 우연히 만난 한 사람(스텟슨)에게 말을 붙이면서 '밀라이 해전' 때의 인연을 상기시킨다. 기원전 260년에 벌어진 이 해전은 제1차 포에니 전쟁 초기에 로마군이 카르타고 해군에 대승한 전투를 가리킨다.

다른 상징적 의미를 부여할 수도 있겠지만, 이러한 시적 진술은 기본적으로 현재와 과거를 동시에 병렬적으로 제시하려는 시적 전략에서 비롯된다. 이 같은 전략은 과거의 사건을 통해 현재를 제시함으로써, 지금의 상황을 보다 잘 해명해주는 기능을 한다. 하지만 현재 사건의 충격을 완화하거나 은폐하는 역할도 한다. 《황무지》의 많은 서술과 비유, 인용들이 독자에게 모호하거나 무질서하게 여겨지는 것은 그런 은폐 때문이기도 하다. 예컨대, 3장 〈불의 설교〉 끄트머리의 병치를 보라.

카르타고로 그때 나는 왔다

불이 탄다 탄다 탄다 탄다.
오 주여 당신이 저를 건지시나이다.
오 주여 당신이 건지시나이다

탄다.

To Carthage then I came

Burning burning burning burning

O Lord Thou pluckest me out

O Lord Thou pluckest

burning

　엘리엇이 직접 붙인 주석에 따르면, "카르타고로 그때 나는 왔다"
라는 구절은 성 아우구스티누스(354~430)의 《고백록》에서 인용한
것이다. 그리고 "불이 탄다 탄다 탄다 탄다"는 부처의 '불의 설교'에
서 가져온 것이다. 엘리엇은 동서양을 대표하는 금욕주의자의 말을
이 대목에서 고의적으로 병치시켜 놓는다. 그럼으로써 새로운 시적
의미가 창출되거나 강화되리라고 본 듯하다(곧 기독교와 불교의 교리
를 통합하고자 한다!).

　하지만 《황무지》 전체에 걸쳐 가장 두드러지게 사용된 이 병치 기
법이, 의미를 수렴시키는 것이 아니라 오히려 발산시킨다고 보는 견
해도 있다. 이 시의 무질서에서는 어떤 의미 있는 질서를 도출해낼
수 없으며, 그 무질서 자체가 이 시의 질서라는 것이다. 그리하여 모
두 5부로 구성된 《황무지》는 각 부의 인과성이나 연결성이 미약하기
때문에 아예 시작과 끝을 바꾸어도 상관없다는 주장도 나온다. 그렇
다면 이때 우리 앞에 놓인 《황무지》는 '이야기'가 없는 시다. 이야기
의 파편들만 있을 뿐, 전체를 통합해주는 '이야기'가 부재한다는 뜻
이다. 흔히 이 작품을 '제1차 세계대전 직후 세계의 황폐함과 정신적
불모 상태를 묘사하면서 소생과 구원에 대한 갈망을 노래하고 있는
시'로 이해하는 것과는 정반대되는 시각이다.

이 두 가지 입장이 각각 모더니즘적 이해와 포스트모더니즘적 이해이다. 전자는 《황무지》의 파편성과 다양성, 무질서가 어떤 통합적 질서로 수렴된다고 보는 반면, 후자는 우리가 《황무지》에서 읽는 것은 '통합되지 않는 다양성'뿐이라고 말한다. 또 《황무지》를 모더니즘 시로 이해하는 입장에서는 창작의 기원으로서 시인의 우월한 권위를 인정하는 반면, 포스트모더니즘 시로 이해하는 입장에서는 작품을 창조하고 의미를 주재하는 시인의 존재를 부정한다. 곧 작품 해석에서 모더니즘은 시인에게, 포스트모더니즘은 독자에게 더 많은 권한을 부여하는 것이다. 이러한 차이는 《황무지》의 등장인물 티레시아스를 어떻게 볼 것인가라는 문제와도 결부된다.

> 비록 눈이 멀고 남녀 양성 사이에서 털털대는
> 시든 여자 젖을 지닌 늙은 남자인 나 티레시아스는 볼 수 있노라

> I Tiresias, though blind, throbbing between two lives,
> Old man with wrinkled female breasts, can see

티레시아스(테이레시아스)는 그리스 신화에 나오는 남녀 양성의 인물로 테베(테바이)의 눈먼 예언자다. 엘리엇은 그에 대해서 이렇게 주석을 달았다. "티레시아스는 단순한 방관자이고 등장인물은 아니지만, 이 시에서 가장 중요한 인물로 다른 모든 등장인물을 통합하고 있다. (…) 티레시아스가 '관찰하는' 것이 사실상 이 시의 내용이다." 말하자면, 티레시아스는 이 시에서 '행위의 주체'는 아니지만,

엘리엇은 그리스 신화의 눈먼 예언자 티레시아스가 《황무지》에서
가장 중요한 인물로 다른 모든 등장인물을 통합하고 있다고
말하고 있다. 줄리오 카르피오니의 그림 〈티레시아스에게
나르키소스를 데려간 리리오페〉(1660년대).

'시선의 주체'로서 전체를 총괄한다는 이야기다. 적어도 엘리엇은
그런 역할을 티레시아스에게 부여했다고 말한다. 문제는 우리가 이
'늙은 주머니쥐'의 이야기를 어디까지 믿을 수 있으며, 또 엘리엇이
진실을 말했다 해도 그의 의도가 과연 텍스트 속에 얼마만큼 투영되
었나 하는 것이다.

"이 시는 하찮은 불만 토로일 뿐"

만약 엘리엇의 말을 존중하기로 한다면, 다음과 같은 그의 고백은
독자에게 당혹스러움을 안겨줄 것이다.

"많은 비평가들이 《황무지》를 현대 사회를 비판하는 것으로 해석했으며, 따라서 이 시를 중요한 사회 비평이라고 생각해온 것이 사실이다. 나로선 영광이 아닐 수 없다. 그러나 내게 이 시는 단지 인생에 대해 갖고 있던 개인적인 불만, 그것도 하찮은 불만의 토로였을 뿐이다. 이 시는 단지 그런 불만을 운율을 맞춘 시로 써본 것뿐이다."

이보다 더 분명하게 자신의 창작 의도를 고백하기도 어려울 것이다. 그렇다면 《황무지》의 창작 동기가 된 엘리엇의 '하찮은 불만'이란 무엇이었을까? 이를 알기 위해서는 그의 개인사를 조금 더 거슬러 올라가 살펴보아야 한다. 1915년, 엘리엇은 영국 중산층 출신의 여성 비비언 헤이우드와 결혼한다. 병약한데다가 신경 쇠약을 앓던 비비언과의 결혼 생활은 무척이나 힘들었고, 이 때문에 그는 생계를 위해 1917년 로이드 은행에 취직한다. 《황무지》를 쓰던 1921년에는 과로와 긴장으로 엘리엇 자신이 신경 쇠약에 걸릴 정도여서, 스위스의 한 요양소에 입원하기까지 한다. 이때는 제1차 세계대전 직후라 유럽의 정치적·경제적 상황이 최악이었던 시절이기도 하다.

여기까지는 비교적 잘 알려진 전기적 사실이며, 거기에 덧붙일 수 있는 내용은 엘리엇의 '하찮은 개인사'다. 엘리엇 부부와 철학자 러셀(1872~1970)의 인연이 그것이다. 엘리엇은 마치 《황무지》의 화자가 런던에서 스텟슨을 만났던 것처럼, 우연히 하버드대학 시절 그의 스승이었던 러셀과 만난다. 곤궁한 처지에 있던 엘리엇은 곧 러셀의 아파트로 이사를 갈 만큼 그와 친해지고, 러셀 또한 그들에게 경제적인 도움을 주었다. 문제는 자유연애주의자인 러셀과 아내 비비언의 관계가 불륜으로까지 발전했다는 점이다. 하지만 과묵하고 내성적이었던 엘리엇은 이 문제를 적절하게 해결하지 못했다. 그렇다면《황무지》는 그의 '하찮은 불만'의 객관적 상관물이 아니었을까?《황무지》의 1부 〈죽은 자의 매장〉은 이렇게 끝난다.

> 오오 개를 멀리하게, 비록 놈이 인간의 친구이긴 해도
> 그렇잖으면 놈이 발톱으로 시체를 다시 파헤칠 걸세!
> 그대! 위선적인 독자여! 나와 같은 자 나의 형제여!
>
> 'O keep the Dog far hence, that's friend to men,
> 'Or with his nails he'll dig it up again!
> 'You! Hypocrite lecteur! - mon semblable, - mon frere!'

마지막 행의 프랑스어 시구는 엘리엇이 보들레르(1821~1867)의 시집《악의 꽃》에서 인용한 것이다. 거기서 '독자'를 뜻하는 프랑스어 'lecteur'는 '강사'를 뜻하기도 한다! 요컨대, 엘리엇은 아내 비비언조차 알아채지 못할 방식으로 자신의 불만을 토로했던 것은 아닐까? 다양한 갑론을박의 해석을 낳고 있는《황무지》는 이래저래 난해할 수밖에 없는 시다.

주홍글자가 뜻하는 것

너새니얼 호손의 《주홍글자》

너새니얼 호손

Nathaniel Hawthorne, 1804-1864

"미국인의 상상력이 빚어낼 수 있는 가장 완전한 소설"(D. H. 로렌스)이라고 하면 읽지 않을 도리가 없다. 너새니얼 호손의 《주홍글자》다. 과거 그의 단편 〈큰 바위 얼굴〉이 국어교과서에도 실렸었기에 마크 트웨인만큼 친숙한 작가이지만 《주홍글자》를 '청소년 권장도서'라고 부르긴 어려울 것이다. 일단 주홍글자 'A'가 'Adultery'(간통)의 첫 글자라는 것부터 시작해야 할 테니까. 실제로 미국에서는 고등학교에서 이 작품을 필독서로 지정할 것이냐를 놓고 적잖은 분란이 있어왔다고 한다.

도색적이고 음란하다는 이유로 일부 학부모들이 반대했다는 것이다.

하지만《채털리 부인의 연인》이라면 몰라도《주홍글자》에서 도색성과 음란성을 색출해내는 건 쉽지 않은 일이다. 17세기 미국 청교도 사회를 배경으로 한 이 작품에서 간통을 범한 여주인공 헤스터 프린에게 치욕의 징표로 주홍글자를 달아준 사람들조차 나중에는 'A'가 무슨 뜻인지 헷갈려 한다. 헤스터가 남들에게 도움을 주는 걸 보고 그것이 'Able'(능력)을 뜻하는 걸로 해석하기도 하고, 밤하늘에 나타난 주홍글자를 보고선 'Angel'(천사)을 떠올리기도 한다. 'A'가 무엇을 가리키는지 궁극적으로는 모호하며 불확정적이다.

이러한 모호성은 신대륙에 새로운 식민지를 건설한 사람들이 꿈꾼 유토피아의 역설에도 새겨져 있다. 그들은 인간의 미덕과 행복에 가득 찬 유토피아를 꿈꾸었지만 그러기 위해서 가장 먼저 필요한 것이 감옥과 묘지라는 걸 알았다. 삶을 가두고 매장하는 일이 지상천국의 전제조건인 셈이다. 그래서 간통을 소재로 한 작품이지만,《주홍글자》의 이야기는 '감옥 문'에서 시작한다. '간통소설'이 아니라 '감옥소설'이라고 불러야 할까.

공동체의 질서를 문란하게 만든 혐의로 갇혔다가 젖먹이 아이를 안고 가슴에는 주홍글자를 달고서 감옥에서 나오는 헤스터는 처음부터 타고난 위엄과 강인함을 가진 여성으로 소개된다.

> "이 키가 큰 젊은 여자는 몸매가 이를 데 없이 우아했다. 검고 풍성한 머리채는 너무나 윤기가 흘러 햇빛이 반사되어 눈이 다 부실 정도였다."

하지만 불운하게도 그녀는 한 번도 사랑한 적이 없는 늙은 학자와 결혼

1878년 판 책에 실린 헤스터의 모습. 메리 핼록 푸트가 그렸다.

하고 남편보다 먼저 신대륙으로 건너온다. 그러고는 젊은 목사 딤스데일과의 순간적인 사랑으로 딸을 낳는다. 딸아이는 그녀에게 신의 축복이면서 동시에 '살아 있는 주홍글자'였다. 헤스터는 혼자서 딸을 키우며 오랜 소외와 인내의 삶을 살아간다. 과연 다른 삶을 살 기회가 그녀에겐 주어질 수 없는 것일까.

호손은 이 작품의 가장 아름다운 장에서 헤스터와 딤스데일을 숲에서 7년 만에 재회하도록 한다. 똑같이 죄를 범했지만 처벌받지 않은 탓에 오히려 더 큰 고통에 신음하고 있던 딤스데일을 헤스터가 위로해주자 그는 잠시 기쁨을 되찾는다. 그리고 이렇게 외친다.

"내게 기쁨의 씨앗은 벌써 시들어버린 줄 알았는데! 오, 헤스터, 당신은 내 더없이 훌륭한 천사요!"

햇살이 흘러넘치는 대자연 속에서 두 사람이 다시금 맛본 삶의 기쁨은, 하지만 마을로까지 이어지지 않는다. 다시 유럽으로 돌아가 함께 새로운 삶을 꾸리자는 헤스터의 제안을 받고서도 딤스데일은 결국 죄의식의 감옥에서 빠져나오지 못한다. 호손은 냉정하게도 두 사람의 행복은 세상이 성숙하여 좀 더 밝은 시대가 올 때에야 비로소 가능하리라고 본 듯싶다. 비록 실현되진 않았지만 "사회조직을 모두 깨부수어 새로이 세워야 한다"는 게 헤스터의 '새로운 생각'이자 신념이었다. 《주홍글자》는 음란하다기보다는 매우 도전적인 작품이다.

사랑과 이별에 대처하는 두 가지 방식

푸슈킨과 레르몬토프의 사랑시

알렉산드르 세르게비치 푸슈킨

Aleksandr Sergeevich Pushkin, 1799~1837

미하일 유리예비치 레르몬토프

Mikhail Yurevich Lermontov, 1814~1841

사랑의 기쁨과 상실의 슬픔

"아, 누가 그 아름다운 날을 가져다줄 것인가/ 그 첫사랑의 날을/ 아, 누가 그 아름다운 시절의 오로지 한 조각만이라도 돌려줄 것인가"라며 첫사랑과 청춘에 대한 애틋한 그리움을 노래했던 시인 괴테 (1749~1832). 그러나 그는 지난 세월에 대한 영탄으로만 생의 말년을 채우진 않았다. 전 생애에 걸쳐 여인들과의 사랑을 통해서 문학적 영감을 얻었던 그는 74세의 나이에 19세의 처녀 울리케 폰 레베초와 사랑에 빠져, 주위의 비난에도 불구하고 청혼을 결심하기까지 했다.

하지만 이 만년의 사랑은 맺어지지 못했고, 괴테는 천국에서의 만남을 기약하며 〈마리엔바트의 비가悲歌〉를 남겼다.

> 꽃이 모두 져버린 이날
> 다시 만나기를 희망할 수 있을까?
> 천국과 지옥이 네 앞에 두 팔을 벌리고 있다.

푸슈킨과 레르몬토프는 이유는 서로 달랐지만 모두 결투로 세상을 떠났다. 낭만주의 시대의 시인다운 죽음이었다. 그림은 푸슈킨의 《예브게니 오네긴》에 나오는 오네긴과 렌스키의 결투 장면을 일리야 레핀(1844~1930)이 묘사한 것.

사람의 마음은 얼마나 변덕스러운지!

더 이상 절망하지 말라! 그녀가 천국의 문으로 들어와

두 팔로 너를 안아주리라.

사랑의 기쁨과 그 상실의 슬픔은 동서고금을 막론하고 시인들의 단골 소재이자 시적 영감의 가장 강력한 원천이었다. 자연스럽게 흘러넘치는 감성을 예찬하며 숭배했던 낭만주의 시인들에겐 두말할 나위가 없다. 하지만 그렇다고 하여 모든 시인이 사랑의 열병을 앓으면서 똑같이 들뜨고 똑같이 슬퍼했던 것은 아니다. 그들은 각자의 개성과 품성에 따라 사랑을 노래했으며 상실의 슬픔을 위로했다. 러시아 낭만주의의 대표적인 두 시인 알렉산드르 푸슈킨과 미하일 레르몬토프의 경우도 마찬가지였다. 두 시인은 이유는 서로 달랐지만 모두 결투로 세상을 떠났다. 낭만주의 시대의 시인다운 죽음이었다. 그러나 그들이 남긴 사랑의 시들은 여러모로 대조되며, 각각 사랑과 실연에 대한 두 가지 태도를 대표한다. 무엇이 다르며 어떤 차이를 보이는지 살짝 들여다보기로 하자.

사랑은 움직이는 것, 애도적 유형

정신분석학의 창시자 프로이트(1856~1939)는 〈애도와 우울증〉이란 글에서 상실에 대한 반응 태도를 '애도적 유형'과 '우울증적 유형'으로 구분했다. 이 두 유형은 사랑의 대상에 대한 정서적 몰입과 그 대상의 상실로 인한 정서적 충격을 어떻게 처리하느냐에 따라 나뉜다. 애도적 유형의 경우에는 일단 사랑하는 대상이 이젠 더 이상 존재하지 않는다는 사실을 인정한다. 그래서 대상에 쏟아 부었던 모든 감정적 에너지를 거둬들여야 한다는 현실의 요구를 수용하며, 그럼으로써 상실의 충격에서 차츰 벗어나게 된다. 반면 우울증적 유형의 경우에는 상실한 대상과 자신을 무의식적으로 동일시하기 때문에, 대상 상실이 자아 상실로 전환된다. 이는 이미 상실한 대상에 대한 강한 집착을 낳고, 자기 자신, 곧 자아에 대해서는 애증의 감정으로 발전한다. 그렇다면 이러한 반응 태도는 과연 시에서 어떻게 구현되고 있을까?

먼저 모든 아름다운 여인과의 사랑을 자신의 의무로 간주하기도 했던 시인 푸슈킨의 경우를 보자. 사랑의 상실 또는 사랑의 종결을 다루고 있는 시들 가운데 〈모든 것이 끝났다〉(1824)는 이런 내용이다.

> 모든 것이 끝났다: 우린 아무 관계도 아니다.
> 마지막으로 너의 무릎을 껴안고,
> 나는 애처롭게 호소했었지.
> 모든 것이 끝났어요—너의 대답을 듣는다.
> 다시는 나 자신을 기만하지 않을 것이다,
> 너를 우수로 괴롭히지도 않을 것이다,
> 지난 일들은 아마도 다 잊게 되겠지—
> 사랑이 날 위해 만들어진 것도 아니고.
> 넌 젊고, 너의 영혼은 아름다우니,
> 또 많은 사람들이 널 사랑하게 되리.

전체 10행으로 이루어진 이 시는 내용상 '우리의 사랑은 모두 끝났다'(1~4행), '나는 너와의 사랑을 잊을 것이다'(5~8행), '다른 사람들이 너를 사랑해주길 바란다'(9~10행)로 구분된다. '나'와 '너'의 사랑은 이미 끝났으므로, 이 시의 화자는 이렇게 종결된 관계를 다시 회복한다거나 계속 유지시켜 나가려는 의지가 없다. 이러한 체념의 바탕에서, '너'는 아직 젊고 아름다우므로 ('나' 말고도) 다른 많은 사람으로부터 사랑받게 되리라고 '나'는 기대한다. 바로 이런 식의 단계적 진행을 밟는 것이 전형적인 애도적 유형의 시다. 이 공식을 전형적으로 구현하고 있는 또 다른 시가 푸슈킨의 대표작 중 하나로 꼽히는 〈나는 당신을 사랑했소〉(1829)다.

> 나는 당신을 사랑했소. 어쩌면 사랑은 아직도,
> 내 가슴에서 아직 다 꺼지지 않았는지도.
> 하지만 그 사랑이 당신을 더는 괴롭히지 않을 거라오.
> 나는 당신을 무엇으로도 슬프게 하고 싶지 않소.
> 나는 당신을 사랑했소, 말없이, 아무런 희망 없이,
> 때론 수줍게, 때론 질투에 괴로워하며.
> 나는 당신을 사랑했소, 그토록 진실하게, 그토록 부드럽게,
> 신이 당신을 다른 이에게도 사랑받게 해주길 바랄 만큼.

이 시에서 세 차례 반복되는 동사 '사랑했다'에서 주목해야 할 것은 '사랑'이라기보다는 '했다'라는 과거 시제다. '나'의 '사랑'은 한때 '당신'에게 집중되었던 열정이 이미 식어가기 시작했지만, 아직 조금 남았다는 걸 확인하는 정도의 사랑이다. 그렇기 때문에 그 사랑이 당신을 더 이상 괴롭히지는 않을 거라는 서정적 화자의 진술은 이타적인 것처럼 보이지만, 실제론 그의 의지와는 무관하다.

어떤 행동의 원동력이 되기에 '다 꺼져가는 사랑'은 너무 모자라는 사랑이다. 이 모자라는 사랑의 다른 이름이 시의 끝부분에서 진술되고 있는 관대한 사랑이다. "신이 당신을 다른 이에게도 사랑받게 해주길 바랄 만큼"의 사랑 말이다. 요컨대, 이 시에서 부각되고 있는 것은 시인의 겸손하고 부드러운 사랑의 방식이다. 사실상 시에서 '당신'에 대한 묘사는 거의 부재하며, 전체 내용은 "나는 이러이러

사랑과 이별에 대처하는 방식에 최소한
두 가지 유형이 있다. 푸슈킨 방식과
레르몬토프의 방식. 자메 티소트의
1871년 작 〈작별〉.

하게 당신을 사랑했소"라는 한 문장으로 수렴된다. 그렇다면 '도덕
적으로 가장 숭고한 시'라는 일부의 평가는 좀 과장된 게 아닐까도
싶다.

사랑이 어떻게 변하니, 우울증적 유형

이러한 푸슈킨의 사랑의 시학詩學과 대조되는 작품이 레르몬토프
의 〈우리는 헤어졌지만〉(1837)이다. 이 시는 푸슈킨의 〈나는 당신을
사랑했소〉에 대한 직접적인 반박으로도 읽히기에 흥미롭다. 시의 전
문은 이렇다.

우리는 헤어졌지만, 너의 초상을
나는 가슴에 간직하고 있다.
좋은 날들의 창백한 환영처럼
그것은 내 영혼을 들뜨게 한다.

그래서 새로운 열정에 빠졌어도
나는 그 초상을 그만 사랑할 수 없었다.
버려진 사원도 여전히 사원이고,
쓰러진 우상도 여전히 신이니까!

　이 시는 〈나는 당신을 사랑했소〉와 마찬가지로 8행으로 되어 있지만, 2연으로 나누어져 있는 것이 특징이다. 이 시에 간결하게 공식화되어 있는 레르몬토프의 사랑 공식은 어떠한가? 먼저, 1연의 처음 두 행 "우리는 헤어졌지만, 너의 초상을/ 나는 가슴에 간직하고 있다"에서, '너의 초상'은 '너'를 대신하는 부분 대상이다. 이는 '너'의 흔적이자 '나'에게 남긴 일종의 각인이다. 이 각인 때문에, '우리'는 헤어졌지만 완전히 헤어진 게 아닌 이중적인 상황에 놓이게 된다. 곧 '나'는 '너'를 상실했지만 '우리'의 사랑은 아직 끝나지 않았고, 이를 가능하게 하는 것이 '너의 초상'이다. 그리고 이어지는 행에서는 그것이 갖는 효과를 진술한다. '너의 초상'은 "좋은 날들의 창백한 환영처럼" '나'를 즐겁게 하고 들뜨게 만든다. '너'는 이제 없지만, '너'의 효과는 그대로 남아 있기 때문이다.
　2연을 시작하는 접속사 '그래서'는 1연에서의 효과가 계속 이어

짐을 뜻한다. '우리'가 헤어진 뒤에 '나'는 새로운 상대를 만나서 열정에 빠졌지만, 여전히 '나'는 '그것(너의 초상)'을 내버릴 수 없다. 아니, 오히려 새로운 열정은 지난날의 열정을 더욱 강하게 환기시키는 역할을 한다. 그리하여 버려진 사원이 여전히 사원이고, 쓰러진 우상도 여전히 신인 것처럼, 떠나간 '너'는 여전히 '나'의 사랑이라는 게 이 시의 최종적인 고백이다.

　"나는 당신을 사랑했소"라고 다소간 열정적으로 시작한 푸슈킨의 시는 결국엔 사랑의 종결을 확인하는 것으로 마무리된다. 이와 달리 단도직입적으로 '우리는 헤어졌소'라고 사랑의 종결을 선언하면서 시작한 레르몬토프의 시는, 역설적으로 종결되지 않는 사랑에 대한 확인으로 끝난다. 여기서 두 시의 차이, 더 나아가 두 시인의 사랑관의 차이가 드러난다. 통속적인 어법으로 비교하자면, 푸슈킨이 "사랑은 움직이는(변하는) 거야!"라고 암묵적으로 주장하는 데 반해서, 레르몬토프는 "사랑이 어떻게 변할 수 있니?"라고 반박하는 식이다. 푸슈킨의 '성숙'은 레르몬토프에게는 '배신'을 의미하고, 레르몬토프의 '영원한 사랑'은 푸슈킨에게는 '미숙함'의 표지다. 둘은 사랑을 읽는 코드가 서로 다른 셈이다. 내친 김에 레르몬토프가 짧은 생애의 막바지에 쓴 〈아니야, 나는 너를 열렬히 사랑하지 않아〉(1841)까지 읽어보자.

　　아니야, 나는 너를 열렬히 사랑하지 않아,

　　너의 빛나는 아름다움은 나를 위한 것이 아니야;

　　네게서 내가 사랑하는 건 과거의 고통과

스러져간 나의 젊음이야.

때때로 너의 눈동자를 오랫동안 응시하며

내가 너를 바라볼 때,

나는 비밀스런 대화를 나누지만,

나는 너에게 진심을 말하지 않는다.

나는 어린 시절의 여자 친구와 말한다.

너의 모습에선 다른 모습들을 찾고,

살아 있는 입술에선 오래전부터 말이 없는 입술을,

눈동자에선 이미 꺼져버린 눈빛을 찾는다.

이 시는 표면적으로는 현재의 '너'를 사랑하지 않음을 말하고 있지만, 심층적으로는 부재하는 과거와 과거의 연인에 대한 사랑을 고백하고 있다. 말하자면, 이 시에서의 사랑은 푸슈킨의 경우처럼 '변화하는 움직이는 사랑'이 아니라, '변치 않는 고정된 사랑'이다. '나'의 사랑은 이미 지나가버린 과거에 붙박여 있다. 이를 압축하고 있는 부분이 바로 1연이다. '나'는 '너'를 사랑하지만, 그건 '너'를 통해서 '나'의 '과거의 고통'과 '스러져간 젊음'을 사랑할 수 있기 때문이다. 따라서 현재의 '너'는 사랑의 대상이 아니라 매개다. 곧 '나'는 '너'의 눈동자를 바라보지만, 정작 내가 대화를 나누는 이는 '너'가 아니다.

이어서 3연에는 1연의 내용이 반복되고 있는데, 이 부분에서 '내'

가 사랑하는 '과거의 고통'이 무엇인지 짐작할 수 있다. 그것은 사랑의 실패와 상실에 따른 고통으로, 사랑의 대상은 '어린 시절의 여자친구'로 지목된다. 어린 시절로 한정되어 있는 '그녀'와의 사랑은 그 시절로의 회귀만큼이나 불가능하다. 하지만 중요한 점은 그렇다고 해서 그 사랑이 포기되는 것이 아니라는 사실이다. '나'는 현재 연인의 모습에서 끊임없이 과거의 흔적과 상처를 찾아 나선다. 그런 의미에서 '너의 모습'과 '입술', '눈동자'는 모두 부재하는 사랑의 대상을 대신하는 부분 대상이고, 그 흔적들이다. 이 시에서는 사랑의 대상이 두 가지 등장하는데, 이 둘이 겹쳐지면서 궁극적으로 단일한 대상에 대한 집요한 사랑을 드러낸다. 현실적인 실현 가능성이 거의 없다는 점에서 그것은 우울증적 사랑이다.

몇 편의 제한된 사례를 통해서이긴 하지만, 푸슈킨과 레르몬토프의 시에 나타난 사랑과 그 상실에 대한 시적 형상화가 각각 애도적 유형과 우울증적 유형에 대응한다는 것을 살펴보았다. 간단히 공식화하자면, 애도적 유형은 '상실 → 슬픔 → 위안'의 단계를 거치고, 우울증적 유형은 '상실 → 각인 → 우울'의 경로를 따른다. 이렇듯 사랑과 이별에 대처하는 방식에 최소한 두 가지 유형이 있다는 것 정도는 알아두면 좋겠다. 그러면 자신의 감정만을 절대화하는 오류에서 혹시 자유로울 수도 있을지 모르니까 말이다.

안나 카레니나를 읽는 즐거움

톨스토이의 《안나 카레니나》

레프 니콜라예비치 톨스토이
Lev Nikolaevich Tolstoy, 1828~1910

한겨울은 러시아문학의 고전을 읽기에 아주 좋은 계절
이다. 눈이 소복이 쌓이는 시간에 두툼한 책장을 넘기며
이내 밤을 새우고, 어스름하게 비치는 햇살과 함께 아침
을 맞는 일은 이런 계절에 누릴 수 있는 호사다. 그런 밤
에는 백석의 시 "가난한 내가/ 아름다운 나타샤를 사랑해
서/ 눈이 푹푹 나린다"(《나와 나타샤와 흰 당나귀》)를 읊조
려보고, 그런 아침에는 그의 푸슈킨 번역시 구절을 음미
해봐도 좋겠다. "아침 날 눈 위를 미끄러지며/ 부산떠는

말이 달리는 데 맡기어/ 찾아가자, 사랑하는 벗아, 빈 벌판을/ 어제런 듯 풍성하던 그 수풀을,/ 그리고 정다운 나의 강가를."(〈겨울 아침〉)

나타샤가 주인공으로 등장하는 가장 유명한 소설은 톨스토이의 《전쟁과 평화》이지만, 세계문학전집 출간 열풍 속에서도 아직 '무풍지대'로 남아 있어서 내가 펼쳐든 책은 《안나 카레니나》다. 강의 시간에 주로 범우사판을 사용했는데, 요 몇 년간 3종의 새 번역본이 더 출간돼 읽을 만한 여건은 충분하다. 자세히 읽고 싶은 대목이 나오면 네 종의 번역본을 비교해서 살펴볼 수도 있다. 유명한 첫 문장만 하더라도 번역은 제각각이다.

> "행복한 가정은 모두 모습이 비슷하고, 불행한 가정은 모두 제각각의 불행을 안고 있다."(민음사)
> "행복한 가정은 모두 고만고만하지만 무릇 불행한 가정은 나름나름으로 불행하다."(문학동네)
> "모든 행복한 가정은 닮았고, 불행한 가정은 제 나름대로 불행하다."(작가 정신)

가정 문제와는 사정이 달라서 번역이 제각각이라고 하여 독자가 불행해지는 건 아니다. 오히려 모두가 엇비슷하다면 번역본의 존재 의의가 상실될 것이다(베낀 번역으로 오해를 살 수도 있다).

알다시피 《안나 카레니나》이야기는 가정교사와 바람을 피우다 들통이 난 오빠 오블론스키 집안의 불화를 중재하기 위해 동생 안나가 모스크바로 기차를 타고 오면서 본격적으로 시작된다. 하지만 그 전에 소설은 또 다른 주인공 레빈을 등장시켜 그가 어떤 인물인가를 미리 알려준다. 키티에게 청혼하러 온 이 노총각 시골 지주가 먼저 만나는 이는 친구이면서 키티의 형부인 오블론스키다. 사무실로 찾아와 저녁식사 약속을 잡고 돌아간 부유한 지주 레빈의 처지를 부러워하며 오블론스키는 부하 직원에게 이렇게 말한다. 한국의 번역자들은 각각 어떻게 말하고 있을까?

> "게다가 얼마나 팔팔하냐 말이야!"(범우사)
>
> "게다가 얼마나 생기가 넘치나!"(민음사)
>
> "게다가 또 얼마나 발랄하냔 말야!"(문학동네)
>
> "건강은 또 어떻고."(작가정신)

해서 우리가 그려보게 되는 레빈은 팔팔하고 생기가 넘치는데다가 발랄하기까지 한 인물이다.

하지만 키티의 어머니 공작부인은 그런 레빈을 탐탁지 않게 생각한다. 더 젊고 부유하며 잘생긴데다가 시종무관으로서 앞날도 창창해 보이는 브론스키가 훨씬 더 나은 사윗감이라고 여긴다. 두 사람을 비교한다는 건 있을 수도 없는 일이다. 그래서 자주 집에 드나들며 브론스키가 한창 키티에게 눈독을 들이고 있는 즈음에 나타난 레빈이 달갑지 않다. 딸이 레빈에 대한 '성실성' 때문에 일을 그르칠까 걱정한다.

> "레빈에게 한때는 호감을 품었던 것 같은 딸이 필요 이상의 성실함으로 인해 브론스키를 거절하지나 않을까."(문학동네)

이 대목의 '성실함'을 다른 번역본들이 '브론스키의 성실함'이라고 본 것은 착오이다. 성실은 '가정생활'을 모르는 브론스키와는 거리가 먼 덕목이다. 그 브론스키에게 마음이 끌려 키티는 레빈의 청혼을 거절한다. 하지만 브론스키는 어머니를 마중하러 간 기차역에서 곧 안나와 운명적인 조우를 하게 될 것이다.

━━━━━ '대학 강의실에서 읽는《안나 카레니나》'가 궁금하신 분이라면 조주관 교수의《러시아문학의 하이퍼텍스트》(평민사, 2005), 석영중 교수의《톨스토이, 도덕에 미치다》(예담, 2009), 그리고 오종우 교수의《백야에서 삶을 찾다》(예술행동, 2011)를 참고할 수 있다.《러시아문학의 하이퍼텍스트》는 러시아문학 '작품사전' 성격의 책이고,《톨스토이, 도덕에 미치다》는《안나 카레니나》이후 후기 톨스토이에 대한 이해의 조감도를 보여주는 책이다.《백야에서 삶을 찾다》는《카라마조프가의 형제들》,《안나 카레니나》,《닥터 지바고》세 작품에 대한 '자세히 읽기'를 시도한다. 그 '자세히 읽기'가 '편안한 읽기'이면서 '친절한 읽기'이기도 하다는 게 미덕이다.

사람은 죽어도 욕망은 죽지 않는다

고골의 〈외투〉 다시 읽기

니콜라이 바실리예비치 고골

Nikolai Vasilievich Gogol, 1809~1852

러시아문학에서 가장 수수께끼 같은 작가

"날 좀 내버려둬요, 왜 그렇게 나를 못살게 구는 거요?"

이 한 대목만 가지고 작가와 작품을 떠올리기는 어렵겠지만, 러시아 작가 니콜라이 바실리예비치 고골(1809~1852)의 걸작 단편 〈외투〉(1842)를 읽고 난 다음이라면 이 대목을 잊기도 어렵다. 이번에는 러시아문학에서 가장 수수께끼 같은 작가로 불리는 고골의 문학 세계를, 그의 대표작 〈외투〉를 중심으로 살펴보기로 하자. 고골은 과연 러시아 문학사, 더 나아가 세계 문학사에 어떤 족적을 남겨놓았을까? 그의 문학은 어째서 아직도 많은 수수께끼를 남기고 있는 것일까?

'웃음'과 '공포'는 고골 문학의 핵심

고골은 1809년 4월 1일에 러시아의 지배 아래 있었던 우크라이

러시아의 화가 콘스탄틴 유온(1875~1958)이 그린 《검찰관》 등장인물 경찰
제르지모르다와 우체국장 슈페킨의 모습. 얼핏 상반되어 보이지만, '웃음'과
'공포'는 고골 문학의 핵심적인 구성 요소다. 곧 그의 이야기들은 기본적으로
우스운 이야기면서 동시에 무서운 이야기다.

나의 한 시골 마을에서 태어났다. 말하자면 그 당시엔 '소러시아'라
고 불린 우크라이나가 그의 출신지이고 고향이다. 그가 처음 문학
적 명성을 얻게 된 작품집이 그곳 민담들을 소재로 한 《지칸카 근촌
야화夜話》(1831)인 것은 그런 배경을 갖고 있다. 고골의 아버지와 어
머니는 그 지역의 소지주 출신이었다. 어린 나이에 결혼하여 고골을
낳기 전 두 차례나 사산死産을 경험한 어머니는 자신의 불행을 다독
이기 위해 더욱 독실한 정교회 신자가 되었다. 그리고 어렵게 얻은
맏아들의 이름을 교회 이름을 따서 '니콜라이'라고 지었다.

교회를 열심히 다니면서 늘 기도를 드리던 어머니의 신앙은 미신
적인 성향이 강했다. 아들을 각별히 사랑하면서도 그녀가 어린 고
골에게 입버릇처럼 들려준 이야기는 주로 최후의 심판과 지옥의 고
통에 관한 것이었다. 이런 미신적이고 광신적인 신앙을 물려준 어머

니와 달리, 아마추어 극작가이자 연극 애호가였던 아버지 바실리 고골은 아들에게 어릴 때부터 문학과 연극에 대한 열정을 심어주었다. 직접 대본을 쓰고 연출을 맡고 배우로 무대에 서기까지 했던 아버지의 모습을 보면서, 고골은 연극에 대한 관심과 문학적 감수성을 키워나갔다.

이렇듯 다소 이질적인 부모의 영향은 이후 작가 고골의 삶에 깊은 흔적을 남겼다. 러시아 사회의 속물성과 관료주의적 폐해를 풍자적이면서도 유머러스하게 묘사함으로써, 고골은 뛰어난 문학적 재능을 유감없이 발휘했다. 하지만 한편으로는 자신의 재능이 진지한 구원의 메시지를 전달하는 데 적합하지 않을지도 모른다는 생각에 고통을 받기도 했다. 덕분에 우리가 얻게 된 것은 '너무도 경쾌하고 코믹한 고골'과 '너무도 진지하고 우울한 고골'이라는 서로 상반되는 작가의 이미지다. 그는 자신의 재능과는 잘 맞지 않는 과제, 혹은 사명을 스스로에게 부과함으로써 고통을 자초한 것은 아니었을까.

가령 고골 창작의 전환점이 된 희곡 《검찰관》(1836)을 들여다보자. 이 작품은 지방 여행 중에 돈이 떨어져 여관에서 오도 가도 못하게 된 한 하급 관리 흘레스타코프가, 수도 페테르부르크에서 온 검찰관으로 오인되는 바람에 벌어지는 한바탕 소동을 그린 5막 희극이다. 흘레스타코프가 떠나고 난 뒤에야 자신들이 속았다는 사실을 알게 된 시장과 지역 유지들은 분통을 터뜨리는데, 바로 그때 진짜 검찰관이 도착했다는 전갈을 듣는다. 무대 위의 모든 인물들이 경악과 함께 몸이 화석처럼 굳어져버리고 관객은 폭소를 터뜨리는 것으로 이 작품은 막을 내린다. 한데, 고골은 지문에서 이 마지막 장면을 모든 배역이 거의 1분 30초가량 굳어버린 자세를 취하고 있는 '정지 장면'으로 처리하도록 요구했다. 그리고 실제 공연에서 이 요구가 잘 지켜지지 않자 화를 내기도 했다. 그렇다면 작가는 어떤 효과를 거두기 위해 그토록 이 장면을 강조한 것일까?

《검찰관》에는 "제 낯짝 비뚤어진 줄 모르고 거울만 탓한다"라는 러시아 속담이 제사로 쓰였다. 고골은 자신의 작품을 일종의 '거울'로 간주했다. 관객들은 무대 위에서 펼쳐지는 우스꽝스러운 소동을 보면서 마음껏 웃음과 조롱을 퍼붓는 동시에, 마치 거울처럼 관객 자신의 모습을 비추는 정지 장면에 섬뜩함을 느끼게 된다. 고골은 관객이 그런 깨달음을 얻기를 기대했고, 그 깨달음을 위해 필요한 최소한의 시간이 1분 30초라고 본 것이다. 따라서 이 장면은 처음엔 웃음을 유발하지만, 차츰 그 웃음은 자신도 무대의 속악한 인물들과 다를 바 없다는 깨달음과 더불어 공포로 바뀐다. 고골의 의도는 그 공포와 함께 관객들을 도덕적인 정화와 참회에 이르도록 하는 데 있었다. 얼핏 상반되어 보이지만, '웃음'과 '공포'는 그런 점에서 고골 문학의 핵심적인 구성 요소다. 곧 그의 이야기들은 기본적으로 우스운 이야기면서 동시에 무서운 이야기다.

〈외투〉, 충동의 인간에서 욕망의 인간으로

머리가 벗겨진 중년 9급 관리의 불행한 이야기를 다룬 〈외투〉의 경우도 사정은 다르지 않다. 일단 작품은 기본적으로 코믹하며 언어 유희적이다. 주인공의 이름부터가 그런데, '아카키 아카키예비치'가

아카키는 재봉사 페트로비치의 권유에 따라 새
외투를 장만하는 데 몰두한다. 새 외투를 욕망하게
되면서 아카키는 전혀 다른 인물로 변모한다.
보리스 쿠스토디예프의 1905년 그림.

그의 이름과 부칭이고, '바슈마크(구두)'라는 말에서 유래한 '바슈마
치킨'이 성이다. '아카키예비치'가 부칭이라는 사실은 아버지의 이름
도 '아카키'였다는 걸 뜻한다. 곧 아버지도 아카키고 아들도 아카키
다. 새로 태어난 아이의 이름 후보들이 모두 마음에 들지 않자 그의
어머니는 그냥 남편의 이름을 아이에게 물려주기로 결정한 것이다.
그런데 이 '아카키 아카키예비치'란 이름에서 반복되는 '카카kaka'란
말이 러시아 어에서는 '똥'이나 '응가'를 뜻하는 유아어이기도 해서,
주인공의 이름을 들을 때마다 러시아 독자들은 묘한 재미를 느끼게
된다. 이 가련한 주인공은 동시에 가장 우스꽝스런 주인공이기도 한
셈이다.

　　"세례를 받을 때 아기는 울어버렸고, 마치 9급 관리가 될 것을 미리

예상이라도 한 듯 얼굴을 찡그렸다."

러시아 관료제는 18세기 초반 표트르 대제(1672~1725) 시대에 관료제 개혁 이후 14등관제로 개편되었으며, 9등관(9급)은 가장 대표적인 하급 관리에 속했다. 서류를 정서하는 일이 주된 업무인 아카키 아카키예비치 역시 9급 관리였다. 그는 사무실에서 아무도 거들떠보지 않는 존재이며, 경비조차도 그가 지나갈 때는 자리에서 일어나지 않았을 뿐 아니라 심지어는 그저 파리 한 마리가 지나가는 정도로 여겼다. 같이 근무하는 동료들은 그를 조롱하거나 짓궂게 놀려댔다. 아카키는 아무런 대꾸도 하지 않았지만 그의 팔까지 건드리며 정서를 방해할 때는 "날 좀 내버려둬요, 왜 그렇게 나를 못살게 구는 거요?"라고 애처롭게 기어들어가는 목소리로 말했다. 얼떨결에 남들을 따라서 아카키를 조롱하던 젊은 직원은 이 말을 듣고서 뭔가에 찔린 듯이 움찔했다. 거기엔 "나도 당신들의 형제요"란 소리도 반향으로 묻어났다. 그 뒤 이 젊은이는 평생 동안 인간의 잔인함에 몸서리를 쳤다고 이야기의 화자는 전해준다.

사실 고골의 〈외투〉는 러시아문학에서 가장 유명한 단편이면서, 또 가장 많이 오해받은 작품이다. 이 작품을 박애주의를 표방한 것으로 이해한 사례가 대표적이다. 그러한 시각에서는 작가 고골이 이 소설에서 아카키 아카키예비치 같은 '작은 인간'에 대한 연민과 동정을 드러내고 있다고 본다. 그리고 그 근거로 "나도 당신들의 형제요"라는 구절을 자주 인용한다. 하지만 이런 시각은 주인공이 자신의 일에서 발견하고 있는 지극한 즐거움을 간과하는 경향이 있다. 그에게 정서는 단순한 직무가 아니라 어떤 사랑의 대상이었고, 자족적인 즐거움의 세계였다. 화자는 이렇게 말한다.

> "그처럼 자신의 일에 충실한 사람을 어디서 찾을 수 있을까. 단순히 열성적으로 일한다고 하는 것만으로는 부족했다. 아니, 그는 애정을 갖고 근무했다. 이 정서하는 일에서 그는 다양하고 즐거운 자신만의 어떤 세계를 발견한 것이다."

아카키는 이러한 자기만의 세계에 몰입해 있는 인물이었다. 그에게는 정서하는 일 외에 아무것도 존재하지 않아서, 옷차림 따위에도 전혀 신경 쓰지 않았고 거리를 걸으면서도 오로지 자신의 필체로 쓴 글씨들만을 떠올렸다. 근무가 끝나고 집에 돌아와서도 그는 수프와 양파를 곁들인 쇠고기 요리에 파리가 붙었거나 말거나 무슨 맛인지도 모른 채 간단히 요기만 하고는 다시 정서를 시작했다. 서류를 정서하기도 하고 취미로 필사본을 만들어두기도 했다. 일에 대한 열정만을 가지고 본다면 아카키는 5급 직책을 하사받을 만도 한 인물이었다. 말하자면 아카키에게는 두 가지 모습이 있었다. 혹은 두 명의 아카키가 있었다. 평소의 9급 관리 아카키와 5급 관리의 열정을 갖고 정서할 때의 아카키. 정서하다가 자신이 좋아하는 글자들이 나오면 너무 기뻐하는 모습은 마치 딴 사람처럼 보일 정도였다. 이렇듯 "즐거운 자신만의 어떤 세계"를 갖고 있는 인물이 동정의 대상이 된다면 좀 이상하지 않을까?

정신분석학의 용어를 사용하자면 정서하는 일에서 지극한 만족감을 얻는 아카키는 '충동'에 의해 지배되는 인물이다. 충동drive은 어떤 대상을 끊임없이 손에 넣으려고 애쓰는 욕망desire과는 달리 어떤 대상의 주위를 맴도는 데서 만족을 얻는다. 곧 충동의 목적은 주체와 대상 간의 순환적인 경로를 반복하는 것이다. 아카키가 정서하는 일에서 느끼는 만족은 바로 이러한 충동에서의 만족이다. 이런 성격의 만족에는 외부적 현실이 필요하지 않으며, 따로 방해자만 없다면 언제까지라도 지속될 수 있다.

> "400루블의 급료로 자신의 운명에 만족하며 살아가던 한 인간의 평화로운 삶은 그렇게 흘러가고 있었고 아마 또 그렇게 순조롭게 말년을 맞이할 수도 있었을 것이다."

그렇다면 아카키의 사회적 고립과 소외는 결코 불운하거나 불행한 것이 아니다. 그렇게 보는 시각은 단지 외부적 시점을 투사한 것에 불과할 수도 있다. "날 좀 내버려둬요, 왜 그렇게 나를 못살게 구는 거요?"란 아카키의 항의는 그에 대한 조롱뿐만 아니라 동정에도 적용될 수 있을 듯싶다. 그리고 그 항의의 또 다른 대상이 될 만한 것이 있으니 바로 페테르부르크의 겨울에 사납게 휘몰아치는 북풍이며, 이것이 그의 가장 강력한 적이기도 하다. 고골 스스로가 처음 페테르부르크에 상경했을 때 추위 때문에 크게 고생한 경험이 있으므로 남의 일만도 아니라고 해야겠다. 불행하게도 아카키의 낡은 외투는 더 이상 바람막이가 되어줄 수 없어서, 그는 재봉사 페트로비치의 강력한 권유에 따라 새 외투를 장만하는 데 몰두한다. 곧 페테르부르크의 겨울 추위는 아무런 결핍도 없이 자기만의 세계에 만족해 있던 아카키 아카키예비치를 바깥으로 끄집어내어 '외투 없는 존재'로 새롭게 규정한다.

새 외투를 욕망하게 되면서 아카키는 전혀 다른 인물로 변모한다. 그는 외투 값을 장만하기 위해서 지독한 내핍 생활을 감수하며 습관처럼 저녁을 굶는다. 요컨대, 미래의 행복을 위해서 그는 현재의 만족을 기꺼이 포기하고 유예한다.

> "그 대신에 미래의 외투에 대한 끝없는 이상을 머릿속에 그려보며 정신적인 포만감을 얻을 수 있었다."

하지만 무엇인가가 결여된 상태에서만 작동하기 시작하는 욕망은 근원적으로, 그리고 궁극적으로 충족될 수 없다. 새 외투를 장만하여 행복해한 것도 잠시, 아카키가 곧 불량배들에게 자신의 외투를 강탈당한 것은 이러한 욕망의 메커니즘을 단적으로 보여준다. 그는 파출소장과 고위층 인사를 찾아다니며 외투를 되찾기 위해 애를 쓰지만, 관료제 사회의 몰인간적이고 사무적인 습성에 젖은 인물들에게 차별대우만을 받고서 앓아누웠다가 결국 세상을 떠난다. 하지만 그렇다고 해서 관료제 사회의 사무적인 무관심이 아카키를 죽음으로 몰고 갔다고 말할 수 있을까? 보다 근본적인 원인을 찾자면, 아카키가 충동의 인간에서 욕망의 인간으로 변신한 데 있을 것이다. 그리고 물론 그 변신의 원인은 '페테르부르크의 추위'였다.

피할 수 없는 욕망에 대한 공포

고골은 욕망을 가진 인물들, 곧 자신의 신분과 직분을 벗어나서 더 높은 사회적 지위와 숭고한 가치를 갈망했던 인물들이 파멸하는 이야기를 자주 들려주었다. 이러한 욕망이 두려운 이유는 그것이 그 주체를 떠나서도 존재하기 때문이다. 사람은 죽어도 욕망은 죽지 않는다고나 할까. 〈외투〉는 죽은 아카키의 유령이 자신의 외투를 찾기 위해 배회하다가 고위층 인사의 외투를 강탈해간다는 내용으로 마무리된다. 그런 점에서 〈외투〉는 욕망의 섬뜩한 공포까지도 되새기게 해주는 작품이다.

결코 충족되지 않는 것이 욕망인 만큼 욕망의 세계에서 구원이란 없다. 때문에 고골의 세계에서는 욕망에 빠진 인간에게 구원의 계기가 필요하다. 하지만 고골은 자신의 문학적 재능 안에서는 그러한 계기를 찾을 수 없었다. 고골 또한 자신의 '외투'(창작의 의미)를 강탈당한 '불운한 아카키 아카키예비치'가 아니었을까.

추악한 러시아 삶의 백과사전

고골의 《죽은 혼》

치치코프와 소바케비치. 마르크
샤갈의 그림(1923).

"저에게 추악함이란 이상한 게 아닙니다. 저 자신이 상당히
추악한 편이니까요. 제가 아직 덜 추악하던 시절, 저는 모
든 추악함에 당혹해했고, 추악함의 종류와 규모에 우울해
졌고, 그리하여 저는 러시아를 생각하면 두려움에 떨곤 했
습니다."

19세기 러시아 작가 니콜라이 고골의 편지에 나오는 말이
다. 그의 걸작 《죽은 혼》은 그 추악함 혹은 비속함을 한데 끌어

모은 '서사시'이다. 비평가 벨린스키가 푸슈킨의 《예브게니 오네긴》을 '러시아 삶의 백과사전'이라고 부른 것에 견주면, 고골의 《죽은 혼》은 '추악한 러시아 삶의 백과사전'이라 할 수 있을까.

'죽은 혼'이란 말은 중의적이어서 '죽은 농노'를 뜻하는 말이기도 하다. 사륜마차를 타고 한 지방도시에 도착한 주인공 치치코프는 지주들을 찾아다니며 죽은 농노들을 구입하려고 애쓴다. 10년에 한 번 정도 인구조사를 했기에 이미 사망한 농노들도 명부에 올라가 있었고 지주들은 그들에 대해서도 인두세를 물어야 했다. 그렇듯 농노 명부에는 들어 있지만 존재하지는 않는 농노들을 사들여서 그걸 담보로 거액을 대출하려는 게 치치코프의 계산이다.

계획을 달성하기 위해서는 어리석고 속물적이면서도 의심이 많은 지주들을 잘 구슬려야 했는데, 치치코프는 주인공답게 그런 '실용적인 측면'으로는 대단한 지능을 가진 인물이었다. 그는 농노 200명을 가진 지주를 대할 때와 300명을 가진 지주를 대할 때, 또 500명을 거느린 지주를 대할 때 각기 다른 뉘앙스의 표현이 가능한 러시아식 대화법에 익숙했다.

죽은 농노들을 사러 다니면서 치치코프가 만나는 지주들은 다만 살아 있는 것으로 간주될 뿐인, 곧 영혼은 이미 죽은 '죽은 혼'들이다. 다정다감하긴 하지만 항상 뭔가 모자란 듯한 마닐로프의 서재에 놓인 책은 2년 내내 같은 쪽이 펼쳐져 있고, 탐욕스러운 소바케비치의 방안 가구들은 모두 주인을 닮아서 "나도 소바케비치야!"라고 외쳐댄다. 거꾸로 보면 소바케비치 자신이 그런 소파나 의자와 구별되지 않는다는 뜻이기도 하다. 치치코프는 어수룩하면서도 이기적인 여지주 코로보치카와 저열할 만큼 구두쇠인 늙은 지주 플류시킨 등을 더 만나며 그들에게서 죽은 농노를 구입한다. 그의 '사업'은 잘 진행돼 나가는 듯하다.

하지만 지사가 주최한 파티에서 한 소녀의 아름다움에 정신이 팔리는 바람에 귀부인들의 질투를 사게 되고 그가 죽은 농노들을 사러 다닌다는 사실이 폭로된다. 도시 전체가 치치코프의 정체에 대한 온갖 뜬소문과 유언비어로 혼란에 빠지게 되고 지방 검사는 그 충격으로 세상을 떠나기까지 한다. 결국 치치코프는 서둘러 도시를 떠나며 말미에서 작가는 그가 어떤 인물이고 어떻게 살아왔던가를 일러준다.

분명 치치코프는 선량한 주인공이 아니지만 그렇다고 대단한 악한도 아니다. 다만 강한 소유욕을 가진 인물이었을 뿐이다. 그런 의미에서라면 자본과 물욕의 시대를 사는 우리 모두의 초상일지도 모른다. 무엇이 달라질 수 있을까. 고골은 인간에게는 자신이 선택하지 않는 욕망도 있다고 믿었다. 보다 높은 섭리에 이끌리는 욕망이다. 그래서 치치코프의 차가운 내면에도 천상의 지혜 앞에 무릎 꿇게 하는 어떤 것이 있으리라고 작가는 말한다. 하지만 새롭게 변신하게 될 치치코프의 모습은 우리에게 주어지지 않았다. 부정적인 인물들을 묘사하는 데 탁월한 재능을 발휘한 고골이지만 안타깝게도 '선량한 주인공'을 그려낼 능력은 갖고 있지 않았다. 대신에 그는 "러시아여, 넌 대체 어디로 질주하는 거냐?"라고 물었을 따름이다. 우리는 대체 어디로 질주하는 것일까.

인생은 체호프 식으로 아름답다

체호프의 〈개를 데리고 다니는 부인〉

안톤 파블로비치 체호프
Anton Pavlovich Chekhov, 1860~1904

　인생은 아름다운가? 체호프적 자세라면 거의 언제나 아름다울 법하다. "만약 아내가 여러분을 배신한다면 아내가 배신한 것이 조국이 아니라는 사실을 기뻐하십시오"(《인생은 아름다운 것》)라는 게 이 러시아의 유머작가가 건네는 충고다.

　그런 사고의 전환이 잘 안 된다면 안톤 체호프의 가장 유명한 단편의 하나인 〈개를 데리고 다니는 부인〉의 주인공을 따라 바닷가 벤치에 앉아보는 것도 좋겠다. 여자들을 '저급한 인종'이라고 부르지만 정작 여자들이 없으면 이틀도 살지 못하는 중년의 바람둥이 구로프는 휴양지 얄타에서 '개를 데리고 다니는 부인' 안나를 만나 한 번 더 수작을 걸고 잠시 연인이 된다. 안나와 함께 바닷가 벤치를 찾은 그는 드넓게 펼쳐진 풍경을 바라보며 무심하게 반복되는 파도 소리에 귀를 기울인다. 우리 개개인의 삶과 죽음에 대한 그 완전한 무관심이 그에게 깊은 인상을 준다.

〈개를 데리고 다니는 부인〉은 한마디로 유부남 은행원과 젊은 유부녀 사이의 사랑 이야기이다. 휴양지에서의 짧은 만남 이후에 안나는 눈물을 지으며 남편이 있는 곳으로 떠나고 구로프는 모스크바로 돌아온다. 구로프는 여느 여인들처럼 안나도 잊힐 거라고 생각한다. 하지만 예상과 달리 그녀에 대한 기억은 더욱 생생하게 떠올라 그를 괴롭혔다.

누구에게라도 자신의 추억을 털어놓고 싶은 마음에 그는 같이 카드놀이를 했던 관리에게 이렇게 말한다. "얄타에서 얼마나 매혹적인 여자와 사귀었는지 아신다면 깜짝 놀랄 겁니다!" 하지만 흘려들은 상대방의 대꾸는 이랬다. "당신 말이 맞았어요. 지난번의 그 철갑상어는 맛이 좀 갔어요!" 흔하게 주고받는 말이었지만 그의 말은 구로프를 화나게 했다. 주변의 모든 것이 야만적으로 보이기 시작하고 은행일도 지겨워졌다. 아무 데도 가고 싶지 않았고 아무 말도 하고 싶지 않았다. 결국 그는 안나가 사는 도시로 무작정 찾아가고 오페라극장에서 그녀와 재회한다.

안나가 가끔씩 모스크바에 오는 걸로 두 사람의 밀회는 다시 이어지지만, 매번 눈물짓는 안나를 보면서 구로프는 자신이 처한 딜레마를 생각한다. 맙소사, 흰머리가 나기 시작한 지금에서야 진정한 사랑에 빠지다니! 이제 어떻게 할 것인가? 좀 더 기다려보면 어떤 해결책을 찾을 수 있을 것이고 그땐 분명 새롭고 멋진 생활이 시작될 것처럼 보였다. 하지만 동시에 이제야 겨우 아주 복잡하고 어려운 일이 시작됐다는 사실도 두 사람에겐 분명했다.

체호프가 들려주는 이야기는 거기까지다. 줄거리만 보자면 흔하디흔한 불륜담이고, 특별할 건 하나도 없는 인물들이 주인공이다. 저명한 비평가 해럴드 블룸에 따르면 "그는 바람둥이 중 한 사람일 뿐이고, 그녀는 눈물짓는 여인 중 한 사람일 뿐이다." 하지만 놀랍게도 독자는 이 두 주인공에 대해 어떻게 판단해야 할지 알지 못한다. 그것은 두 사람의 일상적인 이야기가 우리 모두의 이야기이기 때문이다.

고리키의 평에 따르면, 체호프는 "따분한 일상의 희미한 바다에서 비극적 유머를 드러낼 수 있는 작가"였다. 그런 따분한 일상 속에 잠겨 있는 인간 존재의 진실을 발견하는 일은 셰익스피어조차도 하지 못한 일이었으며 그것이 체호프의 가장 위대한 힘이라고 블룸은 말한다. 더불어 교묘하게 바꿔놓긴 했지만 구로프란 인물이 체호프 자신의 패러디라는 의견도 피력한다. 아닌 게 아니라 〈개를 데니고 다니는 부인〉은 건강이 악화되던 체호프가 모스크바예술극장의 여배우 올가 크니페르와 사랑에 빠진 시기에 쓴 작품이었다. 그러니 체호프에게도 인생은 아름다웠다. 다만 체호프 식으로.

정말 유토피아는 끝났는가

유토피아의 종말, 그 후의 유토피아

〈인터내셔널가〉는 1871년 파리코뮌 시기에
혁명가인 외젠 포티에(Eugene Pottier,
1816~1887)가 가사를 썼고, 곡은 1888년
피에르 드제이테(Pierre Degeyter, 1848~1932)가
붙였다. 투쟁의 열정을 시적 영감으로 울어냈던 한
노동운동가의 노래가 100년이 넘은 오늘날까지도 전
세계 노동자들에게 불리고 있다. 그림은 독일 화가
오토 그리벨의 〈인터내셔널가〉(1930).

사회주의운동의 상징 〈인터내셔널가〉

1964년 스페인의 마드리드 교외에서 데이비드 린 감독이 영화 〈닥터 지바고〉를 촬영할 때 생긴 일이다. 영화의 배경은 1905년에 일어난 제1차 러시아혁명. 그 당시 러시아에서는 러일전쟁에서의 패배 이후 사회가 동요하고 민중의 불만이 폭발하여, 학생 소요와 함께 정치적 테러, 암살이 횡행하고 있었다. 이러한 상황은 겨울 궁전 앞에서 평화 시위를 하던 군중을 제국의 군대가 무차별적으로 유혈 진압하면서 절정에 이르렀다.

이때 시위대가 가두 행진을 하며 부른 노래가 〈인터내셔널가〉였다. 이는 19세기 말에서 20세기 초에 일어났던 전 세계 사회주의운동과 노동자운동을 상징하는 노래로, 1917년에 일어난 러시아혁명 이후 구 소련이 1944년까지 국가國歌로 사용하기도 했다. 영화에 엑스트라로 출연한 스페인의 국가주의자들은 이 시위 장면을 찍으면서 아이러니하게도 〈인터내셔널가〉를 불러야 했다.

깨어라, 노동자의 군대! 굴레를 벗어 던져라!

정의는 분화구의 불길처럼 힘차게 타 온다!

대지의 저주받은 땅에 새 세계를 펼칠 때!

어떠한 낡은 쇠사슬도 우리를 막지 못해!

영화의 제작진들은 스페인 엑스트라들 모두가 이 노래를 알고 있고 게다가 너무나도 열정적으로 부르는 데 놀랐다. 그 당시 프랑코 정권의 경찰들이 진짜 정치 시위를 하는 걸로 오해하고 개입할 정도였다. 그리고 때마침 촬영은 저녁 무렵에 이루어졌는데, 인근에 사는 주민들도 이 노래가 울려 퍼지는 걸 듣고는 독재자 프랑코가 죽고 사회주의자들이 권력을 쟁취한 것으로 오해했다. 그들은 포도주병을 따고 길거리로 나와 춤을 추기 시작했다. 곧 '정상적인' 현실로 복귀해야 했지만 그들은 잠시나마 환영幻影과도 같은, 하지만 반드시 환영만은 아닌 자유를 맛보았다. 이 자유야말로 마법적이며 유토피아적인 자유가 아닐까?

유토피아의 종말, 그러나 끝나지 않은 꿈

이제까지 유토피아란 말은 주로 '불가능한 이상사회'라고 정의되었다. 그것은 '이상사회'이지만 현실적으로는 불가능하며, 또 현실에 구현된 '유토피아'는 끔찍한 악몽이 되기 일쑤였다. '유토피아 문학'이 곧장 '안티 유토피아 문학'인 이유가 거기에 있었다.

하지만 '이상사회' 지향으로서의 유토피아주의는 다시 생각해볼

레닌은 절망적인 시기에 혁명의 절묘한 기회를
포착해냈다. 부르주아 국가를 분쇄하고, 상설적인
군대나 경찰, 관료가 없어도 만인이 사회 문제를
관리하는 데 참여할 수 있는 새로운 코뮌적 사회
형태를 만들어내려 한 것이다.

여지가 있다. 원래의 말뜻을 그대로 따라가자면, 유토피아는 '가장
좋은 곳'을 뜻하기 이전에 그냥 '어디에도 없는 곳'이다. 왜 없는가?
기존의 사회적 공간에서, 곧 사회적 좌표계에서 자리가 할당되지 않
기 때문이다. 그렇다면 유토피아의 건설이란 이 기존의 좌표계 바깥
에 있는 사회적 공간의 건설을 뜻한다. 그것은 순수하게 '가능한 것'
의 목록을 다시 쓰고, 그 좌표를 바꾸는 제스처다. 그리고 바로 이런
의미에서 유토피아는 지난 시대의 유물이 아니라 여전히 현재적이
며 문제적인 충동이고 광기다.

　슬로베니아의 철학자 슬라보예 지젝은 그러한 유토피아적인 제스
처의 사례로 다시금 레닌을 불러들인다. 제1차 세계대전이 일어난

1914년, 자본주의 체제를 타파하려 했던 사회주의운동은 재앙적인 상황에 놓인다. 전 유럽이 군사적 갈등 속에서 대립하고 있었고, 사회민주주의 정당들마저도 전쟁에 동조하는 '애국주의 노선'을 채택해 레닌에게 충격을 주었다. 하지만 레닌은 그렇듯 절망적으로 보이던 시점에서 혁명의 절묘한 기회를 포착해낸다. 국가 그 자체를 뜻하는 부르주아 국가를 분쇄하고, 상설적인 군대나 경찰, 관료가 없어도 만인이 사회 문제를 관리하는 데 참여할 수 있는 새로운 코뮌적 사회 형태를 만들어내려 한 것이다.

중요한 사실은 레닌에게 그것이 머나먼 미래를 위한, 또는 먼 섬나라에서나 가능한 이론적 기획이 결코 아니었다는 점이다. 1917년 러시아혁명 당시 레닌은 이렇게 주장했다.

> "2,000만 명은 안 되더라도 1,000만 명으로 이루어진 국가 기구는 즉시 가동할 수 있다."

이것이야말로 레닌식의 유토피아적 충동이며 진정한 유토피아다.

하지만 레닌의 유토피아적 기획은 현실화되지 못했다. 1990년을 전후로 한 구 소련과 동구권 공산주의의 붕괴는 통상 정치적 유토피아의 붕괴로 간주된다. 사람들이 흔히 거기서 이끌어내는 교훈은 '고귀한 정치적 유토피아가 어떻게 전체주의적 공포로 끝나고 마는가'이다. '현실 사회주의 이후'는 그래서, '포스트-유토피아', 곧 '유토피아 이후의 세계'로 지칭되기도 한다. 이 포스트-유토피아 세계에서는 실용주의적 관리와 행정이 정치를 대신한다. 하지만 정말로

우리는 지난 한 세기 동안 두 가지 유토피아의
종말을 경험했다. 하나는 1989년의 베를린 장벽
붕괴였고, 또 하나는 9·11 테러다.

유토피아는 종말을 고했던 것일까? 지난 2001년 9·11 테러 이후
에야 뒤늦게 자각된 것이지만, 실상 현실 사회주의라는 유토피아 이
후의 세계를 지배했던 것은 '자유민주주의적 자본주의'라는 최후의
거대한 유토피아였다. 전 지구적 자본주의라는 이름의 '신자유주의
적 세계 질서' 말이다.

　그렇다면 우리는 지난 한 세기 동안 두 가지 유토피아의 종말을
경험한 셈이 된다. 하나는 70여 년을 버티던 정치적 유토피아로서의
공산주의의 종말이고, 다른 하나는 그 이후 10년을 승승장구하던 자
유민주주의 유토피아의 종말이다. 전자의 종언을 상징적으로 보여
준 사건이 1989년의 베를린 장벽 붕괴였다면, 후자의 종언을 보여
주는 실재적 사건은 바로 9·11 테러다. 그런데 역설적이게도 9·11
테러는 우리가 맞닥뜨린 현실이 일부에서 주장하듯이 '역사의 종말'
같은 '게임 오버'의 상황이 아니라는 것을 웅변해준다. 단지 무대만
바뀌었을 뿐이다.

영국의 역사학자 에릭 홉스봄은 자본주의의 평화적 팽창이 끝난 1914년에서 현실 사회주의가 붕괴한 1990년까지를 20세기로 규정했다. 제1차 세계대전과 함께 20세기가 시작됐다면, '테러 시대'라고도 불리는 21세기는 9·11 테러와 함께 시작됐다고 말할 수 있을 것이다. 그러니까 현재 우리는 1차 유토피아(1917~1990)와 2차 유토피아(1991~2001)가 모두 종말을 고한 시대를 살고 있다. 이 '종말 이후'에 깨달은 교훈이라면 '진정한 종말'이란 아직도 멀었으며, 여전히 해결해야 할 많은 문제와 여정을 남겨놓고 있다는 점이다.

비록 베를린 장벽은 무너졌지만, 그 뒤 새로운 갈등의 장벽들이 역사의 현실로 복귀했고, 사회적 차별과 갈등 또한 더욱 공고해지고 있다. 1990년 이후 전 세계에서 더욱 빈번해진 각종 국지전은 유토피아의 종말 이후 잠시 우리를 도취하게 만든 '역사의 종말'이라는 관념 자체가 얼마나 유토피아적(공상적)인가를 보여준다.

새로운 대중의 탄생

가장 기본적으로 "이대로는 지속할 수 없다"라는 삶의 절박함이 '어디에도 없는 곳'으로서의 유토피아를 향한 열망을 만들어낸다고 하면, 유토피아적 충동과 기획은 여전히 우리의 것이고 또 우리의 것이어야만 한다. 유토피아는 실제의 삶으로부터 유리된 이상사회에 대한 몽상과는 무관하다. 유토피아는 우리가 더 이상 '가능한 것'의 한계 안에서 살아갈 수 없을 때 제기되는 생존의 문제이며, 가장 심층적인 차원에서의 어떤 불가피성의 문제다. 바로 그런 맥락에서 철학자 지젝은 우리가 레닌이 1914년에 대응해서 한 일을 1990년에 대응해서 해야 한다고도 주장한다. "다른 가능성은 없어. 민주적 합의에 충실해야 돼"라는 일종의 '사고 금지'에 대응해 다시금 생각하기 시작하는 것, 이것이 우리의 몫이라는 의미다.

이러한 관점에서 주목되는 것은 오늘날 유토피아 전략들의 심미적 경향이다. '심미적'이란 말 대신에 '유희적'이란 말을 써도 무방하다. 포스트모던의 상황에서, 정치적 저항은 심미적 현상들로 강하게 물들어 있다. 가장 간단하게는 '피어싱piercing'이나 '옷 바꿔 입기crossing-dressing'에서부터 '플래시 몹flash mob' 같은 공개적 스펙터클spectacle에 이르기까지 다양하다. 플래시 몹이란 사람들이 정해진 시각에 지정된 장소에 나타나 간단한 퍼포먼스를 펼치고 다시 흩어지는 걸 말한다.

가령, 2006년 5월 벨로루시의 루카셴코 대통령이 3선에 성공한 직후, 한 네티즌이 이에 항의하는 표시로 수도 민스크의 광장에 나와 그냥 아이스크림이나 먹자는 플래시 몹 제안을 인터넷에 올렸다. 벨로루시 경찰은 이에 과민 반응하여 아이스크림을 먹는 시민 몇 사람을 잡아갔다. 하지만 단지 아이스크림을 먹었다는 이유로 잡혀가는 시민들의 사진을 네티즌들이 인터넷에 올리면서 일은 더욱 커졌다. 더욱더 많은 시민이 참여하여 다양한 형태의 플래시 몹을 선보이기 시작한 것이다.

이러한 정치적 플래시 몹의 최대 장관은 아마도 우리나라의 촛불집회일 것이다. 미국산 쇠고기 수입 협상에 반대하여 2008년 봄과 여름 서울 시내 한복판에서 벌어진 이 자발적인 평화 시위에 대하

경찰은 혹 영화 〈브이 포 벤데타〉에 등장하는 주인공의 모습을 하고 시위를 벌인 한 DVD 동호회 사람들에게도 배후 혐의를 지울 수 있을까? 이들은 독재 정부를 무너뜨린 영화 속 주인공의 마지막 대사를 패러디한 팻말을 들고 거리를 순례했다. 이러한 시위 현장에서 유토피아는 결코 다른 곳에 있지 않다.

여, 정부는 '배후'를 찾아서 사법 처리하겠다고 엄포를 놓았다. 하지만 그것은 유례없이 거대하고 강력하며 지속적인 이 '행동'을 이해하지 못하는 무능력만을 자인한 것에 지나지 않는다. 한 주부 인터넷 모임의 대표는 배후 세력이 있다면 그건 바로 가족들의 건강을 걱정하는 모정母情일 것이라 말했고, 집회에 참여한 청소년들은 영어 몰입 교육, 0교시와 우열반 부활, 그리고 '미친 소' 수입 등을 결정한 집단, 곧 이명박 정부가 촛불 시위의 배후라고 일갈했다.

경찰은 혹 영화 〈브이 포 벤데타〉에 등장하는 주인공의 모습을 본떠 검은 망토와 모자에 가면을 쓰고 시위를 벌인 한 DVD 동호회 사람들에게도 배후란 혐의를 지울 수 있을까? 이들은 독재 정부를 무너뜨린 영화 속 주인공의 마지막 대사를 패러디한, 이런 팻말을 들고 거리를 순례했다. "촛불은 내 아버지였고, 어머니였어요. 제 친구였고, 저이기도 했죠. 촛불은 우리 모두였어요." 이러한 시위의 현장에서 유토피아는 결코 다른 곳에 있지 않다.

그렇다면 어떻게 최대 수십만 시민들이 자발적이면서도 통일된 행동을 보여줄 수 있을까? 테크놀로지의 사회적·경제적 효과를 연구하는 미국 학자 클레이 서키Clay Shirky는, 이렇듯 '조직 없이 조직된' 새로운 대중의 탄생은 디지털과 인터넷에 기초한 정보의 공유를 통해서 가능하게 되었다고 진단한다. 이러한 테크놀로지 덕분에 과거 어느 때보다 더 거대하고 더 널리 흩어져 있는 공동 작업 그룹이 탄생하고, 완전히 새로운 형태의 집단행동이 가능해졌다는 것이다. 이러한 진단은 국가의 관리에 대한 레닌의 '전체주의적' 기획을 오늘날의 상황에 맞게 다시 읽어야 한다고 주장하는 지젝의 제안을 떠올리게 한다.

인간 해방, 그 영원한 꿈을 위하여

혁명에 성공한 레닌은 거대 은행이 없다면 사회주의는 불가능하다면서, 자본주의적 기구인 중앙은행을 더 크게, 더 민주적으로 국가가 관리해야 한다고 주장했다. 그러한 중추적 기관으로서 중앙은행의 자리에 오늘날 '일반 지성'의 상징인 월드 와이드 웹world wide web을 갖다놓는 것은 어떨까? 자본주의 신新경제의 첨병처럼 보이는 월드 와이드 웹은 한편으로 자본주의를 위협하는 폭발적인 잠재력을 내장하고 있는 것처럼 보인다. 이 경우 레닌적 제스처, 곧 유토피아적 광기는 국가 기구를 통해 마이크로소프트의 독점과 싸우는 대신 그것을 사회화(국유화)하는 것이다. 또 가령, 다음Daum의 아고라 같은 인터넷 토론 광장을 사회적 공유 자산으로 만들 수도 있겠다.

그런 맥락에서라면, '사회주의=전력화電力化+소비에트 권력'이라는 레닌의 공식은 '사회주의=인터넷 무료 접속+소비에트 권력'으로 변형될 수도 있을 것이다. 여기서 중요한 것은 당연히 '소비에트 권력'이라는 두 번째 요소이며, 이를 통해서만 인터넷은 확실한 해방적 잠재력을 전개할 수 있게 된다.

그렇다면 무엇을 위한 해방적 잠재력인가? 물론 인간 해방이다. 역사상 한 번도 실현된 적이 없다는 의미에서, 모든 억압으로부터의 해방에 대한 인간의 열망은 또한 유토피아적이다. 하지만 그러한 꿈이 실현 불가능하다고 해서 무가치한 것은 아니며 비현실적인 것도 아니다. 중요한 것은 유토피아의 성취보다도 그것을 향한 노력이기 때문이다. 〈인터내셔널가〉의 마지막 3절은 이렇다.

> 억세고 못 박혀 굳은 두 손 우리의 무기다!
> 나약한 노예의 근성 모두 쓸어버리자!
> 무너진 폐허의 땅에 평등의 꽃 피울 때!
> 우리의 붉은 새 태양은 지평선에 떠 온다!

인간은 얼마나 위대한가

고리키의 《밑바닥에서》

막심 고리키

Maxim Gorky, 1868~1936

고리키는 만년에 요양 중인 톨스토이에게 찾아가 자주 대화를 나누곤 했다. 하루는 《밑바닥에서》를 읽어주었는데, 주의 깊게 듣고 난 톨스토이의 평은 호의적이지 않았다. 지나치게 기교적이라고 말하면서 좀 더 단순하게 쓸 것을 주문했다. 그러고는 이렇게 덧붙였다. "자네는 여자를 이해하지 못하는 것 같아. 그렇게 해서는 독자들이 그들을 기억할 수 없어."

톨스토이에게선 탐탁찮다는 평을 들었지만 《밑바닥에

서》(1902)는 고리키의 가장 대표적인 희곡이다. 국내에는 《밤주막》이란 제목으로 더 널리 알려진 이 작품에는 빈민 합숙소를 배경으로 다양한 군상의 '밑바닥 인생'이 등장한다. 합숙소의 주인과 안주인, 자물쇠공과 그의 병든 아내, 만두장수, 모자장수, 구두수선공, 남작과 배우, 그리고 여러 무직 부랑자가 그들이다. 치정에 얽힌 살인과 비관 자살로 이야기는 마무리되지만, 작품의 이념적 핵심은 '인간에겐 얼마만큼의 진실이 필요한가'란 문제다. 혹은 고리키 식의 '사람은 무엇으로 사는가'란 물음이다.

작품에서 순례자 노인 루카는 불우한 처지에 놓인 사람들에게 '위로의 거짓말'을 남기고 떠난다. 폐병으로 죽어가는 여인에게는 죽음 이후에 안식이 있다고 일러주고, 알코올 중독자에겐 병을 치유해주는 자선병원이 생겼다고 말한다. 사랑에 빠진 청춘남녀에게는 '황금의 시베리아'로 도망가서 살라고 충고한다. 물론 그의 거짓말은 현실에서 아무런 효력을 발휘하지 못한다. 그는 단지 나약한 사람들을 동정하여 거짓말로라도 위로하고 싶었을 뿐이다. 반면에 전신기사 출신의 사틴은 거짓말은 노예나 주인의 종교일 뿐이며 스스로가 주인인 자에겐 불필요하다고 말한다. 자유로운 인간의 신은 진실뿐이기 때문이다. 문제는 과연 인간이 진실을 견딜 만큼 강하고 자유로운가이겠다. 현재의 인간이 그렇게 강하지 못하다면?

"사람들은 무엇 때문에 사는 거요?"란 사틴의 질문에 루카는 '더 나은 사람을 위해서'라고 말한다. "그야 사람들은 더 나은 인간을 위해 사는 거지"라고 직역될 수 있는 대목을 두 종의 우리말 번역본은 각기 이렇게 옮겼다. "그야 보다 나은 삶을 위해 살고 있는 거지!"(《밑바닥에서》, 지만지) "사람들은 자기보다 더 나은 사람을 낳기 위해 사는 거야!"(《밤주막》, 범우사) 전자의 번역에서 '보다 나은 삶'을 '후세의 삶'으로 본다면 두 가지 해석은 대동소이하지만, 자신의 '미래의 삶'으로 본다면 초점이 달라진다. 이어지는 대목에서 전자가 "누구나 자신을 위해 살다보면 보다 나은 삶을 살게 될 거라고 생각하는 거야!"라고 옮긴 문장이 후자에서는 "모두 자기 자신을 위해 산다고 생각하지만, 실은 자기보다 나은 사람을 낳기 위해 살지!"라고 옮겨졌다. 원문에 더 가까운 것은 후자 쪽인데, 이 대목은 니체의 《차라투스트라는 이렇게 말했다》의 영향도 내보인다. 알다시피, 니체는 결혼을 "당사자들보다 더 뛰어난 사람 하나를 산출하기 위해 짝을 이루려는 두 사람의 의지"라고 정의했다.

물론 우리는 '더 나은 인간'이 어떤 사람이고, 왜 태어났으며, 무슨 일을 할 수 있는지 알 수 없지만, 그는 우리를 행복하게 해줄 수도, 더 많은 혜택을 줄 수도 있다. 그런 가능성을 품고 있기에 우리는 모든 사람을 존경해야 한다는 것이 사틴의 주장이다. "인, 간! 인간은 위대해! 얼마나 자랑스러운 이름인가! 인, 간! 인간을 존중해야 해!"란 그의 외침은 '인간'을 언제나 대문자로 쓴 고리키 식 휴머니즘의 최대치를 표현해주고 있다.

▬▬▬▬ 본문에서 톨스토이와 관련한 에피소드는 고리키가 쓴 회고록 《톨스토이와 거닌 날들》(우물이있는집, 2002)에서 인용한 것이다. 《밑바닥에서》에 대한 톨스토이의 평은 이렇게 이어진다.
"자네 이야기의 늙은이는 공감이 가지 않아. 어느 누구라도 그가 선량하다고 믿을 수 없어. 배역들은 좋아. 《계몽의 열매》를 아는가? 거기 나오는 내 요리사가 자네 배우보다 낫네. 희곡을 쓰는 것은 어려워. 그렇지만 창녀들은 괜찮군. 바로 그래야 해. 그런 여자 많이 아는가?"(104쪽)

'늙은이'는 '루카 노인'을 가리킬 것이다. 평생 거짓을 혐오해온 톨스토이니만큼 '위로의 거짓말'에 부정적인 것은 예상할 수 있는 바다. 인용문을 러시아어 원문과 대조해보니 두 군데가 오역인데, 먼저 "배역들은 좋아"는 "배우는 좋아"라고 해야 맞다. '배우'는 극의 마지막 장면에서 자살하는 등장인물이다. 그리고 《계몽의 열매》는 톨스토이 자신의 희곡이며 거기 등장하는 "내 요리사가 자네 배우보다 낫네"는 "내 요리사가 자네 배우를 닮았네"를 잘못 옮긴 것이다. 영역본 자체의 문제일까. 한편, 《밑바닥에서》의 이념적 주제는 좀 더 복합적인데, 자세한 해명은 이강은 교수의 《막심 고리끼》(경북대출판부, 2004)를 참고하면 좋다.

인간으로 존재한다는 것

안드레이 플라토노프의 《코틀로반》

안드레이 플라토노비치 플라토노프
Andrei Platonovich Platonov, 1899-1951

'러시아의 조지 오웰'로 불리는 작가가 있다. 철도 노동자 출신의 작가 안드레이 플라토노프. 그의 작품《코틀로반》이 혁명 후 러시아 사회를 그린 '디스토피아 소설'로 소개되면서 그런 별칭을 얻었다. 그의 문제의식은 무엇이었던가. 유명한 단편 〈포투단 강〉에 나오는 구절에 그의 고민이 묻어 있다.

"삶에 대한 무지도 가난과 배고픔만큼이나 사람의

마음을 괴롭혔다. 인간으로 존재한다는 것이 심각한 것인지 아니면 무의
미한 것인지 알아야 했다."

플라토노프의 주인공들은 생에 대한 의구심과 진리에 대한 갈망으로 괴
로워한다. 《코틀로반》에 등장하는 노동자 보셰프도 그렇다. 그는 서른 번째
생일날 공장에서 해고당하는데, 작업 시간에 너무 자주 사색에 빠진다는 게
이유다. 어디선가 개가 짖어대자 "개도 답답할 테지. 나처럼 태어났다는 이
유 하나만으로 살고 있으니까"라고 생각할 정도다. 그렇다고 그가 자기 삶
의 앞가림 같은 개인적인 문제로 괴로워하는 것은 아니다. 그런 건 수수께
끼 축에도 들지 못한다. 대신에 그는 '일반적인 삶의 계획'에 대해 골몰한
다. 모두가 당신처럼 사색에 빠진다면 일은 누가 하느냐는 핀잔에 그는 "생
각을 하지 않는다면 일을 해도 의미가 없다"고 답한다. 그는 몸이 편하고 불
편한 것에는 개의치 않았다. 하지만 진리가 없다면 부끄러워서 살 수가 없
다고 생각한다. 그는 다른 사람에게서라도 그런 진리를 발견할 수만 있다면
자신의 허약한 몸을 기꺼이 노동에 전부 바칠 수 있다고 생각한다. 스탈린
시대의 러시아는 그에게 진리를 제공해주었을까.

또 다른 노동자 사프로노프는 생의 아름다움과 지성의 고귀함을 사랑하
는 인물이다. 하지만 온 세계가 보잘것없고 사람들이 우울한 비문화적 상태
에 빠져 있다는 사실에 당혹해한다. 사회주의의 경제적 토대를 건설하기 위
해 스탈린이 기획한 '경제개발 5개년 계획'에 참여하면서도 그가 느끼는 우
울함은 가시지 않는다.

"어째서 들판은 저렇게 지루하게 누워 있는 걸까? 5개년 계획은 우리들

안에만 들어 있고, 온 세계에는 진정 슬픔이 가득한 건 아닐까?"

이것이 그의 풀리지 않는 의문이다. 이런 노동자들이 모여서 '전全 프롤레타리아의 집'을 건설하기 위한 공사용 구덩이를 판다. '코틀로반'은 그 구덩이를 가리키는 말이다. 이 공사의 책임자인 건축기사 프루솁스키는 이 거대한 공동주택을 고안해낸 인물이지만, 정작 거기에 살게 될 사람들의 정신구조에 대해서는 느낄 수도, 머릿속에 그려볼 수도 없었다. 그는 그 건물이 단지 악천후만 피하게 해줄 뿐인 '빈 건물'이 될까봐 두려워한다. 그는 자신이 반드시 살아 있어야 할 만큼 가치 있는 존재라고도 생각지 않는다. 그에게 삶은 희망이 아니라 인내일 뿐이다.

구덩이 공사가 마무리되자 노동자들은 당의 열성분자들과 함께, 집단농장을 만들기 위한 부농계급 철폐사업에 투입된다. 부농으로 지목된 농민들은 뗏목에 실려 시베리아로 보내지고 이제 노동자들은 집단농장 전체, 세계 전체를 돌봐야 하는 과제를 안게 된다. 하지만 '사회주의의 미래'라고 아끼던 고아 소녀 나스탸가 병으로 세상을 떠나고 노동자들은 소녀의 무덤을 만들어주며 비탄에 잠긴다.

이것은 분명 소비에트 사회주의에 대한 음울한 전망이지만, 결코 조지 오웰 식의 풍자는 아니다. 자신이 사랑하는 이념에 대한 지극한 연민이고 염려다. 그런 점에서 이 작품이 1987년에서야 소련에서 공식 출간된 것은 아이러니다. 현실 사회주의는 플라토노프의 연민을 필요로 하지 않았다.

2부

세계문학이란 무엇인가

국가가 없다고 상상해봐!

존 레넌의 〈이매진〉이 수록되어 있는 앨범.
존 레넌은 국가가 없다면 서로 죽이지도
않고, 죽일 일도 없다고 노래했다.

"천국이 없다고 상상해봐Imagine there's no Heaven"라고 시작하는 존 레넌의 노래 〈이매진〉의 2절은 이렇다. "국가가 없다고 상상해봐/ 어렵지 않아/ 죽이지도 않고, 죽을 일도 없고/ 종교도 없고 말이야/ 모두가 평화롭게 살아가는 걸 상상해봐Imagine there's no countries/ It isn't hard to do/Nothing to kill or die for/ And no religion too/Imagine all the people/Living life in peace."

영국의 한 초등학교에서는 '천국도 없고' '종교도 없고'란 구절 때문에 이 노래를 금지시켰다고 하지만, 여기서 우리의 초점은 '종교'가 아니라 '국가'에 있다. 국가가 없고 국경이 없는 세상은 과연 가능할까? 만약에 가능하다면 국가 이후의 세상은 무정부 상태일까, 세계공화국일까? 한번 생각해보자. "어렵지 않아!"

교환양식과 국가의 관계

먼저, 국가에 대해 물어야겠다. 국가란 무엇인가? 교과서적 정의에 따르면 "일정한 영토와 거기에 사는 사람들로 구성되고, 주권에 의한 하나의 통치 조직을 가지고 있는 사회 집단"을 가리킨다. 그래서 흔히 국민, 영토, 주권이 국가의 3요소라고 지칭된다. 그렇다면 일정한 지역에서 사람들이 오순도순 모여 사는, 곧 "생활이나 행동 또는 목적 따위를 같이하는 집단"으로서의 공동체와는 어떻게 구별되는가? 공동체의 규모가 커지면 국가로 발전한다고 말할 수 있는가? 문제는 좀 복잡하다. 이제 우리는 길잡이로 일본의 비평가 가라타니 고진의 생각을 따라가보기로 하자. 그에 의하면 국가의 탄생을 이해하기 위해서는 '교환양식'에 대한 고려가 필요하다. 서로 주고받는다는 뜻의 '교환' 말이다.

가라타니는 교환양식을 네 가지로 구분한다. 첫째, 증여와 답례로서의 호수互酬. 이는 공동체 내부에서 서로 선물을 주고받는 것을 가리킨다. 다양한 종류의 호수적 교환이 이루어지는데, 가령 부모가 아이를 보살펴주는 것도 증여로서의 호수다. 나중에 보답하지 못하더라도 아이가 부모의 은혜를 느낀다면, 그것도 일종의 '교환'이라고 볼 수 있기 때문이다. 둘째, 탈취·약탈과 재분배. 인류학자들의 보고에 따르면, 외부와의 접촉이 전혀 없었던 아마존 오지의 야노마모족은 아주 호전적이고 폭력적이었다. 야노마모족은 자연상태의 '미개사회'가 어떤 모습이었을까를 짐작하게 해주는데, 이들에게 전쟁은 교환의 실패에 뒤따르는 것이 아니라 항상 선행하는 것이었다. 공동체와 공동체 사이에 벌어진 전쟁에서 승리한 쪽이 약탈을 자행하는 것은 자연스럽다. 하지만 그러한 약탈이 지속적이기 위해서는 '재분배'가 요구된다. 이 약탈-재분배도 일종의 교환양식이다. 그리고 셋째는 가장 일반적인 교환이라 할 상품 교환. 현실적으로는 화폐와 상품의 교환이다. 끝으로 넷째는 현실에 존재하는 것은 아니지만 이념으로 가정할 수 있는 X. 요약하면, 호수, 재분배, 상품 교환 그리고 X라는 네 가지 교환양식이 있다(이 X가 무엇인지는 나중에 밝혀질 것이다).

그렇다면 이러한 교환양식과 국가는 어떤 관계가 있는가? 중요한 것은 국가가 공동체 내부에서는 발생할 수 없으며 항상 공동체와 공동체 사이에서만 발생한다는 점이다. 국가는 하나의 공동체가 다른 공동체들을 지배하는 형태다. 그러므로 국가의 기반은 기본적으로 폭력적 수탈에 있지만, 그러한 수탈을 영속화하기 위해서는 피지배자를 보호하고 육성할 필요가 있다. 가령 다른 국가로부터의 약탈에 대비하거나 대규모 관개사업 같은 공공사업을 일으킨다거나 하는 것이다. 이때 피지배자는 지배자의 작업을 증여로 간주하고 그 '은혜'를 부역이나 납세를 통해서 갚는다. 여기서 '유사 호수' 관계가 성립하게 된다. 실상은 약탈-재분배인데 마치 호수적 교환인 것처럼 보이게 해야만 지배자와 피지배자의 관계는 지속될 수 있으며 통치 권력도 유지될 수 있다.

만약 공동체 안에서 국가가 형성되는 것처럼 보인다면, 이는 사실상 그 바깥에 국가가 존재하는 경우다. 그리고 그것에 대항하여 주변의 공동체가 스스로를 방위하거나 지배로부터 독립하려는 과정에서 국가가 형성된다. 결국 국가는 다른 나라, 곧 적국敵國을 상정하지 않고서는 생각할 수 없으며 성립되지도 않는다. 국가의 자기 정체성이 가장 확실하게 드러나는 때가 바로 전쟁이라는 사실은 이런 이유 때문이다. 그리고 이 점이 국가를 공동체나 사회로 환원할 수 없도

가라타니는 각국에서 군사적 주권을 국제연합에
양도하고, 그것을 통해서 국제연합을 강화해야 한다고
주장한다. 각국이 평화헌법을 제정하고 전쟁을 시도할 수
있는 군사적 주권을 국제연합에 양도하는 것이 국가를
지양하는 최선의 방도라는 의미다.

록 한다. 곧 국가는 공동체나 사회와는 다른 차원에 속한다.

제국, 국민국가, 제국주의 국가

국가의 발생사를 역사적으로 보면 중앙집권적 제국이 서아시아
와 동아시아에서 먼저 성립하고(이집트, 인도, 중국), 그 바깥에서 고
대 도시국가(그리스, 로마)와 제국(동로마제국), 봉건제 국가(일본) 등
이 형성되었다. 근대 이전의 국가란 자급자족적인 농업경제가 사회
적 재생산의 근간을 이루고 그것에 기초하여 국가권력이 자리를 잡

은 형태인데, 그 사회 구성체의 정점이 제국이었다. '세계 제국'이라고도 불리지만 실제로는 세계의 한 지역에 지나지 않는다. 그러한 세계 제국이 서로 연결된 시기가 15·16세기다. 지리상의 발견과 대항해 시대는 유럽과 아메리카, 아시아를 연결하면서 그때까지 떨어져 있던 다수의 세계 제국(곧 경제권)을 통합시켰다. 그 뒤 세계 상업과 세계 시장이 16세기 상업 자본주의의 발달을 이끌게 되면서 비로소 '세계 경제'가 출현하게 된다. 이 '세계 경제'가 뜻하는 바는 이제 근대 국가나 자본주의를 일국一國 단위로는 생각할 수 없다는 사실이다. 이러한 '월드 시스템World System'을 일컬어 '세계체계', 또는 '세계체제'라고 한다.

근대적 '네이션–스테이트Nation-State', 곧 '국민국가(또는 민족국가)'는 세계 자본주의 아래 세계 제국이 해체되어가는 과정에서 생겨났다. 서유럽의 경우 서로마제국을 계승했던 신성로마제국이 해체되면서 절대주의 국가의 성립으로 이어졌다. 이 절대주의 국가(주권자)는 왕이 도시(부르주아)와 결탁하여 봉건 제후를 제압하고 중앙집권 체제를 만들면서 이루어졌다. 이를 가능하게 한 것은 화기(근대식 무기)와 화폐경제인데, 물론 화폐경제는 세계 시장을 배경으로 성립되었다.

결국 근대 주권 국가는 다른 국가와의 관계없이 성립할 수 없으며, 주권이란 것 자체가 다른 국가의 승인에 의해서만 존재한다(주권의 관할 범위를 놓고 벌어지는 '영토 분쟁'을 떠올려보라). 이런 이유로 국민국가는 본성상 팽창 지향적이다. 국민국가의 팽창을 가로막는 것은 다른 국민국가뿐이다. 따라서 국민국가는 필연적으로 다른 국민국가를 생성시킨다(식민지 지배 아래 놓여 있다가 '민족의식'이 각성되어 독립한 국가들을 보라). 이 국민국가는 때로 과거 제국의 규모로까지 확장되기도 한다.

그렇다면, 이러한 국민국가가 팽창하여 형성하는 제국은 근대 이전의 세계 제국과 어떻게 다른가? 역사상 존재했던 여러 제국은 각각의 차이점에도 불구하고 한 가지 공통점을 갖고 있는데, 모두 하나같이 다원적이고 관용적이었다는 점이 그것이다. 곧 세계 제국은 다양한 부족국가나 공동체 위에 군림했지만, 그 지배 관계를 해치지 않는 이상 그 안의 국가나 부족의 관습에는 무관심했다. 제국의 지배자들은 인종·종교·민족을 뛰어넘어 피지배자들을 동등하게 대우했다. 최초의 패권 국가 페르시아는 새로운 왕국을 정복하면 해당 지역의 법률과 전통을 그대로 포용하고 용인했다. 또 인종이나 종교 등에 개의치 않고 실력을 가진 장인·사상가·노동자·전사 들을 제국의 관리와 통치에 동원했다.

이러한 면모는 국민국가가 가질 수 없는 것이다. 왜냐하면 국민국가의 전신인 절대주의 국가는 그 내부의 모든 것을 '신하subject'로서 동질화했기 때문이다. 이는 자신에게 맞서는 권력이나 공동체를 인정하지 않았음을 의미한다. 따라서 국민국가의 작동 원리는 제국의 원리와 다르며, 그런 의미에서 국민국가의 연장으로서의 제국은 종래의 '제국'이 아니라 '제국주의 국가'라고 부르는 것이 타당하다.

구 소련과 동구권 사회주의가 몰락하고 냉전이 종식되면서 미국은 세계 유일의 패권 국가가 되었다. 걸프 전쟁(1991)의 승리와 함께 절대적인 군사적 헤게모니를 과시하면서 과거 로마제국이 누렸던 위용을 갖추게 된 것처럼 보였다. '팍스 로마나'에 빗댄 '팍스 아메리카나'란 말도 그래서 나왔다.

그렇다면 과연 미국을 가리켜 세계를 평정한 '제국'이라 할 수 있을까? 이것은 '제국'과 '제국주의 국가'에 대한 구분을 염두에 두고 따져보면 된다. 국민국가이면서 동시에 '제국'이고자 한다면 어떤 국민국가라도 '제국주의'로 빠질 수밖에 없다. 이 점은 유엔의 지지를 얻었던 걸프 전쟁과는 달리 유엔의 결의를 무시하고 단독으로 감행한 이라크 전쟁(2003)에서 확인된다. '제국'으로서 위상을 갖게 됐지만 미국은 여전히 '국민국가'로서의 이해관계에 따라 행동함으로써 그저 제국주의 국가에 불과하다는 사실을 스스로 입증한 것이다. 따라서 미국은 주권 국가를 지양한, 곧 국민국가를 넘어선 미래상이 아니다.

국가 그 이후, 세계공화국을 향해!

그렇다면 유럽연합EU은 어떨까? 유럽 국가들은 미국과 일본에 대항하기 위해 유럽공동체를 만들고, 아직 정치적 통합을 남겨놓긴 했지만 경제적·군사적 통합을 구축했다. 이것이 세계공화국의 전前 단계가 될 수 있을까? 가라타니는 회의적이다. 유럽연합을 세계 자본주의의 압력 때문에 일부 국가들이 결합하여 '광역 국가'를 형성한 것에 지나지 않는다고 보기 때문이다. 그리고 이러한 광역 국가는 다른 지역에서도 촉진되고 있다. 중국, 인도, 러시아, 이슬람권 등 과거의 '세계 제국'이 재등장하고 있는 것이다. 이런 경향은 모두가 세계 자본주의의 압력으로 이루어지고 있다. 흔히 말하는 '신자유주의 세계화'에 대한 반응인 것이다.

하지만 자본주의가 아무리 광역화되고 세계화된다고 하더라도 국가는 소멸하지 않는다. 그 이유는 교환양식과 관련하여 살펴본 것처럼, 국가가 상품 교환과는 다른 원리에 기반하고 있기 때문이다. 따라서 세계화가 가속화되면서 국민국가가 실질적으로 소멸할 것이라는 아나키즘(무정부주의)적 주장도 설득력을 갖기 어렵다. 오히려 다중(곧 다수의 개인)의 반란과 저항은 국가의 지양보다는 국가의 강화로 귀결될 것이기 때문이다. 그렇다면 어떻게 해야 할까? 철학자 칸트는 〈영원한 평화를 위하여〉란 글에서 이렇게 주장했다.

서로 관계하는 국가들이 오직 전쟁만 있는 무법 상태에서 탈출하기 위해서는 이성에 의한 다음과 같은 방책밖에 없다. 즉 국가도 개개의 인간과 마찬가지로 그 미개한(무법한) 자유를 버리고 공적인 강제법에 순응하고, 그리고 하나의 민족 합일 국가를 형성하여 이 국가가 마침내 지상의 모든 민족을 포괄하도록 하는 방책밖에 없다.

이것이 칸트가 구상한 국제연합United Nations이다. 그의 이념은 궁극적으로는 각국이 주권을 내놓음으로써 형성되는 '세계공화국'에 있다. 그러한 방식으로만 국가 간의 자연 상태(곧 적대 상태)가 해소될 수 있다고 본 것이다. 따라서 이것은 일국一國 내의 문제가 아니다. 물론 글로벌한 비非국가 조직NGO이나 네트워크가 많이 만들어지고 활발한 활동을 펼치고 있지만, 자본주의의 전횡에 반대하는 운동은 국가에 의해 가로막히고 만다. 그렇다면 어떻게 국가에 대항할 수 있을까? 가라타니는 각국에서 군사적 주권을 국제연합에 양도하고, 그것을 통해서 국제연합을 강화해야 한다고 주장한다. 각국이 평화헌법을 제정하고 전쟁을 시도할 수 있는 군사적 주권을 국제연합에 양도하는 것이 국가를 지양하는 최선의 방도라는 의미다(전쟁이 없다고 상상해봐!).

이제 가라타니가 말하는 네 번째 교환양식 X의 정체를 밝힐 때가 되었다. 그것은 자발적이고 자립적인 상호 교환의 네트워크다. 이는 개개인이 공동체의 구속에서 해방되어 있기에 시장 사회와 닮았고, 동시에 호수적 교환을 지향한다는 점에서 공동체와 닮았다. 요컨대 시장 경제 아래에서 공동체를 회복하려는 것인데, 이는 이념형이기에 현실에서는 존재하지 않는다. 다만, 보편 종교와 보편 윤리의 차원에서 현실화될 수 있다. 가령 예수는 이렇게 말했다. "네 이웃을 네 몸과 같이 사랑하라." 그리고 칸트는 이렇게 말했다. "타자他者를 수단으로서만이 아니라 목적으로서 대하라."

이러한 종교·윤리의 구현이 바로 네 번째 교환양식이다. 그리고 이것이 세계공화국을 '아래로부터' 떠받치는 힘이다. 위로부터는 국가를 지양하고 아래로부터는 새로운 교환양식에 의한 글로벌 커뮤니티를 구축하는 것, 물론 쉽지 않은 일이다. 하지만 우리는 그런 세계공화국을 상상해볼 수는 있다. 그리고 가다 못 가면 쉬었다 가면 된다.

세계시민이 된다는 것

세계국가라는 '하나의 세계'는 한낱 '하나의
꿈', '이상'에 지나지 않는 것일까?

세계공화국은 이상에 불과할까

'하나의 세계, 하나의 꿈One World, One Dream.' 지난 2008년 8월, 전 세계를 뜨겁게 달구었던 베이징 올림픽의 슬로건이다. 평화와 화합의 메시지를 담은 이 슬로건처럼 지구촌 스포츠 축제를 즐기기 위해 베이징에 모인 사람들은 모두가 '하나'였다. 그런데 이 '하나의 세계'는 동시에 말 그대로 '하나의 꿈'이기도 했다. 한여름 낮의 꿈. 한편으론 올림픽 개막 이전에 베이징 시내의 150만 빈곤층이 강제로 퇴거당했고, 또 올림픽 기간 내내 중국 당국이 티베트의 독립을 요구하는 시위를 탄압하고 심지어 발포까지 했다는 보도가 흘러나왔다. 그뿐인가? 올림픽 개막일에 터진 러시아와 그루지야 사이의 전쟁은 현재의 지구촌 사회가 '평화와 화합'과는 아직 거리가 먼 세계라는 걸 다시 한 번 입증해주었다.

이러한 사실은 세계화와 마찬가지의 딜레마를 보여주는 듯하다. 세계화가 국가 간 장벽을 넘어서 하나로 통합된다는 긍정적 의미를 지닌 동시에, 강대국 중심의 재편이라는 부정적 함축을 피할 수 없는 것처럼 말이다. 그렇다면 과연 올림픽에서 금메달 수로 우열을 다투는 국민국가가 우리의 '현실'이고, 세계국가(세계공화국)라는 '하나의 세계'는 한낱 '하나의 꿈', 곧 '이상'에 지나지 않는 것일까?

이번에는 '국민'과 '세계시민'(또는 '세계인')이란 범주를 갖고서 이 문제를 조금 다른 각도에서 생각해보도록 하자. 물론 여기서 국민과 세계시민은 각각 국민국가와 세계국가의 구성원을 가리킨다.

나는 세계의 시민이다

'당신은 누구인가' 또는 '우리는 누구인가'란 것은 정체성에 관한 물음이다. 우리의 정체성은 우리가 맺고 있는 소속 관계에 따라서 한 가족, 한 지역 그리고 한 국가의 구성원으로 점차 확대되어간다. 그리고 그 궁극에서 우리는 세계국가의 한 구성원으로서의 정체성, 곧 세계시민과 만나게 된다. 물론 세계국가는 현재 실제로 존재하는 것이 아니다. 이것은 다만 가상으로 존재하는 이념형이다. 그렇기 때문에 세계시민은 국민과 달리 법에 의해 보증되거나 '자격증'이 부여되지 않는다. 우리는 다만 스스로를 세계시민의 '자리'에 갖다놓고서, 그러한 자리에서 판단하고 행동할 수 있을 따름이다.

그런데 이러한 정체성들은 서로 공존할 수 있지만 경우에 따라서는 갈등 관계에 놓일 수 있으며, 그에 따라 충돌할 수도 있다. 예컨대, 제2차 세계대전 때 병든 어머니를 보살펴야 할 것인가, 조국의 부름에 응할 것인가를 놓고 갈등했던 한 프랑스 청년의 경우를 생각해보자. 이 역시 어떠한 정체성이 우선하는가와 관련된다. 마찬가지

존 윌리엄스 워터하우스의
1882년 작품 〈디오게네스〉. 철학자
디오게네스는 어디서 왔느냐고 누군가
물었을 때, "나는 세계의 시민이다"라고
말한 것으로도 유명하다. 그는 출신
지역과 소속 집단에 따라 자신을
규정하려는 태도에서 벗어나, 좀
더 보편적인 관심에 따라 스스로를
정의하려 했다.

로 국민과 세계시민이 갈등 · 긴장 관계에 놓이게 되면, 여기서도 무
엇이 우선인지가 문제될 수 있다. 애국주의(국가주의)와 세계시민주
의 사이에 대립이 발생하는 이유는 이 때문이다.

사실 그러한 대립은 '세계시민'이란 말의 어원 자체에 새겨져 있
는 것이기도 하다. '세계시민'(코스모폴리테스, kosmopolites)이란 말
이 처음 사용된 것은 기원전 4세기 그리스의 키니코스학파Kynicos로
까지 거슬러 올라간다. 그 당시 그리스에서 '폴리테스', 곧 시민은 자
신이 충성을 맹세한 특정 폴리스polis에 속했다.

그런데 '코스모스kosmos의 시민polites'을 뜻하는 '코스모폴리테스'
는 코스모스가 '지구earth'가 아니라 '우주universe'란 의미에서 공동체
의 바깥을 지시하는 한, 특정 공동체의 소속을 배격했다. 곧 세계시

민주의(또는 세계주의)는 본래 모든 시민이 여러 공동체 중 하나에 속해야 한다는 전통적인 관점을 거부한다. 굳이 그 소속을 밝히자면 세계시민주의는 '공동체의 바깥' 내지는 '공동체와 공동체 사이'에 포함된다. 그리고 그렇게 '바깥'과 '사이'에서 바라볼 경우, 공동체 내부에서 볼 때와 달리 모든 공동체는 평등하다.

이것은 어떤 의미를 갖는가? 스토아학파 이전에 그리스인들은 인간을 그리스인과 야만인으로 나누는 것이 자연의 명령(또는 제우스의 섭리)이라고 생각했다. 하지만 스토아학파는 모든 인간이 하나의 공통된 이성을 갖고 있다는 점에서 평등하다고 보았다. 따라서 진정한 현자賢者는 한 국가의 시민이 아니라 전체 세계의 시민이어야 했다. 바로 그런 관점에서 스토아학파는 패배한 적과 노예에게도 친절하게 대해야 한다고 주장했다.

키니코스학파의 대표적인 철학자 디오게네스는 어디서 왔느냐고 누군가 물었을 때, "나는 세계의 시민이다"라고 말한 것으로도 유명하다. 그는 출신 지역과 소속 집단에 따라 자신을 규정하려는 일반 그리스인들의 태도에서 벗어나, 좀 더 보편적인 관심에 따라 스스로를 정의하려 한 것이다. 그의 뒤를 따랐던 스토아학파는 이러한 세계시민의 관점을 더 발전시켜서 우리가 사실상 두 개의 공동체, 곧 '우리가 출생한 지역 공동체'와 '인간적 주장과 포부의 공동체'에서 살고 있다고 주장했다. 그리고 인간적 주장과 포부의 공동체가 우리 도덕적 의무의 근본적인 원천이라고 보았다.

이 같은 태도는 기독교적 세계시민주의에서도 반향을 얻는다. 가장 대표적으로 사도 바울은 "유대인이나 그리스인이나, 노예거나 자유인이거나, 남자이거나 여자이거나, 너희는 모두 그리스도 안에서 하나이니라"라고 말했던 것이다. 그때 '하나'가 바로 세계시민주의적 지향이라 할 수 있다. 그 세계시민주의의 이상을, '독일의 볼테르'라고 불리는 사상가 크리스토프 빌란트Christoph M. Wieland, 1733~1813는 이렇게 정리했다.

> "세계시민은 지구의 모든 사람을 단일한 가계의 자손으로 간주하고 세계를 하나의 국가로 간주한다. 다른 수많은 합리적 존재와 더불어 세계시민은 한 국가의 시민으로서, 자연의 일반 법칙에 따라 전체의 완전성을 함께 도모하면서도 각자 자기 나름의 방식으로 자신의 복지에 몰두한다."

세계시민주의 VS. 애국주의

이러한 기원적 의미에 충실할 때, 세계시민주의는 우리가 특정한 지역공동체에 속해 있다는 사실을 부정하지는 않지만, 더욱 확장된 정의와 선善의 관점에서 사고하고 판단하고 행동하라고 권유한다. 곧 정부 형태 같은 일시적 권력이 아니라, 전체 인류의 인간애에 의해 맺어진 도덕공동체에 일차적으로 충성해야 한다는 것이다. 애국주의와 대비해서 보자면, 세계시민주의는 민족주의나 국민국가라는 협소한 틀에서 벗어날 것을 요구한다. 그렇다면 예컨대 한국과 일본, 두 국민국가 사이에서 영토 분쟁 대상이 되고 있는 독도 문제를 세계시민적 관점에서는 어떻게 바라볼 수 있을까?

일본의 철학자 이마미치 도모노부 교수는 예전에는 국경이 중요했지만 국적은 이제 아무것도 아닌 것이 됐다면서 민족주의, 국가주의의 시대는 이미 지났다고 판단한다. 그러면서 이렇게 말한다.

> "나에게 일본 학생이나 한국 학생은 다 똑같은 학생이다. 차별이 없다. 물론 무의식적으로 내게 '일본 민족'이라는 개념이 있을 수는 있다. 하지만 적어도 철학자로서, 생각하는 사람으로서, 나는 국경에 구애받지 않는다. 우리는 포스트모던 시대에 살고 있다는 의식을 가져야 한다. 그게 세계시민적인 사고 태도다. 세계가 나의 조국이다."

그의 관점에 따른다면 독도 문제 같은 영토 분쟁은 지나치게 과거에 얽매인 시대착오적인 것이 된다. 그래서 아예 한국과 일본이 독도를 상징적으로 각각 1년씩 지배하도록 하자는 해법도 제안한다. 그가 보기에, 오히려 이 문제는 민족주의를 넘어 진정한 세계시민주의에 도달할 수 있는 계기를 제공한다.

하지만 이 같은 입장은 즉각적인 반박을 불러일으킨다. 한국의 법학자 박홍규 교수는 세계화 시대에도 국경은 엄연히 존재한다는 점을 상기시키면서 이렇게 비판한다.

> "땅 위에 사는 인간에게는 국경 구분이 여전히 중요하다. 국경 없는 곳에 인간은 살 수 없고, 인간이 사는 곳에 국경 없는 곳이 없다. 국경은 역사·정치·경제 등 많은 것과 관련된다. 독도는 작지만 그

의미는 크다. 경제적 이해관계도 무시할 수 없다. 국경이 엄존하기 때문에 생기는 문제를 마치 국경이 없다는 식으로 생각해 풀자는 것이 포스트모더니즘인지 나로서는 도저히 알 수 없다. 그런 식이라면 그루지야 영토 전쟁이나 팔레스타인 문제를 비롯한 수많은 국제 갈등을 해결하는 방안은 그 당사국이 각각 1년씩 지배하는 것이겠다."

물론 박홍규 교수의 비판을 '애국주의'로만 규정할 수는 없다. 하지만 현실주의적 입장에서 세계시민주의의 '비현실성'을 비판한 것이라 할 때, 그 현실주의는 통상 애국주의에 가까운 모습을 취한다. 가령 올림픽에서 모든 선수의 선전을 기대하며 응원한다는 말에는 전적으로 동의하지만, 실제로는 '대~한민국!'이라는 응원에 이끌리기 십상이다. 한일 대표팀 간에 야구 경기가 벌어질 때 국가적 소속감을 벗어나 두 팀을 응원한다는 것은 한국인에겐 확실히 덜 매력적이다.

그렇지만 자국의 이익을 최우선으로 생각하는 국가주의적 고려가, 다른 국가들의 이해관계와 상충할 때 과연 최상의 방책이 될 수 있는지는 의문이다. 중국의 황사 바람은 국경선을 따라 움직이지 않으며, 아마존 열대 우림의 파괴는 브라질만의 문제가 아니다. 이런 사례에서 확인할 수 있듯이 이미 세계는 더 이상 서로에게 무관심할 수 없게 되었다. 지구온난화를 부추기는 온실가스 제한을 위한 국제협약인 교토의정서(1997)가 체결된 것도 그런 이유에서다. 하지만 세계 최대 온실가스 배출 국가인 미국은 이 협약에 동참하지 않았다. 그러한 방침을 공언하면서 미국의 조지 부시 대통령은 이렇게 말했다. "우리는 우리 경제에 해를 끼치는 일은 그 어떤 것도 하지 않을 것이다. 왜냐하면 최우선적인 것은 미국 국민이기 때문이다." 과연 그의 입장이 '현실주의'로 옹호될 수 있을까?

세계시민이 된다는 것

세계시민을 판단하는 근거가 되는 것은 오직 이성과 인간성뿐이어서, 덕분에 관념적이고 추상적이며 비현실적이란 비판에 자주 직면한다. 이러한 비판은 유구한 것이다. 세계시민이 된다는 것은 종종 외로운 일이며 디오게네스에 따르면 일종의 '추방'이다. 무엇으로부터의 추방인가? 그것은 지역적인 진리들이 주는 위안, 애국주의의 따뜻하고 편안한 느낌, 자신과 자기 소유물에 대한 열광적인 자부의 드라마로부터의 추방이다.

그렇다면 우리가 세계시민이 되기 위해서는 반드시 지역적 정체성을 포기해야 할까? 애국주의가 긍정적인 것만은 아니듯이, 세계시민주의가 부정적인 것만은 아니다. 그 반대도 마찬가지다. 그런 의미에서 보자면 우리에게 필요한 태도는 두 가지 극단 사이에서 '세계시민주의적인 애국자', 곧 '지역적 헌신을 요구하는 세계시민주의'를 추구하는 것인지도 모른다(물론 애국주의도 아니고 세계시민주의도 아니라는 입장 역시 가능하지만 여기서는 생략한다).

그러한 제3의 입장을 미국의 철학자 마사 너스봄(누스바움)은 '긍정적 애국주의' 또는 '순화된 애국주의'라고 말한다. 과잉된 감정으로 무장한 애국주의는 다른 국민과 소수 민족을 억압하는 데 반해, 순화된 애국주의는 이보다 관용적이다. 부모라면 누구나 자신의 아이를 사랑하지만, 그만큼 다른 나라 아이들에게도 관심을 갖고 도움을 주는 일이 충분히 가능하다. 이처럼 순화된 애국주의자는 자신의 조국을 사랑하지만, 그 사랑은 타인의 다른 조국에 대한 사랑을 침해하지 않는다.

일본의 사상가 가라타니 고진은 '도덕'이란 말을 공동체의 규범이란 의미로, '윤리'를 보편적 의무라는 의미로 사용한다. 그에 따르면 도덕은 어떤 공동체를 보존하고 유지하기 위한 내부의 '규칙'이다. 가령 '공중도덕'을 생각해보자. 그것은 공중의 복리를 위하여 여러 사람이 지켜야 할 도덕을 가리킨다. 이는 보편적인 것인가? 그렇지는 않다. 도덕은 특정 공동체의 이해관계에 따르는 지역적인 특성일 뿐 보편성을 따르지 않는다. 각기 다른 공동체는 각자의 도덕규범을 갖는다.

거기에 비해 윤리는 보편적인 준수를 요구하는 의무다. 그것은 공동체의 규칙이 아니라, '공동체 바깥' 또는 '공동체와 공동체 사이'의 의무다(그런 의미에서 '국민윤리'라는 말은 모순이다). "인간을 수단으로서만이 아니라 목적으로도 대하라"라는 칸트의 정언명령이 그러한 윤리의 대표적인 사례다. 윤리적 명령은 그것이 '도덕'이 아니라 '윤리'인 한에서 언제 어디서나 지켜질 것이 요구된다. 우리가 두 발을 땅에 딛고 있는 한 특정한 공동체 바깥에 존재할 수는 없지만, 우리가 그러한 '구속'으로부터 자유롭게 사고하고 행동하는 일이 불가능하지만은 않다.

세계시민주의는 어떤 고귀한 재능이나 게으른 자기변명이 아니라 보편적 윤리의 요구에 대한 응답일 뿐이다. 분명 한 공동체의 일원으로서 도덕의 준수는 반드시 필요하다. 하지만 그러한 도덕은 언제나 보편적 윤리의 관점에서 제어되고 반성되어야 한다. 애국주의와 세계시민주의의 관계도 그러해야 하지 않을까?

세계화 시대 언어의 운명

피테르 브뤼헐의 〈바벨탑〉(1563). 사람들은
이름을 떨치기 위해 하늘까지 닿을 탑을
쌓았다. 이를 못마땅하게 여긴 여호와는
언어를 혼잡하게 하여 사람들을 흩어져
살게 했다. 그때부터 사람들은 서로 다른
언어를 가지게 되었다.

바벨탑 이전과 바벨탑 이후

《성서》에 나오는 '바벨탑 이야기'에서 시작해보자.

"처음 세상에는 하나의 언어만 있었고, 단어도 몇 개 되지 않았다."

그때 사람들은 동쪽으로 이동하다가 바빌로니아의 어느 평야에 정착하게 되었고, 자신들의 이름을 떨치기 위해 하늘까지 닿을 탑을 쌓기 시작했다. 잘 아는 대로 이때 여호와가 등장한다. 여호와는 사람들이 하는 짓을 보고서 분노했다.

"저들은 한 민족이며 하나의 동일한 언어를 사용하고 있다. 그래서 저들이 이런 일을 시작하였으니 앞으로 마음만 먹으면 해내지 못할 일이 없을 것이다. 자, 우리가 가서 저들의 언어를 혼잡하게 하여 서로 알아듣지 못하게 하자."

여호와가 언어를 혼잡하게 하자, 사람들은 서로 소통하지 못해서 사방으로 흩어져 살게 되었다. 이것이 언어의 기원에 대한, 좀 더 구체적으로는 언어 다양성의 기원에 대한 이야기다.

"지구상에는 왜 이렇게 많은 언어들이 생겨났을까?"라는 의문에 나름대로 답해주는 이 이야기에 따르면, 인류 역사는 바벨탑 이전과 그 이후로 구분될 수 있다. 적어도 언어에 관한 한 말이다. '바벨탑 이전'이란 모든 인류가 단 하나의 언어, 하나의 '보편 언어'를 통해 서로 소통할 수 있었던 시대를 말한다. 그리고 '바벨탑 이후'란 인간의 오만에 대한 신의 징벌이 있은 뒤, 너무도 많은 언어들이 생겨나서 서로 소통할 수 없게 된 시대를 뜻한다. 물론 언어의 다양성은 어느 한순간에 발생한 것이 아니라 오랜 시간 동안 이루어진 언어적 변화의 산물이다. 그 결과 인류는 불행해졌을까?

서로 말이 통하지 않아서 오해와 반목이 빚어질 수밖에 없었다면 그렇다고 말할 수도 있겠다. 이른바 '바벨탑 이후'에 인간의 언어는 분화에 분화를 거듭했고, 현재 지구상에는 최소로 잡아도 5,000개가량의 언어가 제1언어로 사용되고 있다. 한 공동체 내에서 여러 언어가 공용되는 것을 '다언어적 상황'이라고 한다면, 현재의 지구공동체 또는 지구촌은 그러한 상황의 전형적인 사례다. 아니, 인류가 살아온 세계는 언제나 '다언어적 세계'였다. 우리가 여기서 갖게 되는 의문은 이런 것이다. 이러한 다언어적 상황에서 '보편성'을 추구하는 세계시민주의, 혹은 세계주의의 이상은 어떻게 실현될 수 있을까? 이 문제를 먼저 고민했던 폴란드의 한 안과 의사의 이야기는 참고할 만하다.

이상주의자 자멘호프, 에스페란토를 발명하다

폴란드의 옛 도시 비알리스토크에 자멘호프(1859~1917)라는 유대계 안과 의사가 살았다. 그가 태어난 비알리스토크에는 러시아인, 폴란드인, 게르만인 그리고 히브리인의 4개 민족이 살고 있었는데, 각기 다른 언어를 사용했기에 서로 사이가 좋지 않았다. 자멘호프는 이러한 다언어적 상황이 인간을 서로 분리시키고 적대적 관계로 만드는 주요한 원인이라고 생각했다. 모든 인간은 한 형제라고 믿은 평화주의자였던 그는 이러한 상황을 극복하기 위해 새로운 언어를 창안해냈다. 그것이 1887년에 나온 에스페란토다.

사실 그가 살았던 19세기는 국민국가의 정치적·문화적 한계를 넘어서고자 하는 세계시민의식이 성장하던 시기였다. 그리하여 세

모든 인간은 한 형제라고 믿은 평화주의자였던 폴란드의 안과 의사 자멘호프는 사람들이 서로 언어가 달라 사이가 좋지 않다고 생각했다. 이러한 상황을 극복하기 위해 그는 새로운 언어를 창안해냈다. 그것이 1887년에 나온 에스페란토다.

계 공통 언어에 대한 필요성이 제기되었고, 이에 따라 새로운 인공 언어를 창안하려는 시도가 이루어졌다. 자멘호프의 에스페란토는 가장 큰 성공을 거둔 경우로, 유럽 전역에서 폭발적인 성원과 지지를 받았다. 에스페란토 잡지가 창간되고 많은 문학작품이 에스페란토로 번역되었다. 우리의 경우도 한국 근대 시사詩史에 가장 큰 영향을 끼친 김억(1896~?)의 번역 시집《오뇌의 무도》(1921)가 에스페란토로 번역된 서양 시들을 다시 우리말로 옮긴 것이라고 하니, 에스페란토 열풍에서 비껴나 있지 않다(참고로, 국내에도 에스페란토 사전이 발간되어 있으며, 1994년에는 제79차 세계 에스페란토 대회가 서울에서 개최됐다.).

이상주의자였던 자멘호프는 에스페란토의 활용이 각 지역과 국가에 속한 개인들의 세계시민적 공동체 의식을 고취시키고, 결과적으로는 인류의 평화와 화합을 이룩하는 데 기여하기를 희망했다. 에스페란토의 말뜻 자체가 '희망을 가진 자'인 것은 그의 이러한 바람과 무관하지 않다. 하지만 그 자신은 1914년 제10회 세계 에스페란토 대회 참석을 위해 파리로 향하던 중 제1차 세계대전이 발발하는 것을 목격했고, 전 유럽이 전쟁의 도가니로 변화하는 광경에 큰 상처를 받았다. 그리고 이 상처로 인하여 전쟁이 끝나기도 전인 1917년에 숨을 거두었다. 그의 이러한 생애는 이상으로서의 세계어가 놓여 있는 오늘날의 현실과 무관하지 않은 것처럼 보인다.

자멘호프의 헌신적인 노력에 힘입어 1905년 프랑스에서 제1차 세계 에스페란토 대회가 개최되었고, 또 1908년에는 세계 에스페란토 협회가 결성되면서 세계적인 보급 운동이 전개되었다. 그 결과 오늘날에는 전 세계적으로 200만 명이 에스페란토로 서로 의사소통할 수 있을 정도가 되었다. 하지만 에스페란토는 아직 세계 공통 언어로서 위상을 얻기에는 역부족이며, 공식적으로 그런 대우를 받고 있지도 못하다. 사실, 에스페란토 자체가 각 국가어로부터 거리를 둔 중립적인 언어를 표방했지만, 가장 주요한 어원은 라틴어, 스페인어, 프랑스어, 독일어 그리고 영어 등이고, 그런 탓에 동아시아의 아이들은 유럽과 미국의 아이들보다 배우는 데 시간이 두 배 정도 더 소요된다는 비판도 제기된다. 그런 까닭에 자멘호프의 기대와 달리 오늘날 현실적으로 세계어에 근접해 있는 언어는 '국제어'라 불리기도 하는 패권 국가들의 언어다.

영어 확산, 패권주의 이데올로기

현재 지구상에는 약 5,000개의 언어가 남아 있다고 했지만, 이 숫자는 이미 상당수가 사라지고 남은 언어의 숫자다. 언어학자들의 전망에 따르면, 앞으로 21세기에만 이 중 절반가량의 언어가 더 사라질 것이라고 한다. 그렇게 되면 평균 2주에 1개꼴로 언어가 사라지는 셈이 된다. 그리고 장기적으로는 200년 이내에 200개 정도의 언어만이 남게 될 것이라고도 한다. 이 200이란 숫자가 국가의 수와 대략 일치한다는 점에서 짐작할 수 있지만, 앞으로 국가어 외의 소수 언어는 대부분 소실될 것이라는 게 언어학자들의 예측이다.

물론 궁극적으로는 그러한 국가어들의 운명 또한 장담할 수 없다. 현재와 같은 정치적·경제적 세계화 추세가 강화될수록, 국민국가의 경계를 넘어서 소통될 수 있는 세계어나 국제어에 대한 요구도 점차 늘어날 것이기 때문이다. 그리고 그때 가장 유력한 세계어의 후보가 현재로선 단연 영어다. 이미 현실에서 많은 나라가 영어를 국가어로 채택했고, 또 전 세계적으로는 제2언어, 제3언어로 급속하게 확산되어가고 있다. 그리하여 능통한 영어 사용자가 세계적으로 18억 명에 이르며, 영어 학습자 수가 세계 인구의 3분의 1에 육박한다는 통계도 나오고 있다. 이만하면 영어와 함께 '바벨탑 이전'으로 회귀하는 것이 불가능하지만은 않은 일로 비친다.

하지만 그 '회귀'는 바벨탑을 쌓은 인간에 대한 신의 분노와 징벌만큼이나 폭력적인 과정을 수반한다. 그 이유를 알기 위해서는 중세 때만 하더라도 앵글로색슨의 한 부족어였던 영어가 어떻게 세계적인 언어로 성장했는지를 살펴볼 필요가 있다. 언어학자 앤드류 달비가 《언어의 종말》에서 지적한 내용에 따르면, 영어와 과거 로마제국의 공용어였던 라틴어의 확산 과정에는 세 가지 유사점이 있다. 이 두 언어의 '제국주의'는, 첫째로 식민화의 결과로 비롯되었다. 로마와 마찬가지로 영국은 미국, 캐나다, 오스트레일리아 등에 걸친 방대한 식민지를 경영했고, 영어는 식민지 이주자들의 유일한 링구아 프랑카(lingua franca, 공통 언어, 곧 모국어를 달리하는 사람들이 상호 이해를 위해 습관적으로 사용하는 언어를 뜻함)였다.

둘째로 제국과 속국 사이의 관계가 불러온 결과라는 점을 들 수 있다. 제국의 속국에서 사람들이 실질적으로 자기 발전과 부富를 얻는 최선의 경로는 영어를 아는 것이었다. 고위 관리가 되거나 상업적으로 성공하기 위해서는 영어가 필수적이었고, 모든 고등교육은 영어로 이루어졌다. 이것은 인도처럼 과거 영국의 식민지였던 국가들에만 한정된 사례가 아니다. 한국사회에서도 영어는 여러 사회적 특권에 대한 진입 장벽으로 간주된다. 한 연구 결과에 따르면, "한국 사회에서 영어 실력은 제도화된 문화자본이며, 이를 갖지 못한 집단으로부터 능력과 성공의 정당성을 획득할 수 있는 강력한 문화 재생산의 기제機制다." '세계어'이기 이전에 영어는 '제국의 언어'로서 기능하는 것이다.

그리고 끝으로 이러한 언어 제국주의의 발생은 원거리 교역, 특히 해상 교역의 산물이라는 점이다. 영어로 이루어지는 교역이 활발해지면서, 영어와 영어의 친척어인 피진어pidgin는 점점 확산되어갔다. 이러한 사정은 '세계는 평평하다'고도 말해지는 오늘날도 예외가 아니다. 영어는 무엇보다도 비즈니스 언어로서 널리 통용되고 있기 때문이다.

지구상의 언어가 몇몇 언어로, 특히 영어로 집중되는 현실의 뒷면에서는, 소수 언어들의 소실과 언어 다양성의 상실이 일어나고 있다는 점은 이미 지적한 대로다. 그리고 앞으로 '언어 전쟁', 개별 국가어와 영어와의 전쟁 또한 더욱 치열하게 전개될 것이다. 그리고 그 결과 한국어가 사라지게 될는지도 모른다. 이미 10여 년 전인 1998년 영어 공용화 논란이 벌어지던 당시 한 언론의 여론 조사에 따르면 영어 공용화에 찬성하는 의견이 45%였고, 이듬해 교육방송(EBS)에서 찬반 토론이 벌어진 뒤의 여론 조사에서는 찬성 비율이 62%까지 증가했다. 그렇다면 어림잡아도 한국 국민의 절반가량은 영어 공용화에 찬성한다고 말할 수 있지 않을까. '공용어'란 말 그대로 공공생활의 영역에서 사용되는 언어를 가리킨다. 영어 공용화를 적극적으로 지지하는 쪽에서는 영어가 이미 국제어로서 절대적인 지지를 얻고 있다는 사실을 전제한다. 그리고 그에 따라 언어 사용자들이 영어를 선택하는 것은 자연스러운 귀결이라 주장한다.

그런데 처음 공용어론을 제기한 소설가 복거일은 거기서 한 걸음 더 나간다. 영어 공용화는 예비적인 단계일 뿐이고, 아예 모국어를 영어로 하는 정책이 필요하다고 주장한다. 반면에 영어 공용화에 반대하는 쪽에서는 한 나라의 경제력이 영어를 잘한다고 해서 높아지는 것은 아니라고 비판한다. 지구 제국이 형성되리라는 기대는 강대국들의 패권주의적 논리일 뿐이며, 이에 따르는 것은 우리의 정체성을 잃어버리는 행위라는 것이다. 더불어 영어 공용화가 그 자체로 국민의 영어 실력을 향상시켜주지는 않으므로, 현실적으로 필요한 것은 공용화가 아니라 영어 교육의 질적인 개선이라는 의견도 제시한다. 실제로 영어를 공용어로 채택하고 있는 인도의 경우에도 영어로 자유로운 의사소통이 가능한 인구는 2%에 지나지 않으므로, 공용화 자체가 궁극적인 해법인가는 미지수다.

언어의 다양성이 보존되어야 하는 이유

영어 공용화에 반대하는 입장이라 하더라도, 지금 같은 전 지구화 시대에 모국어와 국제어의 이중 언어 사용이 대세라는 점을 부인하기는 어렵다. 단일 언어를 통한 소통이 국민국가 형성의 주된 바탕이었고, 이에 따라 민족(또는 국민)을 언어공동체로 규정해오기도

세계화 시대 언어의 운명

했다. 하지만 현재의 자본주의 세계체제 아래에서는 이러한 단일 언어적 상황보다는 이중 언어적 상황이 더 표준적인 것이 되었다. 따라서 이렇듯 변화된 언어 현실에 적응하면서도 언어적 다양성을 보존하는 일을 앞으로의 지향점으로 삼을 필요가 있다. 비유적으로 말하자면 우리는 바벨탑 이후의 기억을 온전히 보존하면서 바벨탑 이전으로 회귀해야 한다. 이는 개별적인 자연어를 보존하면서, 동시에 세계어를 배워나가야 한다는 것으로 풀어서 말할 수도 있겠다.

소수 언어들이 지속적으로 사라져가고, 국가어마저도 존립을 위협받을지 모르는 상황에서 언어적 다양성이 보존되어야 하는 이유는 무엇인가? 그것은 이러한 다양성이 '세계' 자체를 구성하고 있기 때문이다. 바벨탑의 신화를 다시 상기하자면, 인류가 하나의 무리를 지어 살다가 사방으로 흩어져 살게 된 것은 언어적 혼잡성·다양성이라는 신의 징벌 이후다. 곧 세계는 그러한 혼잡성·다양성으로 구성되며, 결국 그것의 산물이나 다름없다.

그렇다면 세계주의는 이러한 혼잡성·다양성 자체를 보존하도록 요구하고 있는 것이 아닐까? 이는 각기 다른 언어로 달리 전승되고 보존되어온 지식을 보존한다는 것과 같은 의미이기도 하다. 각 언어는 세계를 보고 인식하고 구분 짓는 각기 다른 관점을 갖고 있으며, 이에 따라 그것이 그려내는 현실 세계의 지도도 다를 수밖에 없다. 다시 말해서, 각각의 언어는 사물이 존재하는 방식에 대해서 각기 다른 통찰력을 제공해주기 때문에, 한 언어의 소실은 곧 인간의 경험을 이해할 수 있는 한 가지 대안의 상실을 뜻한다. 게다가 보다 중요하게는 다른 언어와의 상호 작용만이 우리 각자의 언어를 더욱 유연하고 창조적으로 만들어준다. 영어만 하더라도 새로운 단어와 리듬과 생각들을 다른 언어들에서 얻음으로써 활력을 얻고 번영을 누려왔다. 세계어는 그 세계를 구성하는 다양한 언어들과 공존 가능하며 또 그래야만 한다.

무엇이 세계문학인가

'세계 명작'들을 '세계문학전집'이라고 한데 모아놓는 것은 괴테와 맑스가
말한 세계문학과 무관하다. 그럼, 무엇이 진짜 세계문학인가?

이제 세계문학의 시대

> "오늘날에는 국민문학이란 것이 큰 의미가 없어. 이제 세계문학의
> 시대가 시작되고 있지. 그러므로 우리 각자는 이런 시대의 도래 촉
> 진을 위해 노력을 다하지 않으면 안 되네."

독일의 문호 괴테는 1827년 에커만J. P. Eckermann, 1792~1854과의 대
화에서 이렇게 말했다. '세계문학'에 대한 최초의 구상이었기 때문에
오늘날까지도 세계문학이란 말의 원조는 독일어 '벨트리테라투르
Weltliteratur'이고, 영어의 '월드 리터러처World Literature'는 이 말의 번역
어다.

세계문학이란 전 세계 각국의 문학을 뜻하기에 오랜 역사를 가졌
을 법하지만, 실제로 그 개념 자체가 출현한 지는 불과 2세기도 되지
않는다. 이는 본격적인 의미에서 '세계'가 출현한 것이 근대의 지리
상 발견과 산업 자본주의의 도래 이후라는 사실을 고려하면 당연한
결과다. '세계'가 먼저 출현해야 '세계문학'이란 것도 성립할 수 있기

때문이다.

세계문학과 국민문학의 관계

사실 한국어에서 '세계문학'은 조금 더 폭넓은 의미를 갖는다. 그것은 네 가지 정도로 간추릴 수 있다. 먼저 국내 문학과 대비해서 국외 문학·해외 문학을 통칭해 세계문학이라고도 부른다. 곧 외국 문학Foreign Literature이란 뜻의 세계문학이다. 두 번째는 세계 명작World Classic, 또는 세계문학의 고전들을 가리키는 세계문학이 있다. 흔히 세계문학전집 등의 출판 기획물에서 세계문학이라는 말이 이를 뜻한다. 그리고 세 번째로 《해리 포터》 시리즈처럼 오늘날 전 세계적인 베스트셀러를 가리키는 '세계문학'도 가능하다. 이 경우는 '지구 문학Global Literature'이나 '세계적인 문학Worldwide Literature'이라는 뜻으로 풀어볼 수도 있다.

동시대 일본 작가 무라카미 하루키나 브라질 작가 파울로 코엘류의 작품처럼 수십 개 언어로 번역되어 전 세계 독자들에게 읽히는 문학이다. 이러한 문학은 머지않은 장래에 '세계 명작'에 편입될 수도 있다. 하지만 세계 시장에서 성공을 거두었다고 해서 곧바로 세계 명작이 되는 것은 아니며, 또 반대로 모든 세계문학이 전 세계적 베스트셀러가 되는 것도 아니므로, 이 두 개념은 서로 구별해줄 필요가 있다. 그리고 끝으로 괴테가 처음 제시한 문제적 개념으로서의 세계문학이 있다. 괴테 시대에 막 시작되었고, 그 도래를 촉진하기 위해 노력해야 한다고 했던 일종의 '운동'으로서의 세계문학이다. 이것은 국민문학National Literature, 또는 민족문학을 대응 개념으로 갖는 세계문학이다. 따라서 세계 명작류를 가리키는 세계문학과는 구별되어야 한다.

한국문학계에서 일찍부터 '민족문학과 세계문학'을 화두로 제시했던 문학비평가 백낙청은 세계문학의 개념을 설명하면서, 중요한 것은 "괴테가 '세계문학'이란 용어로 뜻한 바가 세계의 위대한 문학 고전들을 한데 모아놓는 것이 아니고, 여러 나라(그 당시로서는 당연히 주로 유럽에 국한되었지만)의 지성인들이 개인적인 접촉뿐 아니라 서로의 작품을 읽고 중요한 정기 간행물에 대한 지식을 공유하는 가운데 유대의 그물망을 만드는 일이었다는 점이다. 즉 이 용어는 우리 시대의 어법으로는 차라리 세계문학을 위한 초국적인 운동이라고 부름직한 것에 더 가까웠던 것이다"라고 말했다.

그런 관점에서 보자면, '세계 명작'들을 '세계문학전집'이라고 한데 모아놓는 것은 괴테가 말한 세계문학과 무관하다. 오히려 이 괴테적 세계문학에 대한 반향은 맑스와 엥겔스의 《공산당 선언》(1848)에서 읽을 수 있다. 그들은 이미 19세기 중반에, 자본주의적 세계화가 도래하게 되면 "일국적 편향성과 편협성은 점점 더 불가능해지며, 수많은 국민문학·지역문학들로부터 하나의 세계문학이 형성된다"라고 주장했다.

이때 문제는 이 세계문학의 형성이 국민문학(민족 문학)의 연장선상에서 가능한가, 아니면 그 극복을 통해서 가능한가 하는 점이다. 과연 가장 민족적인 것이 가장 세계적인 것일까, 아니면 민족적인 것을 넘어설 때 비로소 세계적인 것에 값할 수 있게 될까? 다시 말하면, 올바른 민족문학이 곧 올바른 세계문학일까, 아니면 민족문학의 틀을 넘어설 때 비로소 세계문학이 될까? 러시아 작가 안톤 체호프의 단편소설 〈상자 속의 사나이〉를 읽으면서 이 문제를 잠시 생각해보기로 하자.

자기만의 세계에 갇혀 있는 '상자 속의 사나이'

소설의 주인공은 시골 학교의 그리스어 교사 '벨리코프'다. 그가 '상자 속의 사나이'란 별명으로 불리는 이유는 날씨가 매우 좋을 때도 덧신을 신고 우산을 드는데다가, 반드시 솜이 든 방한 외투를 입고 외출하기 때문이다. 벨리코프가 자신을 외부의 영향으로부터 격리시켜 방어하려는 '상자들'로 자기를 감쌀수록 그에게서 사회적 동물로서의 자질, 곧 사회성은 점점 멀어지게 된다. 이 벨리코프가 찬양한 것은 과거의 세계, 그리스어의 세계뿐이며, 심지어 그는 인간을 '안트로포스'라는 그리스어로 부른다.

이 단편소설의 주된 이야기는 나이가 마흔이 넘은 노총각 벨리코프를 타지에서 온 동료 교사의 누이 서른 살의 바렌카와 결혼시키려던 일이 어떻게 실패로 돌아갔는가에 대한 것이다. "아무 일도 생기지 말아야 할 텐데"라는 말을 입버릇처럼 달고 다니는 이 사나이에게, 인생의 큰 '일'인 결혼만큼 어울리지 않는 것도 드물지만, 그는 주변 사람들의 모의 덕분에 거의 결혼할 뻔했다. 하지만 결혼 뒤에 어떤 일이 생길지 확신할 수 없었던 벨리코프는 바렌카에게 청혼하기를 주저했고, 그러던 중 결정적인 사건이 터지고 만다.

이시도르 아넨스키 감독이 1939년에
만든 영화 〈상자 속 사나이〉의 한 장면.

대단한 사건은 아니다. 사건이라고 해봐야, 언제나 활달하며 '하
하하' 하고 웃음을 터뜨리는 바렌카가 어느 일요일에 동생 코발렌코
와 함께 자전거를 타고 가는 장면을 벨리코프가 목격하게 된 것을
가리키기 때문이다. 너무도 날씨가 좋아서 가만히 있을 수 없었다
고 활기차게 재잘거리며 지나가는 바렌카와는 대조적으로 벨리코프
는 안색이 창백해진다. 그로서는 부인네나 처녀가 자전거를 탄다는
사실을 상상조차 할 수 없었기 때문이다. 게다가 벨리코프가 보기에
그건 공고로써 '허가'된 일도 아니었다!

충격을 받은 벨리코프는 다음날 학교도 결근한 채 저녁 무렵 여름
날씨였는데도 불구하고 역시나 두꺼운 옷을 껴입고 주의를 당부하
러 코발렌코를 찾아간다. 그러나 오히려 봉변만을 당하고 계단에서
굴러 떨어진다. 그리고 우연히 그 장면을 목격한 바렌카는 또 '하하

하' 웃음을 터뜨린다. 끝내 집으로 돌아오자마자 앓아누운 벨리코프
는 한 달 뒤에 죽고 만다. 이 이야기의 결말은 이렇다.

> "관 속에 든 그의 표정은 조용하고 편안해 보였으며 명랑해 보이기
> 까지 했습니다. 흡사 드디어 상자 속에 들어가게 해주어서 이제 두
> 번 다시 그곳에서 나오지 않아도 된다는 것을 기뻐하고 있는 듯했
> 습니다. 그렇죠. 그는 글자 그대로 자기의 이상에 도달한 셈입니
> 다."

결국 '상자 속의 사나이'의 삶은 상자(관) 속에 들어감으로써 완성
되었다. 이는 그의 '상자 속의 삶'이란 것 자체가 이미 절반은 죽은
삶이었다는 사실을 암시한다. 곧 그는 죽음(=상자)이라는 외피를 두
름으로써만 연명할 수 있었던 삶, '살아 있지만 죽어 있는 삶'을 살았
던 것이다. 자기만의 세계에 갇혀 있던 그에게 결여되어 있었던 것
은 바로 '살아 있는 삶'이자 진정한 의미의 '세계'였다. 그렇다면 세
계란 무엇인가? 일본의 비평가 가라타니 고진이 제시한 세계종교론
을 조금 참고할 필요가 있다.

타자를 진정 사랑할 수 있는 용기

가라타니는 '세계종교'라는 말을 단순히 세계적으로 널리 퍼져 있
다는 의미가 아니라 '세계'라는 관념을 제시한 종교라는 의미로 쓴
다. 이때 '세계'는 '공동체'의 상대어다. '공동체의 종교'란 인간이 집

단이나 공동체로 살아가기 위해 강제되는 다양한 구조 또는 시스템을 말한다. 이 공동체 종교는 안(내부)과 바깥(외부)의 구분을 대전제로 삼는다. 반면에 이러한 공동체 종교에 대한 비판으로 출현한 세계종교는 더 이상 '외부가 없는 세계', 곧 '무한한 세계'를 제시하는 종교다. 가라타니에 따르면, 유대교에서의 야훼는 다윗이나 솔로몬이 믿는 공동체 신으로서의 야훼와, 공동체를 부정하는 모세의 신 야훼라는 두 가지 성격으로 구별할 수 있다. 이 모세의 신은 사람들에게 공동체의 안녕과 보존을 제공하지 않는다. 심지어 사람들에게 '공동체에서 나가라'고, 이른바 '사막에 머물라'고 말한다. 이때의 '사막'은 꼭 물리적인 사막을 뜻하지는 않으며, '공동체와 공동체 사이'라는 의미를 갖는다.

세계종교는 '사막의 종교'라는 의미에서 세계문학 또한 '사막의 문학'으로 규정될 수 있다. 그것은 모든 공동체를 거부하는 공동체 '바깥의 문학'이며, 공동체와 공동체 '사이의 문학'이다. 이러한 관점에서면, 공동체의 존속과 안녕을 위한 문학은 어떠한 경우에도 세계문학이라는 이름에 값할 수 없다. 올바른 민족문학(국민문학)이 곧 세계문학이라는 믿음은 우리의 공동체적 편견에 지나지 않는다. 이에 따르면, 국민문학은 세계문학이 아니며 세계문학은 국민문학이 아니다. 세계문학이란 유대교의 야훼가 아닌 모세의 신을 섬기는 문학이기에 그러하다. 물론 세계문학의 대척점에서 보면 공동체의 문학 또한 얼마든지 가능하다. 공동체 신이 번창하듯이 공동체의 문학 또한 번성해왔고 번성해갈 것이다.

그렇다면 이것을 '상자 속의 문학'이라고 부를 수 있을까? '상자 속의 문학'은 공동체문학과 민족문학의 다른 이름이자, 상업주의 문학의 다른 이름이다. 이 '상자 속의 문학'은 모든 외부로부터 자신을 보호하기 위해, 자신의 종족과 재산과 체면을 지키기 위해 오늘도 덧신을 신고 우산을 든다. "항상 색안경을 끼고 털 스웨터를 입은 데다가 귀를 솜으로 싸고, 합승 마차를 타면 반드시 포장을 치게 한다." 〈상자 속의 사나이〉에서 벨리코프의 운명이 그러했듯이, '상자 속의 문학'이 가장 편하게 들어가 있어야 할 곳은 바로 상자(관) 속이다.

'상자 속의 사나이' 벨리코프에게 결여되어 있었던 것은 '사막'이다. 가라타니에 따르면, 이 '사막의 발견'은 근대적 주체의 발견자 데카르트의 의심하는 주체, 곧 '코기토의 발견'과 맞먹는 의미를 지닌다. 데카르트는 많은 여행을 통해 코기토의 발견을 얻어냈다. 알다시피 개별 민족은 각기 다른 문화적 관습과 전통, 생활방식 등을 갖고 있다. 데카르트는 여행 중에 이처럼 서로 다른 공동체 간의 차이를 지각하고, 자기가 사는 공동체의 임의성·우연성을 깨닫는다. 그런 의미에서 데카르트의 코기토는 '인류학적' 코기토다. 그리고 흥미롭게도 작가 체호프 또한 1890년 사할린 섬을 여행하면서 그런 인류학적 현지 조사를 한 적이 있다. 그러한 체험과 거기서 얻은 깨달음이 작가의 창작에 반영되었음은 물론이다.

비유컨대, 〈상자 속의 사나이〉에서 그러한 '사막'에 대응하는 사건은, 가능할 뻔했던 '바렌카와의 결혼'이다. 바렌카는 소러시아(우크라이나)에서 온 타자였기 때문이다. 그녀는 소러시아어로 노래를 부르며 춤을 추고 큰 소리로 '하하하' 웃는다. 그리고 결정적으로 자전거를 타고 다닌다. 벨리코프 또한 그녀의 그러한 모습에 반하지만, 그에겐 자신의 '상자'를 벗어 던지고 타자를 진정 사랑할 수 있는 용기가 없었다. 따라서 갑자기 '돌발적인 사건'이 일어나지 않았더라면, 그도 결국은 청혼해서 불필요하고 어리석은 결혼이 이루어졌을 것이라는 작중 화자의 예단은 조금 성급해 보인다. 〈상자 속의 사나이〉에서 '타자와의 만남'이라는 진정한 사건은 결국 일어나지 않은 것이나 마찬가지이기 때문이다.

진짜 문학으로서의 세계문학

〈상자 속의 사나이〉를 '진짜 문학'으로서의 '세계문학'이 무엇인지는 밝혀주는 이야기로 읽을 수 있다면, 진정한 문학은 우리에게 '사막'을 보여주는 문학이며 '사막'을 체험하게 하는 문학이라고 정리할 수 있다. 곧 그것은 우리에게 인류학적 여정을 가능하게 하는 문학이다. 우리가 사는 공동체의 임의성·우연성을 자각하게 함과 동시에, 세상은 넓다는 사실을 일깨우는 문학이다. 그것은 과연 민족문학이라는 틀 안에서는 불가능한 것일까?

가라타니의 세계종교론을 민족이라는 우상에 적용해보는 것은 어떨까? 그러면 한쪽에는 공동체로서의 민족을 섬기는 '공동체 신의 민족문학'이 있는 반면, 다른 한쪽에는 특정한 공동체를 부정하고 세계-공동체를 지향하는 '모세의 신의 민족문학'이 있을 법하다. 동일한 종교에서 공동체 종교와 세계종교를 분리해낼 수 있는 것처럼, 우리는 같은 문학에서도 공동체문학과 세계문학이라는 서로 다른 개념을 식별해낼 수 있지 않을까? 물론 여기서 우리가 촉진하고 앞당겨야 할 세계문학은 모세의 신을 섬기는 민족문학이어야 함은 자명하다. 민족문학 자체에서 두 가지 개념을 분별하려는 시도가 필요한 이유는, '민족'으로도 '국민'으로도 번역되는 '네이션nation'이라는 단어 자체가 긍정적이기도 하고 부정적이기도 한 이중적 의미를 지니고 있기 때문이다. 더불어 '공동체와 공동체 사이'라는 세계문학의 공간은 아직은 현실의 공간이 아니라 이념의 공간이며, 네이션 바깥에 또 다른 네이션이 있는 현실 또한 우리는 간과할 수 없다. 과연 민족문학이 공동체문학의 한계를 넘어서 보편적 세계문학과 양립할 수 있을까? 만약 가능하다면, 그것은 민족문학을 부정하는 민족문학이 될 것이다.

세계문학 전쟁이 시작됐다!

바야흐로 출판계에는 '세계문학전집' 붐이 일고 있다. 1998년 오비디우스의 《변신이야기》를 필두로 하여 민음사의 세계문학전집이 출간되기 시작했을 때만 해도 '세계문학전집'은 새로운 시도라기보다는 한번 지나간 유행의 반복처럼 보였다. '새 문학전집을 펴내면서'라는 간행사에서 "엊그제의 괴테 번역이나 도스토예프스키 번역은 오늘의 감수성을 전율시키지도 감동시키지도 못한다. 오늘에는 오늘의 젊은 독자들에게 호소하는 오늘의 번역이 필요하다"는 세대론적 주장을 앞세운 것도 되짚어보면 '엊그제' 전집과의 차별화를 의식했기 때문일 것이다. 그 '엊그제'에 해당하는 시기가 1960~1970년대이다. 소위 '1차 세계문학전집 붐'이다. 1959년에 정음사와 을유문화사에서 세계문학전집을 발간하면서 시작된 세계문학전집 '바람'은 1970년대 말까지 이어졌다. 신구문화사, 삼중당, 범우사, 학원사, 일신서적, 동화출판공사, 삼성출판사 등 유수의 출판사들이 앞다투어 세계사상전집류와 함께 세계문학전집을 기획·출간했다.

1960~1970년대는 한국사회가 정치적으론 개발독재체제가 강고하게 구축되고 경제적으론 급속한 산업화와 함께 고도성장을 구가하던 시기였다. 농업사회에서 수출 중심의 산업사회로 이행하면서 도시화가 급속하게 진행되었고 이농과 도시빈민이 양산되기도 했지만 한편으론 중산층과 소비문화가 형성되었다. 바로 이 중산층의 교양 수요를 충족시켜줄 만한 '전집'의 수요가 생겨나게 된 것이다. 거기에 덧붙이자면 1960년대에 새롭게 한국사회의 주역이 된 4·19세대는 이전 세대와 달리 일본어 교육을 받지 않은 한글 세대여서 일본에서 나온 세계문학전집의 '수혜'를 받을 수 없었다. 우리말로 옮겨진 새로운 세계문학전집이 필요했던 이유다. 하지만 그렇더라도 이 시기의 전집은 기본적인 작품 목록 구성을 일본판 세계문학전집에 의존했고, 번역 인력이 한정돼 있어서 불가피한 일이었지만 일역본에서의 중역도 많았다.

민음사 세계문학전집, 상업적으로 가장 성공한 시리즈

1980년대는 사회과학의 시대였고 연대였다. '1980년 5월' 이후 군부독

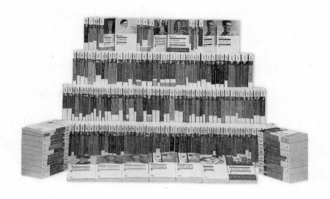

민음사 세계문학전집은 양적으로
풍성할 뿐 아니라 출판사 집계로도
700만 부 이상 판매돼 상업적으로도 가장
'성공적인' 전집 시리즈로 평가된다.

재 하의 억압적인 사회적 분위기 속에서 문학 독서보다는 사회과학 서적의
독서가 시대의 요구처럼 여겨졌다. 동시에 제1세계 서구문학에 편중돼 있
던 '세계문학' 목록에 대한 반성이 제기되었고, 제3세계문학과 제2세계 사
회주의권 문학에 대한 관심이 불거졌다. 제3세계문학전집과 소련동구문학
전집, 중국현대문학전집 등이 1980년대 말에 출간된 것은 이러한 분위기
를 배경으로 한다. 그리고 이어진 소련 및 동구권 사회주의 체제의 붕괴가
한반도와 국제 사회에 큰 충격을 던졌고, 전집류 시장은 소강상태에 들어갔
다. 때문에 1990년대 말에 민음사 세계문학전집이 나오기 시작할 무렵, 이
것이 한 마리 제비가 되어 세계문학전집의 새로운 '봄'을 가져오리라 점친
사람은 많지 않았을 것이다.

　하지만 민음사 세계문학전집은 출간 12년 만인 2010년 6월 250권을 돌

파하고 현재는 280종 이상이 출간되었다. 민음사 전집은 양적으로 풍성할 뿐 아니라 출판사 집계로도 700만 부 이상 판매돼 상업적으로도 가장 '성공적인' 전집 시리즈로 평가된다. 비록 100권을 출간한 이후에야 비로소 이윤을 남길 수 있었다고 하지만, 이 전집은 '세계문학'에 대한 한국 독자들의 잠재적 수요를 일깨우고 확인시켜주었다는 점에 의의가 있다. 뒤이은 전집 기획에 참고가 되었을 것이며, 따라서 '2차 세계문학전집 붐'의 선구적 역할을 담당했다고 할 수 있다. 그리고 '전집'이라고는 돼 있지만 작품 목록이나 규모가 확정돼 있는 것이 아니라 열려 있는 '총서' 형태라는 점도 이후에 나온 다른 세계문학전집들과 공통되는 면모이다.

과거 세계문학전집 수록 '단골' 작가들의 작품도 다수 들어 있지만, 민음사 세계문학전집에는 동시대의 거장들, 그리고 많은 노벨문학상 수상 작가의 작품들이 포함돼 있다. 2006년 오르한 파무크(파묵)부터 2007년 도리스 레싱, 2008년 르 클레지오까지 3년 연속으로 이 전집에 속한 작가가 노벨문학상을 수상한 바 있다. 모두 40여 종의 작품이 노벨문학상 수상 작가의 작품이며, 그 중에는 1946년 수상자인 헤르만 헤세의 작품이 가장 많다. 민음사에서 헤세 전집을 기획·출간해온 것과 무관하지 않다. 그밖에 두드러진 특징이라면 과거 세계문학전집이 외국문학 작품으로만 채워졌던 데 반해서 한국문학 작품도 간간이 포함되고 있다는 점을 들 수 있다. 이것은 간행사에서 "《두시언해》가 단순한 번역문학이 아니고 당당한 우리의 문학 고전이듯이 우리말로 옮겨놓은 모든 번역문학은 사실상 우리 문학이다"고 선언한 것에서도 시사된다. 《삼국유사》와 《금오신화》, 그리고 《춘향전》과 《홍길동전》 같은 고전 외에도 이광수의 《무정》과 김승옥의 《무진기행》, 그리고 이문열의 《황제를 위하여》 등 현대 작가의 작품이 세계의 명작들과 어깨를 나란히 하고 있다.

　독자들에게 가장 많이 사랑을 받은 작품은 샐린저의 《호밀밭의 파수꾼》이라고 하는데, 35만 부 이상 판매된 걸로 알려진다. 그밖에 베케트의 《고도를 기다리며》와 마르케스의 《백년의 고독》, 귄터 그라스의 《양철북》, 솔제니친의 《이반 데니소비치, 수용소의 하루》와 숄로호프의 〈인간의 운명〉(《숄로호프 단편선》), 그리고 밀란 쿤데라의 《농담》과 《불멸》 등 다수 현대 작가의 작품들이 국내에서는 '정본' 번역서 역할을 하고 있다. 중복 번역돼 있는 고전 작품들보다는 다른 전집들에서는 읽을 수 없는 이런 현대 작품들이 각 세계문학전집의 특징과 성격을 더 분명히 해줄 것이다.

대산세계문학총서, 숨겨진 명작 발굴

　대산문화재단의 지원을 받아 문학과지성사가 펴내는 대산세계문학총서는 2001년 18세기 영국작가 로렌스 스턴의 소설 《트리스트럼 샌디》를 시작으로 그 존재를 알렸다. 그리고 10년 만인 2010년 말 이탈리아의 문호 루이지 피란델로의 《나는 고故 마티아 파스칼이오》를 출간함으로써 통권 100권을 돌파했다. 대중적인 고전 작품들의 목록을 쉽게 접할 수 있는 민음사 전집과는 달리 대산총서는 잘 알려지지 않은 숨겨진 명작들을 발굴하는 데 역점을 두고 있다. 상업성보다는 문학적 가치를 최우선적으로 고려하는 것인데, 프랑스 중세 작가 라블레의 《가르강튀아/팡타그뤼엘》, 발칸의 작가 이보 안드리치의 《드리나강의 다리》, 터키 작가 야샤르 케말의 《독사를 죽였어야 했는데》, 동독 출신 작가 잉고 슐체의 《새로운 인생》 등 다양한 언어권의 문제작들이 망라돼 있다.

중복 번역을 가급적 배제하여 90%가량이 국내 초역 작품이라는 점이 대산총서의 최대 강점이자 의의이다. 더불어, 괴테의 《서동시집》과 하이네의 《노래의 책》, 《로만체로》, 보들레르의 《악의 꽃》과 말라르메의 《시집》, 노벨문학상을 수상한 폴란드의 여성시인 쉼보르스카의 《끝과 시작》 등 다수의 시집과 실러의 《돈 카를로스》, 크리스토퍼 말로의 《탬벌레인 대왕 외》, 안토니오 부에로 바예호의 《타오르는 어둠 속에서 외》 등의 희곡집은 소설 편중으로 구성돼 있는 다른 전집들과는 구별되는 특징이다. 중국문학의 고전 《서유기》(전10권)를 가장 권위 있는 판본으로 읽을 수 있고, 곤차로프의 《오블로모프》, 살티코프 셰드린의 《골로블료프가의 사람들》, 그리고 안드레이 벨르이의 《페테르부르크》 등의 러시아문학 고전들은 오직 대산총서를 통해서만 만나볼 수 있다는 점도 이 시리즈의 매력이다.

책세상문고 세계문학, 다양성이 장점

2002년부터 나오기 시작한 '책세상문고 세계문학'은 이름 그대로 문고본 총서이다. 기간에 비해서는 40여 권의 분량이 다소 왜소해 보이는데, 각 언어권별 안배를 통해서 다양성에 초점을 맞춘 점은 눈에 띈다. 첫 권이 한국 작가 장용학의 작품집 《요한 시집 외》라는 점도 세계문학전집에 대한 통념에 견주어 상당한 파격이라고 할 수 있다. 또 중국 청나라 시대의 소설 《부생육기》와 스페인의 극작가 칼데론의 희곡집 《세상이라는 거대한 연극 외》, 일본 작가 미시마 유키오의 《파도소리》, 미국의 포스트모던 작가 도널드 바셀미의 《백설공주》, 동유럽 작가 다닐로 키슈의 《보리스 다비도비치의 무덤》, 프랑스 현대 시인 프랑시스 퐁주의 《테이블》 등 다른 전집에서 찾아볼 수 없는 작품들도 다수 포함돼 있다.

러시아문학 작품 여러 편이 애호가들의 눈길을 끄는데, 러시아혁명의 목청 노릇을 했던 시인 마야코프스키의 시선집 《대중의 취향에 따귀를 때려라》, 상징주의 작가 솔로구프의 《작은 악마》도 필독할 만한 작품이고, 특히 20세기 문학의 거장 미하일 불가코프의 희곡집 《조야의 아파트/질주》와 안드레이 플라토노프의 소설집 《귀향 외》는 러시아 최고 수준의 희곡과 단편이 어떤 것인가를 보여준다. 책세상 전집만의 특징은 말미에 부록으로 수록된 '작가와의 가상 인터뷰'인데, 건조한 해설 대신 인터뷰 형식을 취한 것은 보기 드문 흥미로운 시도이다.

펭귄클래식, 작품 해설 최고 수준

작품 해설만으로 평점을 주자면 가장 높은 점수를 줄 만한 전집이 '펭귄클래식' 시리즈이다. 오랜 전통을 자랑하는 영국 펭귄북스사와 합작하여 출범한 이 전집은 2008년 토머스 모어의 《유토피아》로 첫걸음 내딛은 이후 2010년 12월 아리스토텔레스의 《시학》으로 단기간에 100권을 돌파했다. 펭귄북스사와는 작품 및 작가 선정, 편집 원칙, 디자인, 마케팅 전반에 이르기까지 거의 모든 내용을 공유한다고 하는데, 전 세계 펭귄클래식 시리즈와 함께 언어의 장벽을 넘어 공통의 독서 장으로 초대받는다고 할 수 있다. 특별판으로 나온 《시학》을 예로 들자면, 프랑스의 쇠이유 출판사판을 대본으로 삼았는데 본문의 몇 배에 이르는 자세한 주해가 붙어 있어서 일반 독자뿐 아니라 전공자에게도 좋은 참조가 되도록 해놓았다. 이미 국내에 희랍어 원전 번역본이 나와 있음에도 불구하고 펭귄클래식판을 소홀히 할 수 없는 이유이다.

이 점은 셰익스피어의 4대 비극작품들에서도 두드러지는데, 《햄릿》, 《오셀로》, 《리어왕》, 《맥베스》 모두 권위 있는 전공자들의 작품 해제를 포함하고 있어서 독자로선 작품 번역뿐만 아니라 높은 수준의 '작품 해설'도 읽는 기회를 갖게 된다. 또 다른 특징으론 다양한 독자층에 대한 배려를 들 수 있는데, 어린이와 청소년이 읽을 수 있는 작품에서부터 성인 독자를 위한 작품까지 다양한 목록의 작품들이 망라돼 있으며, 영화와 뮤지컬의 원작들도 다수 포함돼 있다. 《군주론》과 《자유론》, 《논어》 등 인문고전들도 시리즈 목록을 채우고 있는 것 또한 펭귄클래식만의 독특한 특징이다.

문학동네 세계문학전집, 거장들의 초역 작품을 읽는 즐거움

한국문학 출판의 강자인 문학동네는 다소 뒤늦게 세계문학전집 출간에 나섰다. 장기간 준비 끝에 톨스토이의 《안나 카레니나》를 머리로 하여 1차분을 내놓은 것이 2009년 12월이었고, 2012년 5월 현재 90여 권의 책이 선보였다. 괴테의 《파우스트》나 조지 오웰의 《1984》 등 세계문학전집의 '단골 레퍼토리'도 포함돼 있지만, 발자크의 《나귀가죽》이나 《루이 랑베르》, 로베르트 발저의 《벤야멘타 하인학교》 등 거장들의 초역 작품도 다수 포함돼 있는 것이 문학동네 전집의 특징이다. 또한 르 클레지오, 엘프리데 엘리네크, 오에 겐자부로, 헤르타 뮐러, 바르가스 요사 등 노벨문학상 수상 작가 다수와 미국 현대문학의 거장 필립 로스 등 동시대 거장들의 작품도 적잖은 비중을 차지하고 있다. 일본 환상문학의 대가로 꼽히는 이즈미 교카의 《고야산 스님 외》와 러시아 포스트모더니즘을 대표하는 작가 사샤 소콜로프의

거장들의 초역 작품이 다수
포함돼 있는 것이 문학동네
세계문학전집의 특징이다.

대표작 《바보들을 위한 학교》 등은 앞으로도 계속 누적될 문학동네 전집의
목록을 궁금하게 만든다.

　세계문학 '전문' 출판사 열린책들의 세계문학전집은 새롭게 시작됐다기
보다는 새롭게 재구성됐다. 2006년부터 출간하기 시작한 '미스터노 세계문
학' 시리즈를 2009년 말 '열린책들 세계문학'으로 확장·재구성했기 때문이
다. 이후 1년 남짓 동안 160권의 목록을 채우는 '저력'을 선보였다. 열린책
들의 '간판작가' 움베르토 에코의 《장미의 이름》이나 러시아작가 예브게니
자먀친의 《우리들》, 쿤데라가 격찬한 오스트리아 작가 헤르만 브로흐의 《몽
유병자들》 등은 열린책들 전집을 통해서만 읽을 수 있다.

　토마스 만의 《마의 산》을 필두로 출간돼 40권의 목록을 채우고 있는 을
유문화사의 세계문학전집은 진중한 작품목록과 점잖은 격조가 장점이다.
로베르토 볼라뇨의 《아메리카의 나치 문학》과 베네딕트 예로페예프의 《모
스크바발 페투슈키행 열차》 같은 작품이 이 시리즈의 '서프라이즈'이다.

　그밖에 알프레트 되블린의 《베를린 알렉산더 광장》으로 출발한 시공사의
'세계문학의 숲' 시리즈는 아직 적은 권수이지만 나름대로의 빛깔을 조금씩

펼쳐 보이고 있다. 거기에 더하여 인문서를 주로 내온 새물결에서도 미국 포스트모더니즘의 대표 작가 토머스 핀천의 문제작《중력의 무지개》를 필두로 중량감 있는 시리즈를 선보일 예정이다. 이 정도면 가히 '세계문학 전쟁'이라 할 만한데, 다행스럽게도 독자로선 즐거운 전쟁이다!

세계문학 수용에 관한 몇 가지 단상

세계문학이란 무엇인가

　'한국 독자들의 세계문학 수용 양상'을 점검해보는 것이 내게 주어진 과제이자 이 글의 목표이다. 하지만 그러한 과제를 액면 그대로 다루는 것은 나의 역량을 훌쩍 벗어난다. 그것은 세계문학 수용에 관한 일종의 문학사회학, 좀 더 구체적으로는 한국문학의 (시)장에서 세계문학의 출판사회학/독서사회학에 관한 어떤 '보고서'를 요구하는 것으로 보이기 때문이다.[1] 그러한 사회학적 분석을 위한 데이터를 갖고 있지 못하기에 현재의 나로선 주어진 과제에 대하여 '몇 가지 단상'이라는 형식으로밖에 의견을 개진하지 못한다. 그것이 이 글의 한계이다. 그 과제와 한계 사이에서 몇 걸음 옮겨보는 게 이 글의 궤적이 될 것이다.

　첫걸음을 떼면서 먼저 물어야 할 것이 있다. '세계문학이란 무엇인가'란 물음이다. '세계문학'이 생각보다 복잡한 개념이고 또 이념이기에 그렇다. 사전적 정의에 따를 때 '세계문학'은 적어도 세 가지의 서로 구별되는 의미를 갖는다. 첫째, 세계 각국의 문학을 한국문학에 상대하여 이르는 말. 즉 이때 세계문학은 '해외문학' '외국문학' 등의 동의어이며 가장 넓은 범주의 문학을 지칭하겠다. 한국문학 바깥의 모든 문학을 가리키는 것이니까. 둘째, 오랜 시간에 걸쳐 인류에게 읽히는 문학. 흔히 이에 대한 예시로 단테나 셰익스피어를 드는데, 간단히 말하면 세계 명작 혹은 고전(클래식)을 뜻하는 것이겠다. 대부분의 '세계문학전집'에서 '세계문학'이란 말이 염두에 두고 있는 것이기도 하다. 셋째, 개별 국가의 국민문학(민족문학) 속에서 보편적인 인간성을 추구한 문학. 곧 괴테가 정의한 '세계문학'이다.[2] 말하자면 국민문학이면서 동시에 세계적 보편성을 갖춘 문학을 가리키는 것으로서, 세계문학에 관한 가장 문제적인 정의라고 할 수 있다. 그런데 이러한 정의들만으로는 불충분해 보이는 새로운 유형의 '세계문학'도 오늘날의 지구시대(지구화시대)에는 등장하고 있다. 가령 무라카미 하루키나 파울로 코엘료같이 현재 '세계시장'에서 통하는 문학, 세계적인 베스트셀러들을 가리키는 '세계문학'이 그것이다. 이것을 달리 '지구문학'이라고 부를 수 있을까? 이렇게 우리는 최소한 네 가지의 '세계문학'을 식별할 수 있다. 비록 개별 작가나 작품들에는 이 정의들이 중복 적용될 수 있다 하더라도 말이다. 따라서 '세계문학의 수용 양상'을 검토하고자 할 때 먼저 전제되어야 하는 것은 그것이 '어떤 세계문학'의 수용을 가리키는가이다.

수용 대상으로서의 세계문학이 어떻게 정의될 수 있는가 하는 문제와 맞물리는 것은 그 수용 주체로서의 '한국 독자'란 말이 지닌 지시성이다. 어떤 한국 독자인가? 이 문제와 관련하여 시사점이 되어주는 것은 근대적 대중독자의 형성과 분화에 대한 천정환의 검토이다. 그는 식민지 시대의 문학 독자층을 '전통적 독자층' '근대적 대중 독자층' '엘리트적 독자층'으로 나누어 설명하고 있는데, 이 세 가지 독자층은 주된 독서 대상에서부터 차이가 난다. 전통적 독자층이 주로 19세기 방각본坊刻本 소설과 구활자본舊活字本 소설들의 독자였다면, '근대적 대중독자'는 대중소설, 번안소설, 신문연재 통속소설, 일본 대중소설, 야담, 몇몇 역사소설의 독자였고 '엘리트 독자층'은 신문학 순문예작품, 외국 순수문학 소설, 일본 순문예작품의 향유자였다. 그리고 "'근대적 대중독자'와 '엘리트적 독자층'은 명백히 근대적인 제諸제도의 힘에 의해 형성되었다."[3]

여기서 '전통 독자층'은 구활자본 고전소설의 출판이 1927년을 기점으로 하락세에 들어서는 것과 맞물려 점차 쇠퇴할 운명에 놓이지만, '근대적 대중독자층'과 '엘리트 독자층'의 분화는 '일반 독자층'과 '엘리트 독자층'의 분화로 변형되어 현재까지도 유지되는 것처럼 보인다(물론 이것은 근대문학의 독자층으로 볼 수 있는 범주에 속하고, 앞으로는 근대문학의 종언, 탈근대문학의 도래와 함께 점차 확대될 것으로 보이는 '탈근대 대중독자'도 새로운 독자층으로 고려해야 할 것이다. 젊은 여성들의 일과 사랑을 솔직하면서도 가볍게 다룬 칙릿chic-lit과 말 그대로 '가벼운 소설' 라이트 노블light novel의 독자가 가장 대표적인 '탈근대 대중독자'가 아닐까). 식민지 시대 '엘리트 독자층'이 "전문학교 이상의 과정을 이수했거나 그에 준하는 학력과 문학에 대한 관심을 가진 층"으로서 '고급' 취향의 문사 지망생과 이른바 전문독자들을 포함했다면, 오늘날의 '엘리트 독자층'은 적어도 대학(원) 이상의 학력을 가진 고급 취향의 독자층으로서 작가들과 문학전문 기자, 전문

비평가, 연구자 그룹을 포함하는 것이겠다.[4] '엘리트 독자층'이 주로 특정한 문학관이나 문학적 입장에 따라 내적으로 분화된다면, '근대적 대중독자'에 상응하는 오늘날의 '일반 독자층'은 주로 나이와 성별, 직업군에 따라 독서 취향이 갈라지지 않을까 한다. 요컨대 일반화해서 말할 수 있는 '한국 독자'는 통계적인 평균 이상의 의미를 갖기가 어려울 것으로 보인다.[5] 때문에 우리가 개념상 복수형의 '세계문학'과 대면할 수밖에 없는 것처럼 세계문학 수용 주체로서 고려할 수 있는 '한국 독자' 또한 공시적·통시적으로 분화되어 있다고 말할 수밖에 없다. 무엇이 세계문학이고 누가 한국 독자인가?

한국에서의 세계문학

세계문학 수용을 '외국문학' 내지 '세계명작'의 수용이라는 차원에 한정하여 접근하면 사정은 조금 명료해진다. 개인적인 관심사와도 겹치는 것이지만, 우리 근대문학 형성기에 '외국문학'의 대표 격은 러시아문학이었다. "1900~1910년대에 태어난 남녀는 공통적으로 한국 고전소설과 도스토예프스키·투르게네프를 비롯한 러시아 문학가들의 소설을 읽으며 자라났다."[6] 이것이 말하자면 '기원적인' 풍경이다. 특히 주목되는 것은 톨스토이의 수용인데, 근대문학 초기에 아주 일찍부터 소개되었기 때문이기도 하고(톨스토이는 한국에 최초로 소개된 러시아 작가이다) 여러 통계에 따르건대 지난 100년 동안 한국 독자들에게 가장 많이 읽힌 외국 작가이기 때문이기도 하다.[7] 예컨대, 지난 1930년대 경성 지역 여자 고보생 독서 취향 조사

1930년대 경성 지역 여자 고보생 독서
취향 조사에서 가장 많이 읽힌 작가는
투르게네프, 톨스토이, 이광수였다.
2002년과 2004년 문화관광부의 국민
독서실태조사에서도 톨스토이는 선호하는
외국작가 3위를 차지했다. 톨스토이에 대한
한국인의 선호는 지금까지도 이어지고 있다.

에서 가장 많이 읽힌 작가는 투르게네프, 톨스토이, 이광수였다.[8] 그리고 2002년과 2004년 문화관광부의 국민 독서실태조사에서도 톨스토이는 선호하는 외국작가 3위를 차지했다. 조사에서 1, 2위를 번갈아 차지한 시드니 셸던이나 베르나르 베르베르가 시류를 반영하는 것과는 달리, 톨스토이에 대한 한국인의 선호는 지속적이었으며 따라서 확고한 것으로 보인다. 그런 의미에서 한국 독자의 톨스토이 수용은 세계명작 수용에서 범례적이라 할 만한데, 문제는 이 범례가 징후적이기도 하다는 점이다.

알려진 대로 톨스토이가 한국에 최초로 번역·소개된 것은 최남선이 주재한 잡지 《소년》을 통해서였다.[9] "현 시대의 최대 위인"이자 "그리스도 이후의 최대 인격"으로 톨스토이를 숭앙해 마지않던 최남선은 특이하게도 《전쟁과 평화》나 《안나 카레니나》 대신 《부활》을 '가장 귀중한' 저작으로 꼽았고, 그가 처음 소개한 작품들도 《사랑의 승전》 등 민화의 범주에 속하는 것들이었다. 이는 1886년에 나온 최초의 톨스토이 일본어 번역이 《전쟁과 평화》의 몇몇 장이었던 것과도 대비된다.[10] 특수한 역사적 상황과 연관된 것이기도 하지만 일본에서는 주된 관심의 대상이 《전쟁과 평화》였던 것에 비하면,[11] 《부활》에 대한 한국인의 편향된 관심은 분명 이채로운 것이면서 '한국적인' 것이다. 이러한 편독偏讀은 21세기 한국 독자들도 예외가 아닌데, 대부분이 번역·소개돼 있는 톨스토이 작품들 가운데 여전히 가장 많이 읽히는 작품은 《사람은 무엇으로 사는가》 같은 민화들을 담은 '톨스토이 단편선' 류이며,[12] 장편소설 가운데는 《부활》이 뒤를 잇고 있다(《전쟁과 평화》는 초판본까지 소개되었지만 독자들의 반응은 아주

미약한 편이다). 톨스토이의 '문학'보다는 '사상'에 더 큰 관심이 있었기에, 최남선은 세계문학의 걸작이자 근대소설의 최대치로 평가되는 《전쟁과 평화》와 《안나 카레니나》에는 상대적으로 아무런 관심도 보이지 않았다.[13] 대신에 그가 관심을 쏟은 작품이 《부활》이었고, 이는 번역 단행본 《해당화》(1918)의 출간으로 이어진다. 《부활》은 이미 1916년에 연극 공연으로도 인기를 얻은 바 있어서, '가주사애화賈株謝哀話'라는 부제를 달고 있던 《해당화》는 곧 대대적인 인기를 누리게 된다.[14] 이미 부제에서 짐작해볼 수 있지만, 이때 소개된 《해당화》는 '내류덕'(네흘류도프)과 '가주사'(카츄샤) 사이의 연애담을 주축으로 한 통속화된 《부활》이었다. 그것은 유행가 가사대로 "마음대로 사랑하고 마음대로 떠나가신/ 첫사랑 도련님과 정든 밤을 못 잊어/ 얼어붙은 마음속에 모닥불을 피워놓고/ 오실 날을 기다리는 가엾어라 카츄샤"[15] 이야기였던 것이다.

백낙청의 지적대로 "《부활》을 톨스토이의 최고 걸작으로 꼽은 권위 있는 비평가는 외국의 경우 — 왕년의 일본이 어땠는지는 몰라도 — 하나도 없다 해도 과언이 아니며, 장기 베스트셀러의 1, 2위를 오르내리는 나라 역시 찾아보기 힘들 것이다."[16] 그럼에도 물론 《부활》이 도스토예프스키의 《죄와 벌》과 함께 한국에서 장기간에 걸쳐 가장 많이 읽힌 외국 고전이란 사실은 부인할 수 없으며,[17] "톨스토이의 경우는 《부활》에 심취한다는 것은 곧 그의 영향을 가장 바람직하지 못한 방식으로 받아들이기 쉬운 면이 없지 않"다고 하더라도[18] '서양 명작소설의 주체적 이해를 위해'서는 그러한 현실 자체를 인정할 수밖에 없다. 그것은 타자로서의 외국문학을 수용하는 데 따르는, 우연적이면서도 필연적인 굴절과 변형일 것이다. 톨스토이로 대표되는 러시아문학 수용사도 우리가 처했던 사회·역사적 상황에 따라서 여러 굴곡을 겪게 되는 것은 당연한 이치이다.[19]

외국문학 수용은 러시아문학이 초기에 큰 비중을 차지하다가 점차 영문학과 프랑스문학 중심으로 변화하게 된다.[20] 이것은 한국전쟁 이후 남한의 반공 정책 때문에 소련(러시아)과 중국 같은 공산권의 현대문학 수용이 엄격한 제약을 받게 되는 것과 대조된다. 그렇더라도 1960~1970년대에 접어들면 러시아문학 번역서의 출간이 기하급수적으로 늘어나는데, 이것은 세계문학전집류의 출간이 활성화되면서 빚어진 현상으로 러시아문학 수용만의 독특한 현상은 아니었다.[21] 문학전집류의 출간이 활발해진 것은 남한 사회가 사회·경제적으로 차츰 안정되면서 대중의 문화적 욕구가 분출한 탓이었고, 이에 발맞추어 출판사들은 단행본보다는 호화 양장본 전집류들을 쏟아냈다.[22] 국내에서 세계문학전집은 1955년 고금출판사에서 네 권짜리 전집을 처음 출간하기 시작하여 정음사·을유문화사·신구문화사·삼중당·범우사·학원사·일신서적·동화출판공사·삼성출판사 등 여러 출판사들이 앞 다투어 기획·출간함으로써 한국 문학시장의 주류를 형성하게 된다. 각종 세계사상전집류와 함께 세계문학전집 혹은 '소년소녀 세계명작' 시리즈 등이 필수적인 장식물로 각 가정의 서가를 장악하게 되는 것이 이 시기이다. 정음사《세계문학전집》(전100권) 등에서 확인할 수 있지만, 중요한 것은 이런 전집류의 출간이 '세계명작' 목록에 대한 암묵적인 합의를 사회적으로 재생산하게 된다는 사실인데, 언어권별로는 주로 영문학·불문학·독문학 작품들을 중심으로 짜인 편향된 목록이었고, 러시아문학 같은 경우에는 이념적인 이유에서 주로 푸슈킨, 고골, 투르게네프, 톨스토이, 도스토예프스키, 체호프 등 19세기 작가들에 편중되었다(20세기 작가로는 노벨상 수상 작가들인 파스테르나크, 숄로호프, 솔제니친 정도가 간간이 이름을 올린 정도였다).

이러한 편향에 대한 반성으로 '제3세계'문학에 대한 관심이 촉구된 것이 1970년대 말부터이다.[23] 주로 중남미와 아프리카, 아랍, 동남아시아 등지의 문학을 지칭하는 제3세계문학 작품들 가운데 가장 각광받은 것은 1982년 가르시아 마르케스가 노벨문학상을 수상하면서 세계적 관심의 대상이 된 중남미문학이었고(가르시아 마르케스의《백 년 동안의 고독》은 안정효에 의해서 1975년에 이미 번역되었다), 차츰 아프리카와 동남아문학 쪽으로 관심이 확대된다. 제3세계문학과 함께 제1세계문학 중심의 '세계명작'에 대한 교정의 의의를 갖는 제2세계문학, 곧 과거 사회주의권 문학이 제대로 된 규모로 본격 소개되는 것은 상당히 늦은 1980년대 말에 와서이다.《중국현대문학전집》(전20권, 1989)과《소련동구문학전집》(전30권, 1990)이 차례로 중앙일보사에서 출간되며, 이로써 한국의 '세계문학전집'은 어느 정도 균형을 맞추게 된다. 이후에 한동안 소강상태에 놓여 있던 전집류 시장이 다시 활성화되는 것은 1998년 민음사에서 세계문학전집을 새롭게 기획·출간하면서부터이다. 현재 출간되고 있는 10여 종의 세계문학선/세계문학전집류 가운데 상업적으로는 가장 성공적이라고 평가받는 이 전집에서 편집위원들이 내민 간행사는 특별히 주목할 만하다.

"세대마다 역사를 새로 써야 한다는 말이 있다. (…) 이것은 문학사나 예술사의 경우에도 동일하다. (…) 엊그제의 괴테 번역이나 도스토예프스키 번역은 오늘의 감수성을 전율시키지도 감동시키지도 못한다. 오늘에는 오늘의 젊은 독자들에게 호소하는 오늘의 번역이 필요하다. (…) 우리말로 옮겨놓은 모든 번역문학은 사실상 우리 문학이다. 우리는 여기에 우리 문학을 자임하며 오늘의 독자들을 향하여 엄선하여 번역한 문학고전을 선보인다. 어엿한 우리 문학으로 읽히리라 자부하면서 새로운 감동과 전율을 고대하는 젊은 독자들에게 떳떳이 이 책들을 추천한다."

눈길을 끄는 것은 두 가지인데, 먼저 이 글이 '새 문학전집을 펴내면서'로 되어 있다는 점, 즉 '세계문학전집'이 아니라 '문학전집'을 표방하고 있다는 점인데, 이것이 단순히 '세계문학전집'의 약칭으로만 읽히지 않는 이유는 "우리말로 옮겨놓은 모든 번역문학은 사실상 우리 문학이다"라는 주장과 호응하는 것으로 보이기 때문이다. 새로운 세대에 걸맞은 '새로운 번역'의 필요성을 강조함과 동시에, 이 간행사의 필자들은 '번역문학=우리 문학'이라는 점을 표나게 내세운다. 그것은 한편으로 번역의 질이 그만큼 양호하다는 자신감의 표현이면서, 다른 한편으로는 우리 문학(한국문학)과 세계문학(외국문학) 사이에 차이/경계를 두지 않겠다는 의지의 표시로도 읽힌다(그래서 이 전집에는 현역 한국 작가의 작품들도 포함돼 있다). 그것은 조금 다른 문맥에서 우리 시대 세계문학(외국문학) 수용의 핵심적인 과제들을 건드리고 있는 것으로 보인다. 그 과제란 첫째로 번역의 문제, 둘째로 보편성의 문제와 관련된다.

영미문학연구회 번역평가사업단에서 펴낸 두 권의 저서 《영미명작, 좋은 번역을 찾아서》(창비 2005, 2007)가 전범적으로 자세하게 보여주는 것처럼, 국내에 번역 출간된 영미문학 작품들 가운데 절반 이상이 표절이며 표절이 아니더라도 30% 이상이 신뢰할 수 없는 번역본이다. 신뢰할 수 있는 추천본은 10% 안팎에 불과하고, 경우에 따라서는 추천본이 아예 없는 작품들도 있다. 영미명작의 번역 현황이 특별히 예외적이라고 볼 수 없겠기에 일반화해서 말하자면, 오역과 표절 번역을 줄임으로써 '번역문학=우리 문학'으로 간주해도 좋을 만큼 양질의 번역본을 확보하는 것, 그것이 '세계명작으로서의 세계문학'을 수용하는 데 우선적인 과제라고 할 수 있다. 그러한 바탕 위에서야 비로소 우리는 이념적인 차원에서 세계문학적 보편성, 혹은 '진정한 세계문학'에 관심을 갖고 접근해볼 수 있지 않을까?

세계문학은 무엇이어야 하는가

저명한 문학이론가 프랑코 모레티Franco Moretti의 《세계문학에 관한 몇 가지 추측》[24]은 "왜 비교문학이 아니라 세계문학인가" "세계문학이 무엇이고 그것에 어떻게 접근할 수 있을까" 같은 물음들에 유익한 시사점을 제공해준다. 그에 따르면, 19세기에 괴테와 맑스가 각각 지역적·민족적 문학과는 대비되는 '세계문학Weltliteratur'의 이념을 제안했지만 아직까지도 이에 대한 접근과 조망은 제대로 이루어지지 않고 있다. 고작해야 서구 유럽에 국한되어 라인강 언저리를 벗어나지 못하는 시야의 연구를 '비교문학'이라고 지칭해오고 있는데, 이것은 괴테나 맑스가 염두에 두던 것과는 거리가 멀기 때문이다. 자주 인용되는 것이지만 애초에 괴테는 무엇이라고 말했는가? 그는 1827년 1월 에커만J. P. Eckermann과의 대화에서 이렇게 말했다. "오늘 날에는 국민문학이란 것이 큰 의미가 없어. 이제 세계문학의 시대가 시작되고 있지. 그러므로 우리 각자는 이런 시대의 도래 촉진을 위해 노력을 다하지 않으면 안 되네."[25] 여기서 초점은 괴테에게서 세계문학이란 이제 시작되는 것, 앞으로 도래할 것으로 제시된다는 점이다. 즉 그것은 과거완료형이 아니라 진행형 내지는 미래완료형으로 존재하는 어떤 것이다. 바로 이러한 세계문학을 모레티는 "하나의 대상이 아니라 하나의 문제, 새로운 비평방법을 요구하는 문제"로 읽는데,[26] 백낙청의 정당한 지적에 따르면 이 '문제'는 '운동'으로 이해되어야 한다.

괴테가 '세계문학'이란 용어로 뜻한 바가 세계의 위대한 문학고전들을 한데 모아놓는 것이 아니고, 여러 나라(당시로서는 당연히 주로 유럽에 국한되었지만)의 지성인들이 개인적인 접촉뿐 아니라 서로의 작품을 읽고 중요한 정기간행물에 대한 지식을 공유하는 가운데 유대의 그물망을 만드는 일이었다는 점이다. 즉 이 용어는 우리 시대의 어법으로는 차라리 세계문학을 위한 초국적인 운동이라고 부름 직한 것에 더 가까웠던 것이다.[27]

이러한 관점에서 보면 '세계명작'들을 '세계문학전집'이라고 한데 모아놓는 것은 괴테가 말한 세계문학과 무관하다. 오히려 이 괴테적 세계문학에 대한 반향을 읽을 수 있는 것은 모레티와 백낙청이 모두 지적한 대로 맑스·엥겔스의 《공산당선언》(1848)에서이다. "일국적 편향성과 편협성은 점점 더 불가능해지며, 수많은 국민문학·지역문학들로부터 하나의 세계문학이 형성된다."[28] 즉 이 '괴테·맑스적 기획'(백낙청)으로서의 세계문학은 이미 형성되어 있는 것이 아니라 앞으로 형성되어야 할 어떤 것이고, 우리가 애써서 그 도래를 촉진하고 앞당겨야 할 무엇이다.[29] 이러한 유형의 세계문학운동의 사례로 백낙청은 '사회주의 리얼리즘'을 든다. 비록 '사회주의 리얼리즘'은 역사적으로 실패한 운동이지만, 오늘날 전 지구적 자본주의가 양산해내는 '시장 리얼리즘market realism'이 그보다 나은 선택이라고 말하기는 어려운 일이다. 그런 맥락에서 백낙청은 분단체제 극복을 위한 민족문학운동과 세계체제 극복을 위한 세계문학운동을 병행적인 것으로 인식한다. "세계체제의 작동에 대한 정당한 인식을 갖고 그 전 지구적 착취와 파괴에 맞서 싸우는 초민족적인 연대를 형성해내는 일은 바로 '민족적'인 과제의 일부"[30]라고 보는 것이다. 여기서 핵심은 '초민족적'인 연대의 형성이 곧 '민족적'인 과제라는 관점이다. 분단체체 극복이 세계체제 자체의 재편을 뜻할 수 있다는 주장은 그런 관점에 근거한다.[31] 이 경우 진정한 민족문학이야말로 진정한 세계문학에 값하는 것이다.

하지만 한편으론 세계문학에 대한 전혀 다른 관점도 가능하다. 우리는 그것을 가라타니 고진柄谷行人의 세계종교론에서 유추해볼 수 있다.[32] 그는 '세계종교'라는 말을 단순히 세계적으로 널리 퍼져 있다는 의미가 아니라 ('공동체'와는 구별되는) '세계'라는 관념을 제시한 종교라는 의미로 쓴다.[33] '공동체의 종교'란 "인간이 집단이나 공동체로 살아가기 위해 강제되는 다양한 구조/시스템"을 말한다. 이 공동체 종교의 대전제는 안(내부)과 바깥(외부)의 구분이다. 반면에 이러한 공동체 종교에 대한 비판으로 출현한 세계종교는 더 이상의 외부가 없는 세계, 즉 '외부가 없는 세계'로서의 '무한한 세계'를 제시하는 종교이다. 가령 유대교에서 야훼의 신이 유대공동체의 신이라면 공동체를 철저하게 부정하는 모세의 신은 세계종교의 신이다.[34] 이 모세의 신은 사람들에게 '공동체에서 나가라'고, 이른바 '사막에 머물라'고 고한다. 이때의 '사막'은 꼭 물리적인 사막을 뜻하지는 않으며 '공동체와 공동체 사이'라는 의미를 갖는다. 공동체와 공동체 '사이'라는 의미에서 그것은 상업적 공간이고 교통 공간이다.

세계종교는 '사막의 종교'란 의미에서 세계문학 또한 '사막의 문학'으로 규정될 수 있을 것이다. 즉 그것은 모든 공동체를 거부하는 공동체 '바깥의 문학'이며, 공동체와 공동체 '사이의 문학'이다. 그 사이의 '교통 공간'을 달리 '번역 공간'이라고 부를 수 있을까? 번역을 통해서 국민문학의 경계, 내부와 외부 사이의 장벽이 제거된다면 그것이 곧 '세계종교'에 상응하는 '세계문학' 아닐까? 거꾸로 공동체의 존속과 안녕을 위한 문학은 어떠한 경우에도 세계문학이란 이름에 값할 수 없다. 그런 관점에 따르면, 국민문학은 세계문학이 아니며 세계문학은 국민문학이 아니다. 그것은 국민윤리가 보편윤리가 될 수 없는 것과 마찬가지다.

민족/국민문학과 세계문학의 관계에 관한 이러한 입장 차이는 '민족'으로도 '국민'으로도 번역되는 '네이션nation'의 이해를 둘러싼 견해차에서 비롯되는 것으로 보인다. 네이션의 이러한 이중성은 사실

민족이란 말 자체에도 적용되는 게 아닐까. 가라타니의 세계종교론을 민족이란 우상에 적용해보자면, 한쪽에는 공동체로서의 민족을 섬기는 야훼의 민족문학이 있는 반면에 다른 한쪽에는 특정한 공동체를 부정하고 세계공동체를 지향하는 모세의 민족문학이 있을 법하다. 물론 여기서 우리가 촉진하고 앞당겨야 할 세계문학이 야훼의 신이 아닌 모세의 신을 섬기는 민족문학이어야 함은 자명하다. 그런 의미에서도 지금 우리에게 필요한 것은 교통 공간으로서의 더 많은 사막, 더 많은 번역 공간이다. 그러한 공간을 넓혀나가는 것이 바로 '세계문학을 위한 초국적인 운동' 아닐까.

1 이러한 요구에 부합할 만한 글로 가장 먼저 떠올릴 수 있는 것은 '독자의 탄생과 한국 근대문학'을 다룬 천정환의 《근대의 책읽기》(푸른역사 2003) 같은 책이다. 식민지 근대를 주로 다룬 이 책의 '후속편'이 해방 이후 현재까지의 '현대의 책읽기'를 마저 다루게 된다면 거기서 이 주제는 그에 걸맞은 규모로 검토될 수 있을 듯하다. 하지만 그것은 상당한 시간과 노력을 요구하는 '사업'이 될 것이다.

2 괴테의 세계문학론에 대해서는 이미 국내에서도 자세하게 논의된 바 있다. 임홍배 〈괴테의 세계문학론과 서구적 근대의 모험〉, 《창작과비평》 2000년 봄호 등 참조.

3 천정환, 앞의 책 272~279쪽.

4 천정환에 따르면, 2000년대 들어서는 이러한 '엘리트 독자층' 또한 점차 쇠퇴하고 있다. 천정환 〈2000년대의 한국소설 독자 II〉, 《세계의 문학》 2007년 봄호 참조. 비록 '한국소설' 독자로서의 '엘리트 독자'를 대상으로 한 진단이지만, '문학' 일반에 대한 독서 경향도 이와 무관하지 않을 것이다.

5 최근 2006년의 국민 독서실태조사를 근거로 한 표준적인 독자 분석은 백원근 〈통계로 본 소설 독자〉, 《세계의 문학》 2007년 봄호 참조. 2000년

대 베스트셀러 일반에 대한 분석은 한국출판마케팅연구소 엮음《21세기 한국인은 무슨 책을 읽었나》, 한국출판마케팅연구소 2007 참조. 문학 베스트셀러의 경우 '한국문학'과 '외국문학'으로 분류되어 있다.

6 천정환, 앞의 책 344쪽. 그에 따르면 "러시아문학이 한국문학에 끼친 영향과 그 사회·문화적 맥락에 대한 논의는 상당히 중요하다. 러시아문학은 한국의 문학가들뿐 아니라 일반 독자에게도 가장 널리 수용된 외국문학이며, 영향의 지속 기간도 외국문학이 이입되기 시작한 시기부터 식민지 시대 전체와 20세기 후반에까지 걸친다." 같은 책 377쪽.

7 심지어 국내 한 기업에서 후원하는 러시아의 문학상에조차 '톨스토이 문학상'이란 이름이 붙어 있다.

8 같은 책 348쪽.

9 제2권 6호(1909.7)에 처음으로 번역·소개되었다(한국 출판물에 '톨스토이(도루스토이)'란 이름이 처음 나타난 것은 1906년이다).《소년》과 최남선의 톨스토이 수용에 관해서는, 권보드래《《소년》과 톨스토이 번역〉,《한국근대문학연구》제6권 제2호, 2005 참조.

10 김려춘〈레프 톨스토이와 현대 일본소설의 문제〉,《톨스토이와 동양》, 이강은 외 옮김, 인디북 2004, 206쪽.

11 전후 일본에서 처음 간행된 작품이《전쟁과 평화》였다고 하며, 아예 1946년 12월에 23권으로 된 톨스토이 전집이 새로 출간되기 시작한다. "유럽 고전작가들 가운데 일본 출판업자들과 독자들의 관심을 그처럼 많이 받은 것은 톨스토이가 유일했다." 김려춘, 앞의 글 208쪽. 한편 국내에서 톨스토이 전집이 처음 간행된 때는 1970년대 초이다.

12《톨스토이 단편선》(인디북 2003)은 한 TV 프로그램의 홍보에 힘입어

밀리언셀러가 되었다.

13 2007년 초 발표된 설문결과에서 영어권 현역작가 125명이 꼽은 '최고의 문학작품' 1위에 톨스토이의 《안나 카레니나》가 선정된 바 있다. 플로베르의 《보바리 부인》에 이어서 3위 역시 톨스토이의 《전쟁과 평화》였다. 따라서 톨스토이에 대한 선호 자체가 '한국적인' 것은 아니다.

14 권보드래, 앞의 글 89~90쪽. 이런 점에 주목해볼 때 "톨스토이의 대중적 수용은 동시대의 《무정》《장한몽》 또는 《옥루몽》의 서사가 대중의 광범위한 인기를 모은 것과 비교되어야 한다"는 천정환의 지적(앞의 책 379쪽)은 음미해볼 만하다. '한국적 톨스토이' 란 무엇보다도 '신파적 톨스토이'였던 것이다.

15 이 노래는 《부활》을 번안한 김지미(카츄샤), 최무룡(네흘류도프) 주연의 영화 〈카츄샤〉(1960)의 주제가였다. 이 영화는 1971년에 문희, 신성일 주연으로 리메이크되는데, 이 정도면 톨스토이의 《부활》은 한국(화한) 작품이라고 해도 무방하겠다.

16 백낙청 〈서양 명작소설의 주체적 이해를 위해: 톨스토이의 《부활》을 중심으로〉, 《민족문학과 세계문학 II》, 창작과비평사 1985, 179~180쪽.

17 《죄와 벌》과 《부활》의 공통적인 의미소로 '창녀'인 여주인공, 시베리아(고난), 갱생(부활) 등을 들 수 있을 것이다.

18 백낙청, 앞의 글 179쪽.

19 러시아문학 수용에 관한 개관은 엄순천 〈한국에서의 러시아문학 번역 현황 조사 및 분석〉, 《노어노문학》 제17권 제3호, 2005 참조.

20 일본문학 또한 일찍부터 소개되고 한국 작가들에게 많은 영향을 끼치지만, 그것이 '세계문학' 혹은 '외국문학'으로서 수용됐는지는 생각해볼 문

제이다. 1950~1960년대만 하더라도 일본어로 읽고 쓰기가 자유로운 작가, 지식인들이 상당수 있었기 때문이다.

21 외국문학의 번역·이입사에 대해서는, 김병철《한국근대 번역문학사 연구》, 을유문화사 1975 ;《한국현대 번역문학사 연구》상·하, 을유문화사 1998 참조.

22 김병철《한국현대 번역문학사 연구》, 192쪽 ; 엄순천, 앞의 글 245쪽.

23 제3세계문학에 대한 선구적인 논의로는 백낙청의 〈제3세계와 민중문학〉(《인간해방의 논리를 찾아서》, 시인사 1979)을 들 수 있다. 이어서 단행본으로 백낙청·구중서 등의《제3세계문학론》(한벗 1982)이 출간되었고, 조동일의《제3세계문학연구 입문》(지식산업사 1991)이 쓰인 건 그 10년 후이다.

24 Franco Moretti, "Conjectures on World Literature," New Left Review 1 (2000) ; 프랑코 모레티 〈세계문학에 관한 단상〉,《세계의 문학》 1999년 가을호.

25 요한 페터 에커만《괴테와의 대화》, 곽복록 옮김, 동서문화동판주식회사 2007, 233쪽.

26 프랑코 모레티, 앞의 글 258쪽. 그러한 새로운 비평 방법으로 그가 제시하는 것이 '꼼꼼한 읽기(close reading)'에 대비되는 '멀리서 읽기(distant reading)'이다. 이러한 방법론이 함축하는 추상성에 대한 비판으로는 조녀선 애럭 〈지구시대의 비교문학과 영어의 지배〉,《창작과비평》 2003년 봄호 ; 유희석 〈세계문학에 관한 단상〉, 〈근대 극복의 이정표들〉, 창비 2007 참조.

27 백낙청《지구화시대의 민족과 문학》,《통일시대 한국문학의 보람》, 창비 2006, 77~78쪽, 강조는 원문. 1992년의 한 좌담에서도 백낙청은 이

렇게 지적한다. "'세계문학' 하면 흔히 세계의 위대한 고전들을 모아서 세계
문학전집 같은 것을 만들어놓고 열심히 읽는 것을 생각하는데, 오히려 괴테
자신은 그보다도 구체적인 상황 속에서 지식인과 문인 들 간의 국제적인 유
대를 형성해나가는 것을 염두에 두었던 것 같고 그러한 세계문학 개념의 중
요성이 오늘날 점점 더 커지고 있다는 것을 말씀드리고 싶습니다."《백낙청
회화록 3》, 창비 2007, 182쪽.

28 백낙청《지구화시대의 민족과 문학》, 77쪽에서 재인용.

29 이런 관점에 충실하자면 '세계문학'의 초점은 '세계 각국의 문학'이 아
니며 따라서 '세계문학사'가 아니다. 세계문학에 대한 모레티의 문학사가적
접근은 이 점을 간과하고 있는 것으로 보인다.

30 같은 글 84쪽.

31 "진정한 분단체제 극복—즉 민중 역량이 의미 있게 투입된 통일이어
서 민족국가의 고정관념이 아니라 지구화시대 다수민중의 현실적 요구에
부응하는 국가구조의 창안을 이끌어내는 통일—이 이루어진다면, 그것은
세계체제 자체의 결정적인 재편을 뜻하고 어쩌면 더 나은 체제로 이행하는
결정적 발걸음이 될지도 모른다." 같은 글 84~85쪽.

32 가라타니 고진,《세계종교에 대하여》,《언어와 비극》, 조영일 옮김, 도
서출판 b 2004.

33 가라타니에게서 공동체의 종교와 세계종교 간의 차이는 공동체적 규
범으로서의 도덕과 윤리 간의 차이에 상응한다. 그의 도덕/윤리에 대해서는
가라타니 고진《윤리21》, 송태욱 옮김, 사회평론 2001 참조.

34 가라타니 고진, 앞의 책 251~255쪽. 가라타니는 프로이트의《모세
와 일신교》에서 '세계종교의 기원'을 읽어내고자 하는데, 그에 따르면 유대

교에는 야훼의 신(야훼라는 신)과 모세의 신이 혼합되어 있으며 이 둘은 각각 '공동체의 종교'와 '세계종교'의 계기로서 분리/식별 가능하다.

한국문학의 세계화를 둘러싼 쟁점들

《세계문학론》(창비, 김영희, 유희석 엮음, 2010)

세계문학의 이념을 어떻게 되새길 것인가

"거대담론과 구체적인 실천과제 논의를 아우르면서 비판적이고도 균형 잡힌 담론을 개척하는 데 일조하고자 한다"는 취지로 출간되고 있는 창비담론총서가 '이중과제론'과 '1987년 체제론' '신자유주의 대안론'에 이어서 화두로 삼은 것은 '세계문학론'이다. 이는 세계문학전집 출간 열풍을 떠올리기 쉽지만, 세계문학론 혹은 '세계문학이라는 문제'는 세계의 고전들을 한데 모아놓자는 세계문학전집과는 출처가 다르고 지향이 또한 다르다. 어떻게 다른가? '지구화시대의 민족과 문학'이란 글을 통해 문제의 지형과 윤곽을 잡아주고 있는 백낙청 교수에 따르면, 애초에 지구화가 자본주의 세계 경제가 확장을 개시한 16세기부터 시작됐다고 하면 국민문학들의 탄생 자체가 지구화시대의 결과 중 하나이다. 더불어 지구화의 진전은 자연스레 세계문학의 필요성과 가능성을 더욱 강하게 유인한다. 그런 가운데 세계문학에 대한 구상과 기획이 두 사람의 독일인에게서 비롯되었다는 점은 흥미롭다. 바로 괴테와 맑스다.

괴테는 1827년 에커만과의 대화에서 "이제 민족문학은 별로 의미가 없는 용어이다. 세계문학의 시대가 임박했고, 모든 이가 그것을 앞당기도록 힘써야 한다"고 말했다. 강조점은 두 가지다. "이제는 세계문학의 시대"라는 선언적 메시지가 하나라면, "의식적인 노력을 통해서 그것을 앞당겨야 한다"는 당위적 주장이 다른 하나다(그런 의미에서 그것은 일종의 '운동'이다). 거기에 더 얹어서 맑스는 《공산당선언》의 유명한 구절에서 "일국적 편향성과 편협성은 점점 더 불가능해지며, 수많은 국민문학·지역문학들로부터 하나의 세계문학이 형성된다"고 예언했다. 물론 다분히 선언적, 예언적 성격을 띤 발언들이어서 세계문학의 구체적인 모습이 어떠하며 우리가 지향해야할 세계문학이란 무엇인지 명확하게 그려지지는 않는다. 오히려 그러한 것을 구체화하는 일은 과제로 남겨진 듯한 인상이다. 아무려나 이 두 사람의 발상을 한데 묶어서 백낙청은 '괴테·맑스적 기획'이라고 부른다('민족문학과 세계문학'에 대한 지속적인 관심과 실제적인 비평 활동을 고려하면 '괴테·맑스·백낙청적 기획'이라고 부르는 게 더 온당하지 않을까란 생각도 든다). 그리고 '지구화시대 문학의 쟁점들'이란 부제를 살리자면, 지구화의 도전에 맞서 세계문학의 이념을 어떻게 되새겨볼 것인가, 이 '괴테·맑스적 기획'을 어떻게 실천할 수 있을 것인가가 《세계문학론》의 전체적인 관심사이다.

'지금'의 세계문학이 처한 상황

책은 서장과 3부로 나누어진 11편의 글, 그리고 '세계문학의 이념은 살아 있다'는 제목의 대담으로 구성돼 있다. '지금 우리에게 세계문학은 무엇인가'를 제목으로 한 서장에서 엮은이의 한 사람인 김영희 교수는 "한편에서는 유럽 중심의 기존 정전에 대한 비판과 세계문학 지형도의 새로운 구축을 향한 시도들이 진행되고, 다른 한편에서는 전 지구적으로 팽창하는 세계적 상품으로서의 작품들이 이 지형도 자체를 허물고 있는 이 같은 복합적인 국면이 '지금'의 세계문학이 처한 상황"이라고 정리해준다. 이 두 가지 경향의 배경은 물론 지구화 혹은 세계화이다. 그리고 세계문학론과 관련하여 '지금'의 문제적인 현상은 전 세계적으로 유통되는 세계적 베스트셀러의 등장이다. "많은 나라의 언어로 번역되어 널리 읽힌다는 것이 세계문학의 일차적 요건 내지 필수요건인가, 지금 당장 세계에 많이 알려져 있지 않다고 하더라도 각 민족/국민문학에서 탁월한 성취를 이룬 작품들의 경우는 또 어떻게 봐야 하는가 하는 물음들이 따라나오는 것"은 이러한 현상과 새롭게 마주하게 됐기 때문이다. 개인적으론 그 물음들을 세계문학에 관한 두 가지 쟁점으로 읽어도 좋겠다 싶다.

하루키 작품은 세계문학인가

먼저, "많은 나라의 언어로 번역되어 널리 읽힌다는 것"과 세계문학의 관계. 그런 표현이 염두에 둘 만한 작가로 몇 사람의 이름을 떠올려볼 수 있지만, 아무래도 가장 문제적인 작가는 단연 무라카미 하루키이다. 실상 '하루키를 어떻게 볼 것인가'가 세계문학론의 향방을 가늠하는 중요한 척도 가운데 하나라고 해도 과언은 아니다. 때문에 2007년에 이루어진 대담 꼭지에서도 하루키 문학이 도마에 올랐는데, 세계적인 지명도와 국내외를 막론한 인기에도 불구하고 일본 내에서도 부정적인 평가가 많다는 전제하에 윤지관 교수는 "하루키도 그렇고 무라카미 류도 그렇고, 표피성이 강해서, 가령 괴테나 맑스적인 의미에서 세계문학, 세계화에 대항하는 몇 안 되는 거점으로서의 세계문학, 그런 저항 가운데 인간과 사회에 대한 통찰과 사회체제를 움직이는 근본원리에 대한 해석, 이런 거에는 미달"이라고 평가한다.

이러한 평가의 빌미가 된 작품은 2007년 당시 화제작이었던 《해변의 카프카》이다. 하지만 최근에 더 강하게 휘몰아친 《1Q84》 열풍도 하루키와 세계문학의 관계에 대한 냉정한 평가를 바꿔놓을 것 같지는 않다. '한국문학의 세계화를 둘러싼 쟁점들'이란 글에서 윤지관 교수가 "한국문학이 세계문학의 장에 진입하고자 해도 일본의 경우를 모델로 삼아서 추종하는 식이 되어서는 곤란하다"고 주장하는 것은 그런 맥락에서다. 하루키처럼 '국제적으로 통하는 작가'가 차후에 한국에서도 배출될 수 있지만, 그렇더라도 그것이 국내문학의 평가와 일치하지 않을 수 있다는 관점이다. '세계문학의 지평에서 생각하는 한국문학의 보편성'이란 글에서 정홍수 문학평론가가 "보편적인 문제를 다루어야 하고, 번역에 견딜 수 있는 작품을 써야 한다"는 작가 김영

하의 주장에 유보적 태도를 비치는 것도 같은 맥락일 것이다.

그렇다면, "지금 당장 세계에 많이 알려져 있지 않다고 하더라도 각 민족/국민문학에서 탁월한 성취를 이룬 작품들"이 '세계문학'으로 새롭게 자리매김되고 정당하게 평가받아야 할까. 하지만 이 또한 문제가 없지 않다. 대담에서 윤지관 교수가 지적한 대로 한국문학처럼 소수언어로 씌어진 문학은 "번역이 안 되어 있으면 세계문학 현실에서는 존재하지 않는 것과 마찬가지"이기 때문이다. 그는 한 걸음 더 나아가 번역이 "세계화가 초래할 수 있는 획일화된 문화, 획일화된 언어에 맞서는 필수적인 매개이자 힘이라는 인식"이 필요하다고 주장한다. 이 경우 번역은 세계문학이 가져야 할 선택적 요건이 아니라 필수조건이지 않을까. 물론 '한국문학의 세계화를 둘러싼 쟁점들'에서 온당하게 지적되듯이 한국문학도 번역만 되면 세계문학을 '변혁'할 수 있다는 얘기는 아니다. '무엇을 어떻게' 번역하느냐는 고민은 필수불가결하다. 하지만 "한국문학이 세계문학의 새로운 구성에 어떻게 기여할 수 있는가"란 문제는 번역의 문제와 분리되지 않을 것이다. 결국 세계문학론은 자격 미달인 문학과 아직 '존재하지 않는' 문학 사이에 걸쳐 있는 듯싶다.

근대문학은 전후문학이다

《세계문학의 구조》(도서출판b, 조영일 지음, 2012)

 《세계문학의 구조》는 평론가 조영일의 세 번째 책으로 나온 네 번째 책이다. 그의 해명에 따르면 네 번째로 기획된 책이지만 한권을 앞질러 출간된 것이어서 그렇다. 《가라타니 고진과 한국문학》(2008년), 《한국문학과 그 적들》(2009년)이 '한국문학 비판 3부작'으로 나온 두 권의 책이며 그 마지막 권보다 먼저 나온 게 《세계문학의 구조》이다. 조영일은 앞서의 비평집들에서 보여준 날선 비판으로 '한국문학 비판의 대표 주자'란 평판까지 얻었는데, 《세계문학의 구조》는 적어도 제목만으로는

'비판'보다 본래의 '비평'에 더 다가간 느낌이다. 그는 '세계문학의 구조 비판'이라고 쓰지 않고 그냥 '세계문학의 구조'라고 적었다. (보론으로 실린 글역시 '세계문학 전집의 구조'란 제목을 갖고 있다.)

조영일의 비평적 입지는 독특하다. 일본 비평가 가라타니 고진의 책 다수를 번역한 '전담 번역자'로 자신의 존재를 알리긴 했지만(한국 문단에 큰 파문을 던진 《근대문학의 종언》이 그의 손을 거친 번역이다) 동시에 한국문학(그의 표현으론 '한국 문단 문학')의 경계 가장 바깥쪽에 위치하고 있어서이다.

그에 대한 반응은 (소수의) 열광적인 지지이거나 (다수의) 매몰찬 기각인 경우가 많다. 양적으로 보아 가장 활발하게 활동하는, 그러니까 가장 많은 글을 써내는 비평가에 속하면서도 정당한 평가의 대상이 되기보다는 '불편한 물건'으로 간주되는 일이 많았다. 사뭇 논쟁적인 주장과 함께 여러 차례 실명 비판을 제시했음에도 불구하고 정작 논쟁이 벌어진 일은 거의 없다는 게 그 방증이다. 끊임없이 손수건을 내던지지만 아무도 그의 '결투 신청'에 응하지 않는다고 할까. 이유가 아예 없지는 않다. 그의 비평에 간혹 끼어 있는 논리적 비약이나 논거 부족 등이 상대할 여지를 축소시킨다는 의견도 나온다. 《세계문학의 구조》의 '책머리에'만 보아도 그렇다. 서두이다.

> "지금 '문학이 무엇인지 다시 묻는 일'(백낙청)이 필요하다는 것은 자못
> 분명한 사실 같다. 최근 내 작업들도 그와 무관하지 않기 때문이다."(5
> 쪽)

백낙청의 《문학이 무엇인지 다시 묻는 일》(창비 펴냄)을 염두에 둔 것인데, 그러한 물음이 필요하다는 사실을 '분명하게' 해주는 것이 "내 작업들도

그와 무관하지 않기 때문"이라고 말하는 것은 대단한 나르시시즘이다. 보통은 "최근 내 작업들도 그와 무관하지 않다" 정도로 진술하는 게 문맥상 온당하다. 그래서 그런 식의 문장 연결이 불편한 독자들도 있을 터인데, 그렇다고 해서 미리부터 책을 덮지만 않는다면 나름대로 충분한 보상을 얻을 수 있다. 그가 나름 '슬로우 스타터'라서 그렇다. 스스로 '장편 비평'이라고 장르를 규정한 이 저작을 관통하고 있는 건 모종의 '자부심' 혹은 '기개'이다. 일단 《세계문학의 구조》라는 제목 자체가 예사롭지 않다. 책을 구성하고 있는 네 개의 장이 일사불란하게 '세계문학의 구조'라는 주제를 떠받치고 있는 건 아니고 "근대문학은 전후 문학이다"라는 명제가 오히려 핵심을 구성하지만 조영일은 당당하게 "세계문학의 구조"라는 대담한 제목을 붙였다. 더불어 책의 표지에는 저자와 책 이름만을 박아놓았다(물론 출판사 이름도 하단에 들어 있지만). 아무런 표지 장식도 필요로 하지 않는다는 건 그만큼 '내용'에 자신감을 갖고 있다는 뜻으로 읽을 수 있다. 실제로 조영일은 "나는 최근에야 스스로를 문학비평가라고 부를 수 있게 되었다"고까지 '책머리에' 적었다. 이를테면 《세계문학의 구조》에서 우리는 국민문학과 국민작가가 어떻게 탄생하는지 보여주는 그의 주장을 읽으며 비평가 조영일의 '탄생' 또한 목도하게 된다. '3부작'을 완결 짓기 전에 《세계문학의 구조》를 미리 펴내야 했던 이유 혹은 비밀이 거기에 숨어 있을 듯싶다. 조영일은 이 책의 특징에 대해서 이렇게 요약한다.

> 《세계문학의 구조》에는 두 가지 큰 특징이 있다. 형식적으로는 일단 '장편'의 형태를 띠고 있다는 점이 그러하고, 내용적으로는 제목에서도 드러나 있지만 세계문학의 일부로서만 '한국문학'이 다루어지고 있다는 점

이다."(7쪽)

'장편'이란 말이 '장편소설'을 연상하게 하지만 실제로는 '연작'에 가깝
다. 네 개의 장과 보론이 조금씩 소재와 초점을 달리하면서 하나의 주제로
수렴하는 형식이다. 하지만 이런 형식보다 더 눈에 띄는 건 '습니다'체 문
장이다. 마치 강연 원고처럼 읽히는데, 짐작에는 가라타니 고진의 《세계공
화국으로》(조영일 옮김, 도서출판b)에서 영향을 받은 것이 아닌가 싶다. 실제
로 1장 '세계문학으로'는 노골적으로 가라타니의 '세계공화국으로'란 구호
를 패러디하고 있다(《세계문학의 구조》 표지 또한 가라타니 고진의 《세계사의 구
조》 표지와 유사하다. 실제로 조영일은 가라타니의 이 최신작을 번역하고 있는 중이
기도 하다).물론 스타일만 가져오는 것은 아니다. 조영일은 가라타니 고진이
주장한 '근대문학의 종언'론의 견지에서 다시금 백낙청을 비롯한 민족 문학
론자들의 세계문학론을 비판한다. 진즉부터 '민족 문학과 세계문학'을 비평
의 화두로 삼아온 백낙청은 괴테와 맑스의 유명한 구절들을 근거로 삼아 세
계문학의 이념을 재정립한다. 요는 민족문학과 세계문학은 대립적인 관계
가 아니며 올바른 민족문학이 곧 세계문학이라는 주장이다. 이에 대한 조영
일의 비판은 흥미롭게도 세계문학에 대한 괴테와 맑스의 주장을 그 문맥에
맞게 다시 읽는 것이다.가령 "민족적 편협성과 제한성은 더욱더 불가능하게
되고, 많은 민족적, 지방적 문학들로부터 하나의 세계문학이 형성된다"(《공
산당 선언》)는 게 맑스·엥겔스의 유명한 주장이었다. 조영일은 이 주장에
앞서 맑스가 "국산품에 의해 충족되었던 낡은 욕구들 대신에 새로운 욕구들
이 등장하는데, 이 새로운 욕구들은 그 충족을 위하여 아주 멀리 떨어진 나
라들 및 풍토들의 생산물을 요구한다"고 적은 대목에 주목한다. 그럼으로써

"맑스는 세계문학을 세계 시장의 형성과정에서 생겨난 '민족적 자족성의 불가능'에서 나온 파생물로 보고 있는 것"으로 교정한다. 한편, 괴테의 경우는 세계문학을 '촉진되어야 할 어떤 것'으로 설정하고 있는데, 조영일에 따르면 그 배경은 전쟁이었다. 괴테는 이렇게 말했다.

> "상당히 오래전부터 보편적 세계문학이 화제가 되었는데, 거기에는 나름 대로 이유가 있다. 왜냐하면 모든 민족이 너무나도 두려운 전쟁에 의해 시달린 나머지, 재차 자기 자신을 되돌아봄으로써 외국의 많은 것들에 대해 깨닫고 이것을 받아들이거나, 이제까지 몰랐던 많은 정신적 욕구를 여기저기서 느끼게 되었다는 것을 말할 수밖에 없게 되었기 때문이다."

여기서 괴테의 '정신적 욕구'는 맑스의 '새로운 욕구'와는 성격이 다른 것이며 그것은 참혹한 전쟁을 통해 획득하게 된 어떤 강제적 충동이 만들어낸 '초국가적 연대감'이라는 것이 조영일의 주장이다. 그리고 그런 의미에서 괴테의 세계문학 구상은 칸트의 세계공화국에 대한 구상과 나란하다. "자연의 계획이 뜻하는 것은 전 인류 안에 완전한 시민적 연합을 형성시키는 데 있다"는 칸트의 구상은 보편적 문학에 대한 구상으로 번역할 수 있다는 것이다. 세계공화국이 국민국가를 지양한 것이라면, 세계문학 또한 국민문학(혹은 민족 문학)을 지양한 것이다. '민족문학이 곧 세계문학'이란 구호에 맞서 저자가 '민족문학에서 세계문학으로'라고 주장하는 이유이다.이것이 세계문학, 혹은 세계문학의 구조에 대한 전체적인 그림이라면, 조영일이 더 많은 분량을 할애하고 있는 건 국민문학의 기원이란 주제다. 한마디로 압축하면 "국민문학은 전후 문학이다"라는 것인데, 일본의 경우를 예로 든다면 일본 근대문학은 러일 전쟁에서의 승리감 없이는 불가능했을지도 모른다는 게 그의 판단이다. 소위 '국민 서사'라는 게 가능하자면 그것은 국가 간 전쟁과 같은 일대 사건을 요구한다. 1812년 나폴레옹 전쟁을 다룬 톨스토이의 《전쟁과 평화》가 바로 그런 경우였다. 일본 '국민문학의 아버지'로 불리는 나쓰메 소세키의 경우도 마찬가지였는데, 소세키가 유학을 마치고 돌아온 이듬해에 일어난 러일 전쟁은 그에게 자신감을 불어넣는다. 이제까지 일본문학이 내세울 만한 게 별로 없었지만 러시아란 대국도 무찌른 만큼 문학 쪽에서도 대단한 무엇이 나올 거라는 전망을 그는 피력한다. 그리고 실제로 일본 국민문학의 대표작들이 이 시기에 발표된다. 그렇듯 근대 전쟁과 근대 문학은 '상호 협력'했다는 것이 조영일의 시각이다. 그리고 그 연장선상에서 조영일은 "국민 전쟁을 제대로 경험하지 못한 국가의 문학은 본질적으로 부실할 수밖에 없다"고 주장한다. "그렇다면 왜 어떤 나라는 근대문학이 발달했으나 어떤 나라는 그렇지 못했던 것일까요?"란 물음의 답은 그대로 주어진다. 근대적 서사를 추동시키는 원동력으로서 식민지를 가져본 적이 있느냐 없느냐, 곧 해당 국가가 내셔널리즘을 거쳐 제국주의까지 경험해본 적이 있느냐 없느냐가 판단의 잣대이다. 따라서 한국 근대문학사가 좀 부실해 보이는 것은 작가적 역량의 문제가 아니다. 핵심은 이렇다.

> "좋고 나쁘고의 문제를 떠나 한국 근대문학이 발전하지 못한 이유를 굳이 찾는다면, 그것은 아마 '제국주의적 전쟁'을 경험하지 못한 것(그리고 '식민지'를 가져보지 못한 것)에서 발견할 수 있을 것입니다."(103쪽)

이것은 상당히 흥미로운 주장이다. 같은 세대의 젊은 비평가들 가운데 가장 명민하거나 유려한 비평가는 아닐지 모르지만 조영일은 가장 흥미로운 비평가이다. "한국에는 근대문학이라는 것 자체가 존재한 적 없다"는 과감한 주장을 펼치는 비평가를 적어도 나는 알지 못한다(그가 각주로 처리한 대목을 보면 가라타니 고진도 "한국에는 애당초 근대문학이 존재하지 않았다"는 취지의 주장에 흥미롭다는 반응을 보였다고 한다).문제는 그 다음이다. "내용에 대해서는 특별히 덧붙일 게 없다. 본문에 충분히 썼다고 생각하기 때문이다"라고 조영일은 미리 입막음해놓고 있지만, 흥미로운 가설을 제시해놓고 '충분히 썼다'고 말하는 것은 충분하지 못한 마무리이다. 나폴레옹 전쟁과 러시아 근대문학에 대한 이야기, 그리고 시바 료타로와 이문열에 대한 이야기가 "국민문학은 전후 문학이다"라는 명제에 대한 흥미로운 논거이지만 충분한 논거인지는 의문이다. '장편 비평'이 '이론'의 무게까지 감당하는 건 아니라고 조영일은 말할지 모르겠지만, 근대문학과 세계문학에 대한 우리의 시각을 변경하고자 한다면 주장에 더 많은 무게를 실어주는 것도 필요하지 않을까 싶다. 그의 다음 '장편 비평'을 기대하는 이유이기도 하다.

문학들이란 무엇인가

문학 혹은 문학들이 놓인 자리

'문학이란 무엇인가?'란 물음의 자리가 있었다. '문학이란 무엇이었나?'란 물음이 그 자리를 대신하기도 했다. 오래전 일이다. 포스트모더니즘과 함께, 혹은 소비사회의 도래와 함께 '문학의 죽음'이 애도되었다. 아무도 믿지 않았던 죽음이고, 믿으려고 하지 않았던 죽음이었던지 문학은 그 후로도 오랫동안 우리 곁에 있었다. '근대문학의 종언'론이 뜨거운 감자가 되어 우리 앞에 놓이기 전이다. 그것은 애초에 식은 감자였던 것일까. 그것을 바라보는 우리의 시선만 뜨거웠던 것일까. 이제 '문학들이란 무엇인가?'란 물음을 묻는다. '문학의 죽음' 이후에도 문학이 존속한다면, 존속해왔다면 애초에 그것은 '문학들'이었는지도 모를 일이니까. 죽는 문학이 있고, 사는 문학이 있는 것일까. 혹은 살아서 죽는 문학이 있고, 죽어야 사는 문학이 있는 것인지도 모른다. 여하튼 문제는 이제 문학이 아니라 문학들이다. 그것이 문학에 대한 사유가 혹은 추리가 도달하게 된 어떤 물음의 장소이다. 물음은 언제나 추리의 형식을 띤다. 문학이란 범인은 이제 혼자가 아닌 것으로 보인다. 그들은 복수이다. 그 다수의 문학은 어떻게 존재하는가? 그 문학들의 자리에 대해 잠시 말해보고 싶다. 능력이 닿는다면 그 자리 혹은 현장의 배치도나 위상학 혹은 생태학을 제시하면 좋으련만, 이건 그저 내가 그린 '기린 그림'이다. 이 그림에서 주로 러시아문학의 사례를 동원한 것은 '문학들'의 어떤 기원과 함께 원형성을 보여줄 수 있으리라는 판단에서다.

먼저, 문학 혹은 문학들이 놓인 자리를 '문학장'이라고 말해보자. 문학장이란 무엇인가? 프랑스의 사회학자 부르디외의 정의에 따르면, 장Champ이란 상대적으로 자율적인, 자신만의 법칙을 가지고 있는 소세계를 지칭한다(문학은 '작은 감자'다). 이 소세계는 대세계처럼 사회적 법칙에 종속되어 있지만 그것은 조금 다른 종류의 법칙이다. 소세계는 대세계의 제약에서 완벽하게 벗어날 수는 없지만, 어느 정도 강한 부분적 자율성을 보유한다. 즉 완전히 타율적이지 않으며 동시에 완전히 자율적이지도 않다. 따라서 이러한 성격의 모든 장은 세력의 장이며 이 세력을 유지하거나 변화시키기 위한 투쟁의 장이다. 즉 불평등하게 배분된 자본을 소유한 행위자들이 정당성의 독점을 위해 서로 경쟁하는 투쟁의 사회공간이다. 그리고 이러한 투쟁은 비가시적 관계의 소산이다.

부르디외가 분석하고 있는 자본주의 사회의 문학장에서 이러한 투쟁의 자본은 문학적 인정과 경제적 이익이지만, 전통적으로 문학장에서 인정투쟁의 규칙은 정치적·제도적 인정(타율성)과 미학적 인정(자율성)이었다(경제적 이익은 상업적 인정으로 범주화될 수 있을 것이다). 이때의 규칙은 문학의 정치적 타율성·종속성을 주장하는 정치적 이데올로기와 문학의 자율성을 주장하는 미학적 이데올로기의 관계로 표시될 수 있다. 이 문학장은 의미론적 구조를 갖는다. 문학의 타율성(이념성)과 자율성이라는 개념적 대립쌍을 구조의미론의 의미소 S1과 S2로 지정하면, 그와 모순관계의 의미소 -S1과 -S2를 도출해낼 수 있고, 이 네 가지 의미소는 그레마스의 기호학적 사각형이라는 의미론적 위상공간을 형성한다. 이 관계를 단순화한 명제 형식으로 제시하면 아래와 같다. (S1과 S2, -S1과 -S2는 각각 대립관계이고, S1과 -S1, S2와 -S2는 모순관계이며, S1과 -S2, S2와 -S1은 포함/전제관계이다.)

〈정치적 인정〉　　　　〈미학적 인정〉

S1　　　　　　　S2

(문학은 타율적이다)　　　(문학은 자율적이다)

-S2　　　　　　　-S1

(문학은 자율적이지 않다)　　(문학은 타율적이지 않다)

　문학장을 구성하는 이 네 가지 입장은 보다 구체적인 명칭을 부여받을 수 있다. 즉 S1은 이념문학, -S1은 (생철학에 빗대) 생문학, S2는 망명문학, -S2는 참여문학이라고 불러보자. 이념문학은 정치현실에의 복무를 주장하는 문학이다. '정치적으로 옳은 것이 문학적으로도 옳다'는 것이 이념문학의 구호다. 때문에 그것은 자기 이념의 정당성에 대해 확신하는 '단의성의 신화'(피에르 지마)를 구축하고자 한다(루카치의 문학론). 이러한 이념문학과 모순·적대관계에 놓이

는 것이 모든 의미의 분산 혹은 해체를 조장하는 불온한 문학으로서
의 생문학이다. 그것은 "문학적으로 옳은 것이 정치적으로도 옳다"
고 말한다. 생문학에서 삶과 문학은 서로 분리되지 않는다. 한편으
론 그런 의미에서 이 삶과 문학의 비분리성은 이념문학에서 이념과
문학의 비분리성과 닮았다. 차이라면 생문학의 난센스와 카니발리
즘적 다의성의 근거가 바로 이념이 아닌 삶이고, 삶의 육체성이라는
점이다(바흐친의 문학론).

망명문학은 정치와 분리된 문학의 자율성을 주장하고 옹호하는
문학이다(형식주의 문학론). 이 분리주의 미학은 부르주아 미학 이데
올로기의 근간이기도 한데, 그것은 정치와 문학뿐만 아니라 삶과 문
학 또한 분리·구분된다고 주장하는 점에서 생문학과 다르다. 망명
문학은 "문학은 문학이고 정치는 정치"라고 말한다. 끝으로, 동반자
문학이라고도 불릴 수 있는 참여문학은 소위 '앙가주망문학'을 뜻한
다(사르트르의 문학론). 이 계열의 문학은 문학의 상대적 자율성을 고
집한다는 점에서 망명문학을 닮지만, 적극적인 정치적 발언과 현실
참여를 옹호한다는 점에서 망명문학의 분리주의 노선과 구별되며
이념문학과 나란하다. 즉 '문학은 정치에 참여해야 한다'는 것이 참
여문학의 주장이다. 다만 참여하되 '문학으로서' 참여해야 한다. '빤
스는 입고' 끼어들어야 한다는 뜻이다.

은유와 환유에 대한 야콥슨과 라캉의 이론을 차용하여 이 네 가지
입장의 문학적 세계관을 공식으로 표시해볼 수도 있다. 시계 반대방
향으로 돌아가면서 살펴보면 이렇다.

네 가지 입장의 문학적 세계관

(1) 이념문학은 라캉의 분류에서 은유에 해당한다. $f(\frac{S'}{S})S \cong S(+)$ s이 은유의 공식이다. 여기서 하나의 기표는 또 다른 기표를 대체하면서 새로운 의미를 형성해내는데, 오른쪽 항에서 (+)라는 기호는 저항선을 뚫고 의미가 생성되는 과정을 보여준다. 의미작용이 가능해지기 위해서는 기표(S)가 어떤 방식으로든 기의(s)와 연결되어야 하기 때문이다. 가령 러시아혁명 이후 소비에트 사회주의는 '은유적 적대' 관계에 놓여 있던 자본주의를 대체하는 새로운 사회를 실현하려고 했다. 이념문학의 가장 대표적인 사례로 들 수 있는 사회주의 리얼리즘은 그 사회주의 이념의 문학적 표현으로 기본적으로는 은유적 성격을 갖는다. 사회주의 리얼리즘이 존재하는 현실이 아닌 당위적 현실을 묘사하기 때문에 '초현실주의적'이라는 주장도 이런 맥락에서 음미해볼 수 있다. 하지만 현실사회주의만큼이나 사회주의 리얼리즘은 은유이되 '빈곤한' 은유였다.

(2) 이념문학과 모순·적대 관계에 놓여 있는 생문학은 조금 변형된 은유 공식으로 표시된다. $f(\frac{S'}{S})S \cong S(-)$ s이 생문학의 공식이다. 여기서 (-)라는 기호는 기표와 새로운 기의와의 결합이 좌절된다는 것을 나타낸다. 즉 생문학의 지배적 수사학은 '실패한 은유'이다. 실패한 은유는 기표가 기의와 안정되게 결합하지 못한다. 마치 베케트의 《고도를 기다리며》에서 두 주인공 블라디미르와 에스트라공의 기다림처럼 생문학에서 의미와의 만남은 한없이 유예된다. 러시아 혁명기의 시인 알렉산드르 블록은 자신의 생을 문학적 질료로 삼은 전형

적인 생문학의 시인이다. 가령 대표작이면서 혁명에 대한 그의 태도를 응축하고 있는 서사시 〈열둘〉(1918)의 결말을 보라. 12개의 장면을 통해 혁명 직후의 혼란상을 제시한 시인은 마지막 장면에서 눈보라가 치는 도심의 거리를 걸어가는 적위군 병사들 앞에 걸어가는 그리스도의 이미지를 등장시킨다. 비록 12란 숫자에 의해 암시되고는 있지만, 그 등장은 돌발적이고 묵시록적이다.

> (…) 그렇게 단호한 걸음걸이로 그들이 간다 —
> 뒤에는 — 굶주린 개
> 앞에는 — 피에 젖은 깃발,
>> 눈보라에 가려 보이지도 않고,
>> 총알에도 다치지 않으며,
> 눈보라 속을 부드러운 걸음으로
> 진주같이 흩날리는 눈발처럼,
>> 흰 장미 환관을 쓴 —
> 앞에는 — 예수 그리스도.

여기서 '피에 젖은 깃발'과 계열체적 관계에 놓이는 '예수 그리스도'가 과연 적위군 지도자의 은유가 될 수 있는가는 불확정적이다. '피에 젖은 깃발'이 '붉은 깃발'과 동일시될 수 있는가도 마찬가지이다. 시인은 낡은 시대와 새로운 시대의 경계에서 단호하게 걸어가는 (야만적이면서 동시에 신성한) 역사의 움직임은 포착하지만, 그것을 의미화하지는 못한다. 그리스도는 시인에게 실현된 이미지가 아니라 요청된 이미지였을 뿐이다. 〈열둘〉이 사실상 시인의 마지막 작품이 된 것은 그 무능력과 무관하지 않을 것이다.

(3) 참여문학은 라캉의 공식에서 환유를 따른다. $f(S...S')S \cong S(-)s$ 이 참여문학의 공식이다. 여기서 환유작용은 기표와 기표의 연결구조(인접성) 속에서 발생하는데 이 끊임없는 기표의 연결고리 속에서 대상은 스스로를 완전히 구현하지 못하고 결핍만을 드러낸다. 때문에 기표는 기의로 환원되지 못한다. 즉 안정된 환유적 기호들은 안정된 기호의미를 실현하지 못한다. 기표와 기의 사이의 저항선(-)이 나타내는 것은 그러한 불가능성이다. 블록의 사례와 대조하자면 '혁명의 목청' 마야코프스키의 문학은 이러한 공식에 잘 부합한다. 블록이 낡은 질서로부터 찢겨져 나간 현실의 조각(몽타주)들을 이어붙이는 데 소극적이었다면 마야코프스키는 보다 적극적으로 그 일에 나선다. 대표적인 것은 1917년 혁명에 대한 최초의 소비에트 문학적 대응이라고 할 만한 드라마 《미스테리야 부프》(1918)이다. 이 작품에서 마야코프스키는 〈열둘〉의 적위군들처럼 단호한 걸음걸이로 전진하는 '불순한 사람들'의 형상화를 통해서 혁명의 대의를 극화한다. 《미스테리야 부프》의 제목 그대로 마야코프스키는 미스터리(신비극)와 부프(광대극), 두 가지 문학적 형식을 통해서 러시아혁명에 의미를 부여하고자 한다. 즉 그는 부르주아(순수한 사람들)를 '부프화' 하고 프롤레타리아(불순한 사람들)를 '미스터리화' 한다.

블록의 〈열둘〉과 대비되는 것은 한 배역으로 등장하는 '미래에서 온 인간'이다. 마야코프스키 자신이 직접 연기하기도 했던 이 배역은 명백히 예수 그리스도의 패러디이다. 눈보라에 가려 잘 보이지도

마야코프스키는 1917년 혁명에 대한 최초의 소비에트
문학적 대응이라고 할 만한 드라마 《미스테리야
부프》에서 적위군들처럼 단호한 걸음걸이로 전진하는
'불순한 사람들'의 형상화를 통해서 혁명의 대의를
극화한다.

않는 블록의 예수 그리스도와는 다르게 마야코프스키의 그리스도
는 새로운 산상수훈을 통해 천상의 왕국이 아닌 지상의 왕국을 설파
한다. 하지만 그럼에도 이 의미부여는 임시방편적이고 가변적인 것
이다. 왜냐하면 '혁명의 길'이란 형식은 남겨두고 모든 풍경(내용)들
은 당대적인, 당면적인 필요에 따라서 언제든지 바뀔 수 있고, 바뀌
어야 한다는 것이 마야코프스키의 주문이었기 때문이다. 즉 현실과
환유적 관계에 놓여 있는 이 드라마는 결코 자족적인 미적 완결체가
아니다. 때문에 인식론적 은유(앎)에 도달하지 못한다. 이 점은 "이
길을 따라 걸어가고 있는 우리가 어떠한 산들을 또다시 폭파해야 하
는지를 어느 누구도 정확하게 예견할 수는 없다"고 한 서문에서도
확인할 수 있다. 그가 할 수 있는 것은 계속해서 모든 장애를 극복하

면서 목청껏 소리 지르고 지옥으로, 천국으로, 다시 모스크바로 전진하는 것뿐이다. 그리고 이 '길'이란 형식은 자연스레 인식론적 환유와 연결된다. 마야코프스키에게서 환유적 욕망은 공간의 확장이란 형식으로 자주 표출되는데,《미스테리야 부프》의 마지막 장면은 가장 대표적이다. 결말에 이르러서 배우와 연출가, 관객의 구분이라는 장애는 모두가 한 무대 위로 올라가 합창하는 장면에서 극복되며, 무대 공간은 전 세계로 확장되어가는 형상을 보여준다. 그것은 인터내셔널리즘의 연극적 번역이기도 했다.

(4) 망명문학의 공식은 환유의 공식을 역전시킨다. $f(S...S')S \cong S(+)s$이 망명문학의 자리를 표시하는 공식이다. 현실과 인접하여 나란하지만, 망명문학은 그 자체로 자족적인 또 하나의 세계를 구축한다. 문학은 또 하나의 정부이고 국가이기에, 망명문학은 달리 '문학으로의 망명'을 뜻한다. 불가코프의 《거장과 마르가리타》에 나오는 표현을 빌면 "원고는 불타지 않는다"가 망명문학적 세계관을 집약해주는 말이다. 왜 불타지 않는가? 원고(문학)는 현실이 아닌 다른 세계, 다른 질서에 속하기 때문이다.

네 가지 '문학들'에 대한 이런 간단한 밑그림 혹은 스케치가 무얼 말해줄 수 있는가. '문학들'을 대해서 말할 때, 우리들이 하는 이야기를 되돌아볼 수 있도록 해주진 않을까. 혹은 이렇게 물어볼 수도 있겠다. 우리는 정말로 '문학들'을 갖고 있는가라고. 우리가 쫓고 있는 범인은 과연 '그들'일까?

셰익스피어와 제국주의

셰익스피어, 《폭풍우》, 김정환 옮김, 아침이슬, 2008.

셰익스피어, 《템페스트》, 이경식 옮김, 문학동네, 2009.

박홍규, 《셰익스피어는 제국주의자다》, 청어람미디어, 2005.

피에르 바야르, 《햄릿을 수사한다》, 백선희 옮김, 여름언덕, 2011.

| 겹쳐 읽기 1 | 햄릿과 어머니의 욕망

셰익스피어, 《햄릿》, 최종철 옮김, 민음사, 1998.

셰익스피어, 《햄릿》, 김정환 옮김, 아침이슬, 2008.

셰익스피어, 《햄릿》, 여석기 옮김, 문예출판사, 2006.

《햄릿 ―제1사절판본》, 이현우 옮김, 동인, 2007.

가와이 쇼이치로, 《햄릿의 수수께끼를 풀다》, 시그마북스, 2009.

| 겹쳐 읽기 2 | 돈키호테, 모든 이들의 모험담

세르반테스, 《돈 끼호떼 1,2》, 민용태 옮김, 창비, 2005.

| 겹쳐 읽기 3 | 사기꾼 돈 후안의 운명

티르소 데 몰리나, 《세빌랴의 난봉꾼 돌부처에 맞아죽다》, 김창환 옮김, 울산대출판부, 1995.

티르소 데 몰리나, 《세비야의 난봉꾼과 석상의 초대》, 안영옥 옮김, 지만지, 2011.

티르소 데 몰리나, 《돈 후안》, 전기순 옮김, 을유문화사, 2010.

호세 소리야 이 모랄, 《돈후안 테노리오》, 정동섭 옮김, 책세상, 2004.

몰리에르, 《동 쥐앙 또는 석상의 잔치》, 이화숙 옮김, 기린원, 2010.

이언 와트, 《근대 개인주의 신화》, 강유나·이시연 옮김, 문학동네, 2004.

파우스트가 꿈꾼 유토피아

괴테, 《파우스트》, 정서웅 옮김, 민음사, 1999.

괴테, 《파우스트》, 김재혁 옮김, 펭귄클래식코리아, 2012.

괴테, 《파우스트》, 이인웅 옮김, 문학동네, 2010.

괴테, 《파우스트》, 김인순 옮김, 열린책들, 2009.

괴테, 《파우스트》, 김수용 옮김, 책세상, 2006.

이인웅, 《파우스트 그는 누구인가?》, 문학동네, 2006.

앨런 와이즈먼, 《인간 없는 세상》, 이한중 옮김, 랜덤하우스코리아, 2007.

| 겹쳐 읽기 | 거장의 원고는 불타지 않았다

불가코프, 《거장과 마르가리타》, 김혜란 옮김, 2008.

불가코프, 《거장과 마르가리타》, 정보라 옮김, 2010.

불가코프, 《거장과 마르가리따》, 홍대화 옮김, 2008.

프로메테우스 신화 다시 쓰기

메리 셸리, 《프랑켄슈타인》, 임종기 옮김, 문예출판사, 2008.

메리 셸리, 《프랑켄슈타인》, 오숙은 옮김, 열린책들, 2011.

정정희, 《프랑켄슈타인》, 살림, 2004.

장 클로드 카리에르 외, 《프랑켄슈타인》, 자음과모음, 2004.

| 겹쳐 읽기 1 | 프로메테우스는 왜 불을 훔쳤는가

뽈 디엘, 《그리스신화의 상징성》, 현대미학사, 1997.

아이스킬로스, 《그리스 비극-아이스킬로스 편》, 이근삼 외 옮김, 현암사, 2006.

아이스퀼로스, 《아이스퀼로스 비극 전집》, 천병희 옮김, 도서출판 숲, 2008.

| 겹쳐 읽기 2 | 프랑켄슈타인과 괴물이 의미하는 것

지젝, 《잃어버린 대의를 옹호하며》, 박정수 옮김, 그린비, 2009.

| 겹쳐 읽기 3 | 기독교인과 야만인의 우정

멜빌, 《모비딕》, 김석희 옮김, 작가정신, 2011.

백조가 되지 못한 미운 오리

안데르센, 《안데르센 자서전》, 이경식 옮김, 휴먼앤북스, 2012.

안데르센, 《안데르센동화전집》, 김유경 옮김, 동서문화사, 2007.

안나 이즈미, 《안데르센의 절규》, 황소연 옮김, 좋은책만들기, 2000.

새는 알에서 나오려고 투쟁한다

헤세, 《데미안》, 전영애 옮김, 민음사, 2000.

헤세, 《데미안》, 구기성 옮김, 문예출판사, 2004.

헤세, 《헤르만 헤세의 독서의 기술》, 김지선 옮김, 뜨인돌, 2006.

헤세, 《내 삶과 문학의 오솔길》, 문학사상사, 1997.

알로이스 프린츠, 《헤르만 헤세》, 이한우 옮김, 더북, 2002.

호밀밭의 파수꾼이 필요했던 홀든

샐린저, 《호밀밭의 파수꾼》, 공경희 옮김, 민음사, 2001.

샐린저, 《호밀밭의 파수꾼》, 이덕형 옮김, 문예출판사, 1998.

김성곤, 《J. D. 샐린저와 호밀밭의 파수꾼》, 살림, 2005.

뫼르소의 진실

카뮈, 《이방인》 김화영 옮김, 책세상, 1987.

카뮈, 《이방인》 김화영 옮김, 민음사, 2011.

카뮈, 《이방인》, 이휘영 옮김, 문예출판사, 1999.

카뮈, 《이방인》, 김예령 옮김, 열린책들, 2011.

카뮈, 《이인》, 이기언 옮김, 문학동네, 2011.

| 겹쳐 읽기 | 도스토예프스키와 카뮈

카뮈, 《전락》, 김화영 옮김, 책세상, 1989.

카뮈, 《전락》, 이정림 옮김, 범우사, 1999.

도스토예프스키, 《지하생활자의 수기》, 이동현 옮김, 문예출판사, 1998.

도스토예프스키, 《지하로부터의 수기》, 김연경 옮김, 민음사, 2010.

도스토예프스키, 《지하로부터의 수기》, 조혜경 옮김, 펭귄클래식코리아, 2009.

우리가 구원받을 확률

베케트, 《고도를 기다리며》, 오증자 옮김, 민음사, 2000.

베케트, 《고도를 기다리며》, 홍복유 옮김, 문예출판사, 2010.

인생길 반고비에 단테를 읽다

단테, 《신곡》, 박상진 옮김, 민음사, 2007.

단테, 《신곡》, 김운찬 옮김, 열린책들, 2009.

단테, 《신곡》, 한형곤 옮김, 서해문집, 2005.

김운찬, 《신곡》, 살림, 2005.

박상진, 《신곡》, 서해문집, 2005.

박상진, 《단테 신곡 연구》, 아카넷, 2011.

이마미치 도모노부, 《단테 신곡 강의》, 이영미 옮김, 안티쿠스, 2008.

'황무지'를 어떻게 읽어야 할까

엘리엇, 《황무지》, 황동규 옮김, 민음사, 1974.

피터 애크로이드, 《엘리엇》, 책세상, 1999.

이정호,《황무지 새로 읽기》, 서울대출판부, 2002.

이창배,《T. S. 엘리엇, 인간과 문학》, 동국대출판부, 2001.

| 겹쳐 읽기 | 주홍글자가 뜻하는 것

호손,《주홍글자》, 김욱동 옮김, 민음사, 2007.

호손,《주홍글자》, 김지원·한예경 옮김, 펭귄클래식코리아, 2009.

호손,《주홍글자》, 양석원 옮김, 을유문화사, 2011.

서숙,《주홍글자》, 이화여대출판부, 2005.

사랑과 이별에 대처하는 두 가지 방식

이현우,《애도와 우울증-푸슈킨과 레르몬토프의 무의식》, 그린비, 2011.

| 겹쳐 읽기 | 안나 카레니나를 읽는 즐거움

톨스토이,《안나 카레니나》, 박형규 옮김, 문학동네, 2009.

톨스토이,《안나 카레니나》, 연진희 옮김, 민음사, 2009.

톨스토이,《안나 카레니나》, 이철 옮김, 범우사, 1999.

톨스토이,《안나 카레니나》, 윤새라 옮김, 펭귄클래식코리아, 2011.

톨스토이,《안나 카레니나》, 윤우섭 옮김, 작가정신, 2010.

사람은 죽어도 욕망은 죽지 않는다

고골,《뻬쩨르부르그 이야기》, 조주관 옮김, 민음사, 2002.

고골,《검찰관》, 조주관 옮김, 민음사, 2005.

고골,《코. 외투. 광인일기. 감찰관》, 펭귄클래식코리아, 2010.

고골,《외투》, 이항재 옮김, 문학동네, 2011.

| 겹쳐 읽기 1 | 추악한 러시아 삶의 백과사전

고골,《죽은 혼》, 이경완 옮김, 을유문화사, 2010.

고골,《친구와의 서신 교환선》, 나남, 2007.

| 겹쳐 읽기 2 | 인생은 체호프 식으로 아름답다

체호프, 《개를 데리고 다니는 부인》, 오종우 옮김, 열린책들, 2009.

체호프, 《사랑에 관하여》, 안지영 옮김, 펭귄클래식코리아, 2010.

체호프, 《강아지를 데리고 다니는 귀부인》, 최선 옮김, 고려대출판부, 2008.

체호프, 《개와 인간의 대화》, 홍순미 옮김, 범우사, 2005.

정말 유토피아는 끝났는가

지젝, 《잃어버린 대의를 옹호하며》, 박정수 옮김, 그린비, 2009.

| 겹쳐 읽기 1 | 인간은 얼마나 위대한가

고리키, 《밑바닥에서》, 최윤락 옮김, 지만지, 2008.

고리키, 《밤주막》, 장윤선 옮김, 범우사, 2008.

| 겹쳐 읽기 2 | 인간으로 존재한다는 것

플라토노프, 《코틀로반》, 김철균 옮김, 문학동네, 2010.

플라토노프, 《구덩이》, 정보라 옮김, 민음사, 2007.

국가가 없다고 상상해봐!

가라타니 고진, 《세계공화국으로》, 조영일 옮김, 도서출판b, 2007.

칸트, 《영원한 평화를 위하여》, 오진석 옮김, 도서출판b, 2011.

칸트, 《영구평화론》, 이한구 옮김, 서광사, 2008.

세계시민이 된다는 것

콰메 앤터니 애피아, 《세계시민주의》, 바이북스, 2008.

마사 너스봄, 《나라를 사랑한다는 것》, 삼인, 2003.

"이마미치 도모노부 전 도쿄대 교수 인터뷰", 연합뉴스, 2008.8.4.

"독도 1년씩 지배하면 된다?", 박홍규 칼럼, 경향신문, 2008.8.15.

세계화 시대 언어의 운명

르네 상사씨, 앙리 마쏭, 《바벨탑에 도전한 사나이-자멘호프 전기》, 한국외대출판부,
    2005.

데이비드 크리스털, 《언어의 죽음》, 권루시안 옮김, 이론과실천, 2005.

앤드류 댈비, 《언어의 종말》, 오영나 옮김, 작가정신, 2008.

한학성, 《영어 공용어화 과연 가능한가》, 책세상, 2000.

정시호, 《21세기의 세계 언어전쟁》, 경북대출판부, 2000.

무엇이 세계문학인가

에커만, 《괴테와의 대화》, 장희창 옮김, 민음사, 2008.

에커만, 《괴테와의 대화》, 곽복록 옮김, 동서문화사, 2007.

마르크스, 엥겔스, 《공산당선언》, 강유원 옮김, 이론과실천, 2008.

마르크스, 엥겔스, 《공산당선언》, 이진우 옮김, 책세상, 2002.

체호프, 《사랑에 관하여》, 안지영 옮김, 펭귄클래식코리아, 2010.

가라타니 고진, 《언어와 비극》, 조영일 옮김, 도서출판b, 2004.

체호프, 《귀여운 여인》, 김임숙 옮김, 혜원출판사, 1991.